Diogenes Taschenbuch 23912

AF178677

FRIEDRICH DÜRRENMATT wurde 1921 in Konolfingen bei
Bern als Sohn eines Pfarrers geboren. Er studierte Philo-
sophie in Bern und Zürich und lebte als Dramatiker,
Erzähler, Essayist, Zeichner und Maler in Neuchâtel.
Bekannt wurde er mit seinen Kriminalromanen und Er-
zählungen *Der Richter und sein Henker, Der Verdacht,
Die Panne* und *Das Versprechen*, weltberühmt mit den
Komödien *Der Besuch der alten Dame* und *Die Physiker*.
Den Abschluß seines umfassenden Werks schuf er mit den
Stoffen, worin er Autobiographisches mit Essayistischem
verband. Friedrich Dürrenmatt starb 1990 in Neuchâtel.

Friedrich Dürrenmatt
Der Tunnel

*und andere
Meistererzählungen
Ausgewählt von Daniel Keel
Mit einem Nachwort von
Reinhardt Stumm*

Diogenes

Die vorliegende Auswahl erschien
erstmals 1992 unter dem Titel
›Meistererzählungen‹ im Diogenes Verlag
Nachweis am Schluß des Bandes
Das Nachwort wurde von Reinhardt Stumm
eigens für diese Auswahl geschrieben
Covermotiv: Varlin,
›Heilsarmee oder die Geistige Freude‹,
1964 (Ausschnitt)
Öl auf Holzplatten
Copyright © Kunsthaus Zürich,
Legat Friedrich Dürrenmatt

Veröffentlicht als Diogenes Taschenbuch, 2011
Alle Rechte vorbehalten
Copyright © 1992, 2011
Diogenes Verlag AG Zürich
www.diogenes.ch
ASR/22/852/4
ISBN 978 3 257 23912 6

Inhalt

Der Tunnel   7
Die Panne   23
Der Sturz   83
Abu Chanifa und Anan ben David   139
Der Winterkrieg in Tibet   161
Mondfinsternis   239

Nachwort   287
Nachweis   295

Der Tunnel

Ein Vierundzwanzigjähriger, fett, damit das Schreckliche hinter den Kulissen, welches er sah (das war seine Fähigkeit, vielleicht seine einzige), nicht allzu nah an ihn herankomme, der es liebte, die Löcher in seinem Fleisch, da doch gerade durch sie das Ungeheuerliche hereinströmen konnte, zu verstopfen, derart, daß er Zigarren rauchte (Ormond Brasil 10) und über seiner Brille eine zweite trug, eine Sonnenbrille, und in den Ohren Wattebüschel: Dieser junge Mann, noch von seinen Eltern abhängig und mit nebulosen Studien auf einer Universität beschäftigt, die mit einer zweistündigen Bahnfahrt zu erreichen war, stieg eines Sonntagnachmittags in den gewohnten Zug, Abfahrt siebzehnuhrfünfzig, Ankunft neunzehnuhrsiebenundzwanzig, um anderentags ein Seminar zu besuchen, das zu schwänzen er schon entschlossen war. Die Sonne schien an einem wolkenlosen Himmel, als er seinen Wohnort verließ. Es war Sommer. Der Zug hatte sich zwischen den Alpen und dem Jura fortzubewegen, an reichen Dörfern und kleineren Städten vorbei, später an einem Fluß entlang, und tauchte denn auch nach noch nicht ganz zwanzig Minuten Fahrt, gerade nach Burgdorf, in einen kleinen Tunnel. Der Zug war überfüllt. Der Vierundzwanzigjährige war vorne eingestiegen und hatte sich mühsam nach hinten durchgearbeitet, schwitzend und einen leicht vertrottelten Eindruck erweckend. Die Reisenden saßen dicht gedrängt, viele auf Koffern, auch die Coupés der zweiten Klasse waren besetzt, nur die erste Klasse schwach belegt. Als sich der junge Mann endlich durch das Wirrwarr der Familien, Rekruten, Studenten und Liebespaare gekämpft hatte, bald, vom Zug hin und her geschleudert, gegen diesen fallend und bald gegen jenen, gegen Bäuche und Brüste torkelnd, fand er im hintersten Wagen Platz, so viel sogar, daß er in diesem Abteil der dritten Klasse – in der es sonst Wagen mit Coupés selten gibt – eine ganze Bank für sich allein hatte: Im geschlossenen Raume saß ihm einer gegenüber, noch dicker als er, der mit sich selber Schach spielte, und in der Ecke der gleichen Bank, gegen den Korridor zu, ein rothaariges Mädchen, das einen Roman las. So saß er schon am Fenster und hatte eben eine Ormond Brasil 10 in Brand gesteckt, als der Tunnel kam, der ihm länger als sonst zu dauern schien. Er war diese Strecke schon manchmal gefahren, fast jeden Samstag und Sonntag seit einem Jahr, und hatte den Tunnel eigentlich gar nie beachtet, sondern immer nur geahnt. Zwar hatte er ihm einige Male die volle Aufmerksamkeit schenken wollen, doch hatte er, wenn er kam, jedes Mal an etwas anderes gedacht, so daß er das kurze Eintauchen in die Finsternis nicht bemerkte, denn der Tunnel war eben gerade vorbei, wenn er, entschlossen, ihn zu beachten, aufschaute, so schnell durchfuhr ihn der Zug und so kurz war der kleine Tunnel. So hatte er denn auch jetzt die Sonnenbrille nicht abgenommen, als sie einfuhren, da er nicht an den Tunnel dachte. Die Sonne hatte eben noch mit voller Kraft geschienen, und die Landschaft, durch die sie fuhren (die Hügel und Wälder, die fernere Kette des Jura und die Häuser des Städtchens), war wie von Gold gewesen, so sehr hatte sie im

Abendlicht geleuchtet, so sehr, daß ihm die nun schlagartig einsetzende Dunkelheit des Tunnels bewußt wurde, der Grund wohl auch, warum ihm die Durchfahrt länger vorkam. Es war völlig finster im Abteil, da der Kürze des Tunnels wegen die Lichter nicht in Funktion gesetzt waren, denn jede Sekunde mußte sich ja in der Scheibe der erste fahle Schimmer des Tages zeigen, sich blitzschnell ausweiten und mit voller, goldener Helle gewaltig hereinbrechen; als es jedoch immer noch dunkel blieb, nahm er die Sonnenbrille ab. Das Mädchen zündete sich in diesem Augenblick eine Zigarette an, offenbar ärgerlich, daß es im Roman nicht weiterlesen konnte, wie er im rötlichen Aufflammen des Streichholzes zu bemerken glaubte; seine Armbanduhr mit dem leuchtenden Zifferblatt zeigte zehn nach sechs. Er lehnte sich in die Ecke zwischen der Coupéwand und der Scheibe und beschäftigte sich mit seinen verworrenen Studien, die ihm niemand recht glaubte, mit dem Seminar, in das er morgen mußte und in das er nicht gehen würde (alles, was er tat, war nur ein Vorwand, hinter der Fassade seines Tuns Ordnung zu erlangen, nicht die Ordnung selber, nur die Ahnung einer Ordnung, angesichts des Schrecklichen, gegen das er sich mit Fett polsterte, Zigarren in den Mund steckte, Wattebüschel in die Ohren), und wie er wieder auf das Zifferblatt schaute, war es viertel nach sechs und immer noch der Tunnel. Das verwirrte ihn. Zwar leuchteten nun die Glühbirnen auf, es wurde hell im Coupé, das rote Mädchen konnte in seinem Roman weiterlesen, und der dicke Herr spielte wieder mit sich selber Schach, doch draußen, jenseits der Scheibe, in der sich nun das ganze Abteil spiegelte, war immer noch der Tunnel. Er trat in den Korridor, in welchem ein hochgewachsener Mann in einem hellen Regenmantel auf und ab ging, ein schwarzes Halstuch umgeschlagen. Wozu auch bei diesem Wetter, dachte er und schaute in die anderen Coupés dieses Wagens, wo man Zeitung las und miteinander schwatzte. Er trat wieder zu seiner Ecke und setzte sich, der Tunnel mußte nun jeden Augenblick aufhören, jede Sekunde; auf der Armbanduhr war es nun beinahe zwanzig nach; er ärgerte sich, den Tunnel vorher so wenig beachtet zu haben, dauerte er doch nun schon eine Viertelstunde und mußte, gerade weil der Zug offenbar in höchster Geschwindigkeit fuhr, ein bedeutender Tunnel sein, einer der längsten Tunnel in der Schweiz. Es war daher wahrscheinlich, daß er einen falschen Zug genommen hatte, wenn ihm im Augenblick auch nicht erinnerlich war, daß sich zwanzig Minuten Bahnfahrt von seinem Wohnort entfernt ein so langer und bedeutender Tunnel befand. Er fragte deshalb den dicken Schachspieler, ob der Zug nach Zürich fahre, was der bestätigte. Er habe gar nicht gewußt, daß diese Strecke einen so beträchtlichen Tunnel aufweise, entgegnete der junge Mann, doch der Schachspieler antwortete, etwas ärgerlich, da er in irgendeiner schwierigen Überlegung zum zweiten Mal unterbrochen worden war, in der Schweiz gebe es eben viele Tunnel, außerordentlich viele, er reise zwar zum ersten Mal in diesem Lande, doch falle dies sofort auf, auch habe er in einem statistischen Jahrbuch gelesen, kein Land besitze so viele Tunnel wie die Schweiz. Er müsse sich nun entschuldigen, wirklich, es tue ihm schrecklich leid, da er sich mit einem wichtigen Problem der Nimzowitsch-Verteidigung beschäftige und nicht mehr abgelenkt werden dürfe. Der Schachspieler hatte höflich, aber bestimmt geantwortet; daß von ihm keine Antwort zu erwarten war, sah der junge Mann ein. Er war überzeugt, daß seine Fahrkarte zurückgewiesen werden würde; auch als der Schaffner, ein blasser, magerer Mann, nervös, wie es den Eindruck machte, gegenüber dem Mädchen, dem er zuerst die Fahrkarte abnahm, bemerkte, es müsse in Olten umsteigen, gab der Vierundzwanzigjährige noch nicht alle Hoffnung auf, so sehr war er überzeugt, in den falschen Zug gestiegen zu sein. Er werde wohl nachzahlen müssen, er sollte nach Zürich, sagte er denn, ohne die Ormond Brasil 10 aus dem Munde zu nehmen, und reichte dem Schaffner das Billet hin. Der Herr sei im rechten Zug, antwortete der, als er die Fahrkarte geprüft hatte. »Aber wir fahren doch durch einen Tunnel!« rief der junge Mann ärgerlich und recht energisch aus, entschlossen, nun die verwirrende Situation aufzuklären. Man sei eben an Herzogenbuchsee vorbeigefahren und nähere sich Langenthal, sagte der Schaffner. »Es stimmt, mein Herr, es ist jetzt zwanzig nach sechs.« Aber man fahre seit zwanzig Minuten durch einen Tunnel, beharrte der junge Mann auf seiner Feststellung. Der Schaffner sah ihn verständnislos an. »Es ist der Zug nach Zürich«, sagte er, und schaute nun auch nach dem Fenster. »Zwanzig nach sechs«, sagte er wieder, jetzt etwas beunruhigt, wie es schien, »bald kommt Olten, Ankunft achtzehnuhrsiebenunddreißig. Es wird schlechtes Wetter gekommen sein, ganz plötzlich, daher die Nacht, vielleicht ein Sturm, ja, das wird es sein.« »Unsinn«, mischte sich nun der Mann, der sich mit dem Problem der Nimzowitsch-Verteidigung beschäftigte, ins Gespräch, ärgerlich, weil er immer noch sein Billet hinhielt, ohne vom Schaffner beachtet zu werden, »Unsinn, wir fahren durch einen Tunnel. Man kann deutlich den

Fels sehen, Granit wie es scheint. In der Schweiz gibt es die meisten Tunnel der ganzen Welt. Ich habe es in einem statistischen Jahrbuch gelesen.« Der Schaffner, indem er endlich die Fahrkarte des Schachspielers entgegennahm, versicherte aufs neue, fast flehentlich, der Zug fahre nach Zürich, worauf der Vierundzwanzigjährige den Zugführer verlangte. Der sei vorne im Zug, sagte der Schaffner, im übrigen fahre der Zug nach Zürich, jetzt sei es sechsuhrfünfundzwanzig, und in zwölf Minuten werde er nach dem Sommerfahrplan in Olten anhalten, er fahre jede Woche diesen Zug dreimal. Der junge Mann machte sich auf den Weg. Das Gehen fiel ihm noch schwerer im überfüllten Zug als vorher, als er die gleiche Strecke umgekehrt gegangen war; der Zug mußte überaus schnell fahren; auch war das Getöse, das er dabei verursachte, entsetzlich; so steckte er sich seine Wattebüschel denn wieder in die Ohren, nachdem er sie beim Betreten des Zuges entfernt hatte. Die Menschen, an denen er vorbeikam, verhielten sich ruhig, in nichts unterschied sich der Zug von anderen Zügen, in denen er an den Sonntagnachmittagen gefahren war, und niemand fiel ihm auf, der beunruhigt gewesen wäre. In einem Wagen mit Zweitklaß-Abteilen stand ein Engländer am Fenster des Korridors und tippte freudestrahlend mit der Pfeife, die er rauchte, an die Scheibe. »Simplon«, sagte er. Auch im Speisewagen war alles wie sonst, obwohl kein Platz frei war und der Tunnel doch einem der Reisenden oder der Bedienung, die Wienerschnitzel und Reis servierte, hätte auffallen können. Den Zugführer, den er an der roten Tasche erkannte, fand der junge Mann am Ausgang des Speisewagens. »Sie wünschen?« fragte der Zugführer, der ein großgewachsener, ruhiger Mann war, mit einem sorgfältig gepflegten schwarzen Schnurrbart und einer randlosen Brille. »Wir sind in einem Tunnel, seit fünfundzwanzig Minuten«, sagte der junge Mann. Der Zugführer schaute nicht nach dem Fenster, wie der Vierundzwanzigjährige erwartet hatte, sondern wandte sich zum Kellner. »Geben Sie mir eine Schachtel Ormond 10«, sagte er, »ich rauche die gleiche Sorte wie der Herr da«; doch konnte ihn der Kellner nicht bedienen, da man diese Zigarre nicht besaß, so daß denn der junge Mann, froh, einen Anknüpfungspunkt zu haben, dem Zugführer eine Brasil anbot. »Danke«, sagte der, »ich werde in Olten kaum Zeit haben, mir eine zu verschaffen, und so tun Sie mir denn einen großen Gefallen. Rauchen ist wichtig. Darf ich Sie nun bitten, mir zu folgen?« Er führte den Vierundzwanzigjährigen in den Packwagen, der vor dem Speisewagen lag. »Dann kommt noch die Maschine«, sagte der Zugführer, als sie den Raum betraten, »wir befinden uns an der Spitze des Zuges.« Im Packraum brannte ein schwaches, gelbes Licht, der größte Teil des Wagens lag im Ungewissen, die Seitentüren waren verschlossen, und nur durch ein kleines vergittertes Fenster drang die Finsternis des Tunnels. Koffer standen herum, viele mit Hotelzetteln beklebt, einige Fahrräder und ein Kinderwagen. Der Zugführer hängte seine rote Tasche an einen Haken. »Was wünschen Sie?« fragte er aufs neue, schaute jedoch den jungen Mann nicht an, sondern begann in einem Heft, das er der Tasche entnommen hatte, Tabellen auszufüllen. »Wir befinden uns seit Burgdorf in einem Tunnel«, antwortete der Vierundzwanzigjährige entschlossen, »einen derartigen Tunnel gibt es auf dieser Strecke nicht, ich fahre sie jede Woche hin und zurück, ich kenne die Strecke.« Der Zugführer schrieb weiter.

»Mein Herr«, sagte er endlich und trat nah an den jungen Mann heran, so nah, daß sich die beiden Leiber fast berührten, »mein Herr, ich habe Ihnen wenig zu sagen. Wie wir in diesen Tunnel geraten sind, weiß ich nicht, ich besitze dafür keine Erklärung. Doch bitte ich Sie zu bedenken: Wir bewegen uns auf Schienen, der Tunnel muß also irgendwohin führen. Nichts beweist, daß am Tunnel etwas nicht in Ordnung ist, außer natürlich, daß er nicht aufhört.« Der Zugführer, die Ormond Brasil immer noch ohne zu rauchen zwischen den Lippen, hatte überaus leise gesprochen, jedoch mit so großer Würde und so deutlich und bestimmt, daß seine Worte vernehmbar waren, trotz der Wattebüschel und obgleich im Packwagen das Tosen des Zuges um vieles stärker war als im Speisewagen. »Dann bitte ich Sie, den Zug anzuhalten«, begehrte der junge Mann ungeduldig, »ich verstehe kein Wort von dem, was Sie sagen. Wenn etwas nicht stimmt mit diesem Tunnel, dessen Vorhandensein Sie selber nicht erklären können, haben Sie den Zug anzuhalten.« »Den Zug anhalten?« antwortete der andere langsam, gewiß, daran habe er auch schon gedacht, worauf er das Heft schloß und in die rote Tasche zurücksteckte, die an ihrem Haken hin und her schwankte, dann steckte er die Ormond sorgfältig in Brand. Ob er die Notbremse ziehen solle, fragte der junge Mann und wollte nach dem Haken der Bremse über seinem Kopf greifen, torkelte jedoch im selben Augenblick nach vorne, wo er an die Wand prallte. Ein Kinderwagen rollte auf ihn zu, und Koffer rutschten heran; seltsam schwankend kam auch der Zugführer mit vorgestreckten Händen durch den Packraum. »Wir fahren abwärts«, sagte der Zugführer und lehnte sich neben dem Vierundzwanzigjährigen an die Vorderwand des Wagens, doch kam der erwartete Aufprall des rasenden Zuges am Fels nicht, dieses Zerschmettern und Ineinanderschachteln der Wagen, der Tunnel schien vielmehr wieder eben zu verlaufen. Am andern Ende des Wagens öffnete sich die Türe. Im grellen Licht des Speisewagens sah man Menschen, die einander zutranken, dann schloß sich die Türe wieder. »Kommen Sie in die Lokomotive«, sagte der Zugführer und schaute dem Vierundzwanzigjährigen nachdenklich und, wie es plötzlich schien, drohend ins Gesicht, dann schloß er die Türe auf, neben der sie an der Wand lehnten: Mit solcher Gewalt jedoch schlug ihnen ein sturmartiger, heißer Luftstrom entgegen, daß sie von der Wucht des Orkans aufs neue gegen die Wand taumelten; gleichzeitig erfüllte ein fürchterliches Getöse den Packwagen. »Wir müssen zur Maschine hinüberklettern«, schrie der Zugführer dem jungen Mann ins Ohr, auch so kaum vernehmbar, und verschwand dann im Rechteck der offenen Türe, durch die man die hellerleuchteten, hin und her schwankenden Scheiben der Zugmaschine sah. Der Vierundzwanzigjährige folgte entschlossen, wenn er auch den Sinn der Kletterei nicht begriff. Die Plattform, die er betrat, besaß auf beiden Seiten ein Eisengeländer, woran er sich klammerte, doch war nicht der ungeheure Luftzug das Entsetzliche, der sich milderte, wie der junge Mann sich der Maschine zubewegte, sondern die unmittelbare Nähe der Tunnelwände, die er zwar nicht sah, da er sich ganz auf die Maschine konzentrieren mußte, die er jedoch ahnte, durchzittert vom Stampfen der Räder und vom Pfeifen der Luft, so daß ihm war, als rase er mit Sterngeschwindigkeit in eine Welt aus Stein. Der Lokomotive entlang lief ein schmales Band und darüber als

Geländer eine Stange, die sich in immer gleicher Höhe über dem Band um die Maschine herumkrümmte: Dies mußte der Weg sein; den Sprung, den es zu wagen galt, schätzte er auf einen Meter. So gelang es ihm denn auch, die Stange zu fassen. Er schob sich, gegen die Lokomotive gepreßt, dem Band entlang; fürchterlich wurde der Weg erst, als er auf die Längsseite der Maschine gelangte, nun voll der Wucht des brüllenden Orkans ausgesetzt und drohenden Felswänden, die, hell erleuchtet von der Maschine, heranfegten. Nur der Umstand, daß ihn der Zugführer durch eine kleine Türe ins Innere der Maschine zog, rettete ihn. Erschöpft lehnte sich der junge Mann gegen den Maschinenraum, worauf es mit einem Male still wurde, denn die Stahlwände der riesenhaften Lokomotive dämpften, als der Zugführer die Türe geschlossen hatte, das Tosen so sehr ab, daß es kaum mehr zu vernehmen war. »Die Ormond Brasil haben wir auch verloren«, sagte der Zugführer. »Es war nicht klug, vor der Kletterei eine anzuzünden, aber sie zerbrechen leicht, wenn man keine Schachtel mit sich führt, bei ihrer länglichen Form.« Der junge Mann war froh, nach der bedenklichen Nähe der Felswände auf etwas gelenkt zu werden, das ihn an die Alltäglichkeit erinnerte, in der er sich noch vor wenig mehr denn einer halben Stunde befunden hatte, an diese immergleichen Tage und Jahre (immergleich, weil er nur auf diesen Augenblick hinlebte, der nun erreicht war, auf diesen Augenblick des Einbruchs, auf dieses plötzliche Nachlassen der Erdoberfläche, auf den abenteuerlichen Sturz ins Erdinnere). Er holte eine der braunen Schachteln aus der rechten Rocktasche und bot dem Zugführer erneut eine Zigarre an, selber steckte er sich auch eine in den Mund, und vorsichtig nahmen sie Feuer, das der Zugführer bot. »Ich schätze diese Ormond sehr«, sagte der Zugführer, »nur muß einer gut ziehen, sonst gehen sie aus«, Worte, die den Vierundzwanzigjährigen mißtrauisch machten, weil er spürte, daß der Zugführer auch nicht gern an den Tunnel dachte, der draußen immer noch dauerte (immer noch war die Möglichkeit, er könnte plötzlich aufhören, wie ein Traum mit einem Mal aufzuhören vermag). »Achtzehnuhrvierzig«, sagte er, indem er auf seine Uhr mit dem leuchtenden Zifferblatt schaute, »jetzt sollten wir doch schon in Olten sein«, und dachte dabei an die Hügel und Wälder, die doch noch vor kurzem waren, goldüberhäuft in der sinkenden Sonne. So standen sie und rauchten, an die Wand des Maschinenraumes gelehnt. »Keller ist mein Name«, sagte der Zugführer und zog an seiner Brasil. Der junge Mann gab nicht nach. »Die Kletterei auf der Maschine war nicht ungefährlich«, bemerkte er, »wenigstens für mich, der ich dergleichen nicht gewohnt bin, und so möchte ich denn wissen, wozu Sie mich hergebracht haben.« Er wisse es nicht, antwortete Keller, er habe sich nur Zeit zum Überlegen schaffen wollen. »Zeit zum Überlegen«, wiederholte der Vierundzwanzigjährige. »Ja«, sagte der Zugführer, so sei es, rauchte dann wieder weiter. Die Maschine schien sich von neuem nach vorne zu neigen. »Wir können ja in den Führerraum gehen«, schlug Keller vor, blieb jedoch immer noch unschlüssig an der Maschinenwand stehen, worauf der junge Mann den Korridor entlangschritt. Wie er die Türe zum Führerraum geöffnet hatte, blieb er stehen. »Leer«, sagte er zum Zugführer, der nun auch herankam, »der Führerstand ist leer.« Sie betraten den Raum, schwankend durch die ungeheure Geschwindigkeit, mit der die Maschine, den Zug mit sich reißend, immer weiter in den Tunnel hineinraste. »Bitte«, sagte der Zugführer und drückte einige Hebel nieder, zog auch die Notbremse. Die Maschine gehorchte nicht. Sie hätten alles getan, sie anzuhalten, gleich als sie die Änderung in der Strecke bemerkt hätten, versicherte Keller, doch sei die Maschine immer weitergerast. »Sie wird immer weiterrasen«, antwortete der Vierundzwanzigjährige und wies auf den Geschwindigkeitsmesser. »Hundertfünfzig. Ist die Maschine je hundertfünfzig gefahren?« »Höchstens hundertfünf«, entgegnete der Zugführer. »Eben«, stellte der junge Mann fest. »Eben. Die Schnelligkeit nimmt zu. Jetzt zeigt der Messer Hundertachtundfünfzig. Wir fallen.« Er trat an die Scheibe, doch konnte er sich nicht aufrecht halten, sondern wurde mit dem Gesicht auf die Glaswand gepreßt, so abenteuerlich war nun die Geschwindigkeit. »Der Lokomotivführer?« schrie er und starrte nach den Felsmassen, die in das grelle Licht der Scheinwerfer hinaufstürzten, ihm entgegen, die auf ihn zurasten, und über ihm, unter ihm und zu beiden Seiten des Führerraums verschwanden. »Abgesprungen«, schrie Keller zurück, der nun mit dem Rücken gegen das Schaltbrett gelehnt auf dem Boden saß. »Wann?« fragte der Vierundzwanzigjährige hartnäckig. Der Zugführer zögerte ein wenig und mußte sich seine Ormond aufs neue anzünden, die Beine, da sich der Zug immer stärker neigte, in der gleichen Höhe wie sein Kopf. »Schon nach fünf Minuten«, sagte er dann. »Es war sinnlos, noch eine Rettung zu versuchen. Der im Packraum ist auch abgesprungen.« »Und Sie«, fragte der Vierundzwanzigjährige. »Ich bin der Zugführer«, antwortete der andere, »auch habe ich immer ohne Hoffnung gelebt.« »Ohne

Hoffnung«, wiederholte der junge Mann, der nun geborgen auf der Glasscheibe des Führerstandes lag, das Gesicht über den Abgrund gepreßt. »Wir saßen noch in unseren Abteilen und wußten nicht, daß schon alles verloren war«, dachte er. »Es hatte sich noch nichts verändert, wie es schien, doch hatte uns in Wahrheit der Schacht nach der Tiefe zu schon aufgenommen.« Er müsse nun zurück, schrie der Zugführer, »in den Wagen wird die Panik ausgebrochen sein. Alles wird sich nach hinten drängen.« »Gewiß«, antwortete der Vierundzwanzigjährige und dachte an den dicken Schachspieler und an das Mädchen mit seinem Roman und dem roten Haar. Er reichte dem Zugführer seine übrigen Schachteln Ormond Brasil 10. »Nehmen Sie«, sagte er, »Sie werden Ihre Brasil beim Hinüberklettern doch wieder verlieren.« Ob er denn nicht zurückkomme, fragte der Zugführer, der sich aufgerichtet hatte und mühsam den Trichter des Korridors hinaufzukriechen begann. Der junge Mann sah nach den sinnlosen Instrumenten, nach diesen lächerlichen Hebeln und Schaltern, die ihn im gleißenden Licht der Kabine silbern umgaben. »Zweihundertzehn«, sagte er. »Ich glaube nicht, daß Sie es bei dieser Geschwindigkeit schaffen, hinaufzukommen in die Wagen über uns. »Es ist meine Pflicht«, schrie der Zugführer. »Gewiß«, antwortete der Vierundzwanzigjährige, ohne seinen Kopf nach dem sinnlosen Unternehmen des Zugführers zu wenden. »Ich muß es wenigstens versuchen«, schrie der Zugführer noch einmal, nun schon weit oben im Korridor, sich mit Ellbogen und Schenkeln gegen die Metallwände stemmend, doch wie sich die Maschine weiter hinabsenkte, um nun in fürchterlichem Sturz dem Innern der Erde entgegenzurasen, so daß der Zugführer in seinem Schacht direkt über dem Vierundzwanzigjährigen hing, der am Grunde der Maschine auf dem silbernen Fenster des Führerraumes lag, das Gesicht nach unten, ließ seine Kraft nach. Der Zugführer stürzte auf das Schaltbrett und kam blutüberströmt neben den jungen Mann zu liegen, dessen Schultern er umklammerte. »Was sollen wir tun?« schrie der Zugführer durch das Tosen der ihnen entgegenschnellenden Tunnelwände hindurch dem andern ins Ohr, der mit seinem fetten Leib, der jetzt nutzlos war und nicht mehr schützte, unbeweglich auf der Glasscheibe des Führerstandes klebte und den Abgrund unter ihm in seine nun zum ersten Mal weit geöffneten Augen sog. »Was sollen wir tun?« schrie der Zugführer noch einmal, worauf der Vierundzwanzigjährige, ohne sein Gesicht vom Schauspiel abzuwenden, während die zwei Wattebüschel durch den ungeheuren Luftzug, der nun plötzlich hereinbrach, pfeilschnell nach oben in den Schacht über ihnen fegten, mit einer gespensterhaften Heiterkeit antwortete: »Nichts.«

Die Panne

Eine noch mögliche
Geschichte

.

Erster Teil

Gibt es noch mögliche Geschichten, Geschichten für Schriftsteller? Will einer nicht von sich erzählen, romantisch, lyrisch sein Ich verallgemeinern, fühlt er keinen Zwang, von seinen Hoffnungen und Niederlagen zu reden, durchaus wahrhaftig, und von seiner Weise, bei Frauen zu liegen, wie wenn Wahrhaftigkeit dies alles ins Allgemeine transponieren würde und nicht viel mehr ins Medizinische, Psychologische bestenfalls, will einer dies nicht tun, vielmehr diskret zurücktreten, das Private höflich wahren, den Stoff vor sich wie ein Bildhauer sein Material, an ihm arbeitend und an ihm sich entwickelnd und als eine Art Klassiker versuchen, nicht gleich zu verzweifeln, wenn auch der bare Unsinn kaum zu leugnen ist, der überall zum Vorschein kommt, dann wird Schreiben schwieriger und einsamer, auch sinnloser, eine gute Note in der Literaturgeschichte interessiert nicht – wer bekam nicht schon gute Noten, welche Stümpereien wurden nicht schon ausgezeichnet –, die Forderungen des Tags sind wichtiger. Doch auch hier ein Dilemma und ungünstige Marktlage. Bloße Unterhaltung bietet das Leben, am Abend das Kino, Poesie die Tageszeitung unter dem Strich, für mehr, doch sozialerweise schon von einem Franken an, wird Seele gefordert, Geständnisse, Wahrhaftigkeit eben, höhere Werte sollen geliefert werden, Moralien, brauchbare Sentenzen, irgend etwas soll überwunden oder bejaht werden, bald Christentum, bald gängige Verzweiflung, Literatur, alles in allem. Doch wenn dies zu produzieren der Autor sich weigert, immer mehr, immer hartnäckiger, weil er sich zwar im klaren ist, daß der Grund seines Schreibens bei ihm liegt, in seinem Bewußten und Unbewußten in je nach Fall dosiertem Verhältnis, in seinem Glauben und Zweifeln, jedoch auch meint, gerade dies gehe das Publikum nun wirklich nichts an, es genüge, was er schreibt, gestaltet, formt, man zeige appetitlicherweise die Oberfläche und nur diese, arbeite an ihr und nur dort, im übrigen sei der Mund zu halten, weder zu kommentieren noch zu schwatzen? Angelangt bei dieser Erkenntnis, wird er stocken, zögern, ratlos werden, dies wird kaum zu vermeiden sein. Die Ahnung steigt auf, es gebe nichts mehr zu erzählen, die Abdankung wird ernstlich in Erwägung gezogen, vielleicht sind einige Sätze noch möglich, sonst aber Schwenkung in die Biologie, um der Explosion der Menschheit, den vorrückenden Milliarden, den unablässig liefernden Gebärmüttern wenigstens gedanklich beizukommen, oder in die Physik, in die Astronomie, sich ordnungshalber über das Gerüst Rechenschaft abzulegen, in welchem wir pendeln. Der Rest für die Illustrierte, für ›Life‹, ›Match‹, ›Quick‹ und für die ›Sie und Er‹: der Präsident unter dem Sauerstoffzelt, Onkel Bulganin in seinem Garten, die Prinzessin mit ihrem Tausendsassa von Flugkapitän, Filmgrößen und Dollargesichter, auswechselbar, schon aus der Mode, kaum wird von ihnen gesprochen. Daneben der Alltag eines jeden, westeuropäisch in meinem Fall, schweizerisch genauer, schlechtes Wetter und Konjunktur, Sorgen und Plagen, Erschütterungen durch private Ereignisse, doch ohne Zusammenhang mit dem Weltganzen, mit dem Ablauf der Dinge und Undinge, mit dem Abspulen der Notwendigkeiten. Das Schicksal hat die Bühne verlassen, auf der gespielt wird, um hinter den Kulissen zu lauern, außerhalb der gültigen Dramaturgie, im Vordergrund wird alles zum Unfall, die Krankheiten, die Krisen. Selbst der Krieg wird abhängig davon, ob die Elektronen-Hirne sein Rentieren voraussagen, doch wird dies nie der Fall sein, weiß man, gesetzt die Rechenmaschinen funktionieren, nur noch Niederlagen sind mathematisch denkbar; wehe nur, wenn Fälschungen stattfinden, verbotene Eingriffe in die künstlichen Hirne, doch auch dies weniger peinlich als die Möglichkeit, daß eine Schraube sich lockert, eine Spule in Unordnung gerät, ein Taster falsch reagiert, Weltuntergang aus technischem Kurzschluß, Fehlschaltung. So droht kein Gott mehr, keine Gerechtigkeit, kein Fatum wie in der fünften Symphonie, sondern Verkehrsunfälle, Deichbrüche infolge Fehlkonstruktion, Explosion einer Atombombenfabrik, hervorgerufen durch einen zerstreuten Laboranten, falsch eingestellte Brutmaschinen. In diese Welt der Pannen führt unser Weg, an dessen staubigem Rande nebst Reklamewänden für Bally-Schuhe, Studebaker, Eiscreme und den Gedenksteinen der Verunfallten sich noch einige mögliche Geschichten ergeben, indem aus einem Dutzendgesicht die Menschheit blickt, Pech sich ohne Absicht ins Allgemeine weitet, Gericht und Gerechtigkeit sichtbar werden, vielleicht auch Gnade, zufällig aufgefangen, widergespiegelt vom Monokel eines Betrunkenen.

Zweiter Teil

Unfall, harmlos zwar, Panne auch hier: Alfredo Traps, um den Namen zu nennen, in der Textilbranche beschäftigt, fünfundvierzig, noch lange nicht korpulent, angenehme Erscheinung, mit genügenden Manieren, wenn auch eine gewisse Dressur verratend, indem Primitives, Hausiererhaftes durchschimmert – dieser Zeitgenosse hatte sich eben noch mit seinem Studebaker über eine der großen Straßen des Landes bewegt, konnte schon hoffen, in einer Stunde seinen Wohnort, eine größere Stadt, zu erreichen, als der Wagen streikte. Er ging einfach nicht mehr. Hilflos lag die rotlackierte Maschine am Fuße eines kleineren Hügels, über den sich die Straße schwang; im Norden hatte sich eine Kumuluswolke gebildet, und im Westen stand die Sonne immer noch hoch, fast nachmittäglich. Traps rauchte eine Zigarette und tat dann das Nötige. Der Garagist, der den Studebaker schließlich abschleppte, erklärte, den Schaden nicht vor dem andern Morgen beheben zu können, Fehler in der Benzinzufuhr. Ob dies stimmte, war weder ausfindig zu machen, noch war ratsam, es zu versuchen; Garagisten ist man ausgeliefert wie einst Raubrittern, noch früher Ortsgöttern und Dämonen. Zu bequem, die halbe Stunde zur nächsten Bahnstation zurückzulegen und die etwas komplizierte, wenn auch kurze Reise nach Hause zu unternehmen, zu seiner Frau, zu seinen vier Kindern, alles Jungen, beschloß Traps zu übernachten. Es war sechs Uhr

abends, heiß, der längste Tag nahe, das Dorf, an dessen
Rand sich die Garage befand, freundlich, verzettelt gegen
bewaldete Hügel hin, mit einem kleinen Bühl samt Kirche, Pfarrhaus und einer uralten, mit mächtigen Eisenringen und Stützen versehenen Eiche, alles solide, proper,
sogar die Misthaufen vor den Bauernhäusern sorgfältig
geschichtet und herausgeputzt. Auch stand irgendwo ein
Fabriklein herum und mehrere Pinten und Landgasthöfe,
deren einen Traps schon öfters hatte rühmen hören, doch
waren die Zimmer belegt, eine Tagung der Kleinviehzüchter nahm die Betten in Anspruch, und der Textilreisende wurde nach einer Villa gewiesen, wo hin und
wieder Leute aufgenommen würden. Traps zögerte.
Noch war es möglich, mit der Bahn heimzukehren, doch
lockte ihn die Hoffnung, irgendein Abenteuer zu erleben, gab es doch manchmal in den Dörfern Mädchen,
wie in Großbiestringen neulich, die Textilreisende zu
schätzen wußten. So schlug er denn neubelebt den Weg
zur Villa ein. Von der Kirche her Glockengeläute. Kühe
trotteten ihm entgegen, muhten. Das einstöckige Land-
haus lag in einem größeren Garten, die Wände blendend
weiß, Flachdach, grüne Rolläden, halb verdeckt von
Büschen, Buchen und Tannen, gegen die Straße hin
Blumen, Rosen vor allem, ein betagtes Männchen dazwischen mit umgebundener Lederschürze, möglicherweise
der Hausherr, leichte Gartenarbeit verrichtend.

Traps stellte sich vor und bat um Unterkunft.

»Ihr Beruf?« fragte der Alte, der an den Zaun gekommen war, eine Brissago rauchend und die Gartentüre
kaum überragend.

»In der Textilbranche beschäftigt.«

Der Alte musterte Traps aufmerksam, nach der Weise

der Weitsichtigen über eine kleine randlose Brille blickend: »Gewiß, hier kann der Herr übernachten.«

Traps fragte nach dem Preis.

Er pflege dafür nichts zu nehmen, erklärte der Alte, er sei allein, sein Sohn befinde sich in den Vereinigten Staaten, eine Haushälterin sorge für ihn, Mademoiselle Simone, da sei er froh, hin und wieder einen Gast zu beherbergen.

Der Textilreisende dankte. Er war gerührt über die Gastfreundschaft und bemerkte, auf dem Lande seien eben die Sitten und Bräuche der Altvordern noch nicht ausgestorben. Die Gartentüre wurde geöffnet. Traps sah sich um. Kieswege, Rasen, große Schattenpartien, sonnenbeglänzte Stellen.

Er erwarte einige Herren heute abend, sagte der Alte, als sie bei den Blumen angelangt waren, und schnitt sorgfältig an einem Rosenstock herum. Freunde kämen, die in der Nachbarschaft wohnten, teils im Dorf, teils weiter gegen die Hügel hin, pensioniert wie er selber, hergezogen des milden Klimas wegen und weil hier der Föhn nicht zu spüren sei, alle einsam, verwitwet, neugierig auf etwas Neues, Frisches, Lebendiges, und so sei es ihm denn ein Vergnügen, Herrn Traps zum Abendessen und zum nachfolgenden Herrenabend einladen zu dürfen.

Der Textilreisende stutzte. Er hatte eigentlich im Dörfchen essen wollen, im allseits bekannten Landgasthof eben, doch wagte er nicht, die Aufforderung abzulehnen. Er fühlte sich verpflichtet. Er hatte die Einladung angenommen, kostenlos zu übernachten. Er wollte nicht als ein unhöflicher Stadtmensch erscheinen. So tat er erfreut. Der Hausherr führte ihn in den ersten Stock. Ein freundliches Zimmer. Fließendes Wasser, ein breites Bett, Tisch, bequemer Sessel, ein Hodler an der Wand, alte Lederbände im Büchergestell. Der Textilreisende öffnete sein Köfferchen, wusch, rasierte sich, hüllte sich in eine Wolke von Eau de Cologne, trat ans Fenster, zündete eine Zigarette an. Eine große Sonnenscheibe rutschte gegen die Hügel hinunter, umstrahlte die Buchen. Er überschlug flüchtig die Geschäfte dieses Tages, den Auftrag der Rotacher AG, nicht schlecht, die Schwierigkeiten mit Wildholz, fünf Prozent verlangte der, Junge, Junge, dem würde er schon den Hals umdrehen. Dann tauchten Erinnerungen auf. Alltägliches, Unordentliches, ein geplanter Ehebruch im Hotel Touring, die Frage, ob seinem Jüngsten (den er am meisten liebte) eine elektrische Eisenbahn zu kaufen sei, die Höflichkeit und eigentlich die Pflicht, seiner Frau zu telephonieren, Nachricht von seinem ungewollten Aufenthalt zu geben. Doch unterließ er es. Wie schon oft. Sie war daran gewöhnt und würde ihm außerdem auch nicht glauben. Er gähnte, genehmigte eine weitere Zigarette. Er sah zu, wie drei alte Herren über den Kiesweg anmarschiert kamen, zwei Arm in Arm, ein dicker, glatzköpfiger hinterdrein. Begrüßung, Händeschütteln, Umarmungen, Gespräche über Rosen. Traps zog sich vom Fenster zurück, ging zum Büchergestell. Nach den Titeln, die er las, war ein langweiliger Abend zu erwarten: Hotzendorff, Das Verbrechen des Mordes und die Todesstrafe; Savigny, System des heutigen römischen Rechts; Ernst David Hölle, Die Praxis des Verhörs. Der Textilreisende sah klar. Sein Gastgeber war Jurist, vielleicht ein gewesener Rechtsanwalt. Er machte sich auf umständliche Erörterungen gefaßt, was verstand so ein Studierter vom wirkli-

chen Leben, nichts, die Gesetze waren ja danach. Auch
war zu befürchten, daß über Kunst oder ähnliches geredet würde, wobei er sich leicht blamieren konnte, na gut,
wenn er nicht mitten im Geschäftskampf stehen würde,
wäre er auch auf dem laufenden in höheren Dingen. So
ging er denn ohne Lust hinunter, wo man sich in der
offenen, immer noch sonnenbeschienenen Veranda nie-
dergelassen hatte, während die Haushälterin, eine hand-
feste Person, nebenan im Speisezimmer den Tisch deckte.
Doch stutzte er, als er die Gesellschaft sah, die ihn
erwartete. Er war froh, daß ihm fürs erste der Hausherr
entgegenkam, nun fast geckenhaft, die wenigen Haare
sorgfältig gebürstet, in einem viel zu weiten Gehrock.
Traps wurde willkommen geheißen. Mit einer kurzen
Rede. So konnte er seine Verwunderung verbergen, murmelte, die Freude sei ganz auf seiner Seite, verneigte sich,
kühl, distanziert, spielte den Textilfachmann von Welt
und dachte mit Wehmut, daß er doch nur in diesem
Dorfe geblieben sei, irgendein Mädchen aufzutreiben.
Das war mißlungen. Er sah sich drei weiteren Greisen
gegenüber, die in nichts dem kauzigen Gastgeber nach-
standen. Wie ungeheure Raben füllten sie den sommerli-
chen Raum mit den Korbmöbeln und den luftigen Gardi-
nen, uralt, verschmiert und verwahrlost, wenn auch ihre
Gehröcke die beste Qualität aufwiesen, wie er gleich
feststellte, wollte man vom Glatzköpfigen absehen (Pilet
mit Namen, siebenundsiebzig Jahre alt, gab der Hausherr
bei der Vorstellerei bekannt, die nun einsetzte), der steif
und würdig auf einem äußerst unbequemen Schemel saß,
obgleich doch mehrere angenehme Stühle herumstanden,
überkorrekt hergerichtet, eine weiße Nelke im Knopf-
loch und ständig über seinen schwarzgefärbten buschi-

gen Schnurrbart streichend, pensioniert offenbar, vielleicht ein ehemaliger, durch Glücksfall wohlhabend gewordener Küster oder Schornsteinfeger, möglicherweise auch Lokomotivführer. Um so verlotterter dagegen die beiden andern. Der eine (Herr Kummer, zweiundachtzig), noch dicker als Pilet, unermeßlich, wie aus speckigen Wülsten zusammengesetzt, saß in einem Schaukelstuhl, das Gesicht hochrot, gewaltige Säufernase, joviale Glotzaugen hinter einem goldenen Zwicker, dazu, wohl aus Versehen, ein Nachthemd unter dem schwarzen Anzug und die Taschen vollgestopft mit Zeitungen und Papieren, während der andere (Herr Zorn, sechsundachtzig), lang und hager, ein Monokel vor das linke Auge geklemmt, Schmisse im Gesicht, Hakennase, schlohweiße Löwenmähne, eingefallener Mund, eine vorgestrige Erscheinung alles in allem, die Weste falsch geknöpft hatte und zwei verschiedene Socken trug.

»Campari?« fragte der Hausherr.

»Aber bitte«, antwortete Traps und ließ sich in einen Sessel nieder, während der Lange, Hagere ihn interessiert durch sein Monokel betrachtete:

»Herr Traps wird wohl an unserem Spielchen teilnehmen?«

»Aber natürlich. Spiele machen mir Spaß.«

Die alten Herren lächelten, wackelten mit den Köpfen.

»Unser Spiel ist vielleicht etwas sonderbar«, gab der Gastgeber vorsichtig, fast zögernd zu bedenken. »Es besteht darin, daß wir des Abends unsere alten Berufe spielen.«

Die Greise lächelten aufs neue, höflich, diskret.

Traps wunderte sich. Wie er dies verstehen solle?

»Nun«, präzisierte der Gastgeber, »ich war einst Richter, Herr Zorn Staatsanwalt und Herr Kummer Advokat, und so spielen wir denn Gericht.«

»Ach so«, begriff Traps und fand die Idee passabel. Vielleicht war der Abend doch noch nicht verloren.

Der Gastgeber betrachtete den Textilreisenden feierlich. Im allgemeinen, erläuterte er mit milder Stimme, würden die berühmten historischen Prozesse durchgenommen, der Prozeß Sokrates, der Prozeß Jesus, der Prozeß Jeanne d'Arc, der Prozeß Dreyfus, neulich der Reichstagsbrand, und einmal sei Friedrich der Große für unzurechnungsfähig erklärt worden.

Traps staunte. »Das spielt ihr jeden Abend?«

Der Richter nickte. Aber am schönsten sei es natürlich, erklärte er weiter, wenn am lebenden Material gespielt werde, was des öfteren besonders interessante Situationen ergebe, erst vorgestern etwa sei ein Parlamentarier, der im Dorfe eine Wahlrede gehalten und den letzten Zug verpaßt hätte, zu vierzehn Jahren Zuchthaus wegen Erpressung und Bestechung verurteilt worden.

»Ein gestrenges Gericht«, stellte Traps belustigt fest.

»Ehrensache«, strahlten die Greise.

Was er denn für eine Rolle einnehmen könne?

Wieder Lächeln, fast Lachen.

Den Richter, den Staatsanwalt und den Verteidiger hätten sie schon, es seien dies ja auch Posten, die eine Kenntnis der Materie und der Spielregeln voraussetzten, meinte der Gastgeber, nur der Posten eines Angeklagten sei unbesetzt, doch sei Herr Traps in keiner Weise etwa gezwungen mitzuspielen, er möchte dies noch einmal betonen.

Das Vorhaben der alten Herren erheiterte den Textilreisenden. Der Abend war gerettet. Es würde nicht gelehrt zugehen und langweilig, es versprach lustig zu werden. Er war ein einfacher Mensch, ohne allzugroße Denkkraft und Neigung zu dieser Tätigkeit, ein Geschäftsmann, gewitzigt, wenn es sein mußte, der in seiner Branche aufs Ganze ging, daneben gerne gut aß und trank, mit einer Neigung zu handfesten Späßen. Er spiele mit, sagte er, es sei ihm eine Ehre, den verwaisten Posten eines Angeklagten anzunehmen.

Bravo, krächzte der Staatsanwalt und klatschte in die Hände, bravo, das sei ein Manneswort, das nenne er Courage.

Der Textilreisende erkundigte sich neugierig nach dem Verbrechen, das ihm nun zugemutet würde.

Ein unwichtiger Punkt, antwortete der Staatsanwalt, das Monokel reinigend, ein Verbrechen lasse sich immer finden.

Alle lachten.

Herr Kummer erhob sich. »Kommen Sie, Herr Traps«, sagte er beinahe väterlich, »wir wollen doch den Porto noch probieren, den es hier gibt; er ist alt, den müssen Sie kennenlernen.«

Er führte Traps ins Speisezimmer. Der große runde Tisch war nun aufs festlichste gedeckt. Alte Stühle mit hohen Lehnen, dunkle Bilder an den Wänden, altmodisch, solide alles, von der Veranda her drang das Plaudern der Greise, durch die offenen Fenster flimmerte der Abendschein, drang das Gezwitscher der Vögel, und auf einem Tischchen standen Flaschen, weitere noch auf dem Kamin, die Bordeaux in Körbchen gelagert. Der Verteidiger goß sorgfältig und etwas zittrig aus einer alten Flasche Porto in zwei kleine Gläser, füllte sie bis zum Rande, stieß mit dem Textilreisenden auf dessen Gesundheit an, vorsichtig, die Gläser mit der kostbaren Flüssigkeit kaum in Berührung bringend.

Traps kostete. »Vortrefflich«, lobte er.

»Ich bin Ihr Verteidiger, Herr Traps«, sagte Herr Kummer. »Da heißt es zwischen uns beiden: Auf gute Freundschaft!«

»Auf gute Freundschaft!«

Es sei am besten, meinte der Advokat und rückte mit seinem roten Gesicht, mit seiner Säufernase und seinem Zwicker näher an Traps heran, so daß sein Riesenbauch ihn berührte, eine unangenehme weiche Masse, es sei am besten, wenn der Herr ihm sein Verbrechen gleich anvertraue. So könne er garantieren, daß man beim Gericht auch durchkäme. Die Situation sei zwar nicht gefährlich, doch auch nicht zu unterschätzen, der lange hagere Staatsanwalt, immer noch im Besitz seiner geistigen Kräfte, sei zu fürchten, und dann neige der Gastgeber leider zur Strenge und vielleicht sogar zur Pedanterie, was sich im Alter – er zähle siebenundachtzig – noch verstärkt habe. Trotzdem aber sei es ihm, dem Verteidiger, gelungen, die meisten Fälle durchzubringen, oder es wenigstens nicht zum Schlimmsten kommen zu lassen. Nur einmal bei einem Raubmord sei wirklich nichts zu retten gewesen. Aber ein Raubmord komme hier wohl nicht in Frage, wie er Herrn Traps einschätze, oder doch?

Er habe leider kein Verbrechen begangen, lachte der Textilreisende. Und dann sagte er: »Prosit!«

»Gestehen Sie es mir«, munterte ihn der Verteidiger auf. »Sie brauchen sich nicht zu schämen. Ich kenne das Leben, wundere mich über nichts mehr. Schicksale sind an mir vorübergegangen, Herr Traps, Abgründe taten sich auf, das können Sie mir glauben.«

Es tue ihm leid, schmunzelte der Textilreisende, wirklich, er sei ein Angeklagter, der ohne Verbrechen dastehe, und im übrigen sei es die Sache des Staatsanwaltes, eines zu finden, er habe es selber gesagt, und da wolle er ihn nun beim Wort nehmen. Spiel sei Spiel. Er sei neugierig, was herauskomme. Ob es denn ein richtiges Verhör gebe?

»Will ich meinen!«

»Da freue ich mich aber darauf.«

Der Verteidiger machte ein bedenkliches Gesicht.

»Sie fühlen sich unschuldig, Herr Traps?«

Der Textilreisende lachte: »Durch und durch«, und das Gespräch kam ihm äußerst lustig vor.

Der Verteidiger reinigte seinen Zwicker.

»Schreiben Sie sich's hinter die Ohren, junger Freund, Unschuld hin oder her, auf die Taktik kommt es an! Es ist halsbrecherisch – gelinde ausgedrückt –, vor unserem Gericht unschuldig sein zu wollen, im Gegenteil, es ist am klügsten, sich gleich eines Verbrechens zu bezichtigen, zum Beispiel, gerade für Geschäftsleute vorteilhaft: Betrug. Dann kann sich immer noch beim Verhör herausstellen, daß der Angeklagte übertreibt, daß eigentlich kein Betrug vorliegt, sondern etwa eine harmlose Vertuschung von Tatsachen aus Reklamegründen, wie sie im Handel öfters üblich ist. Der Weg von der Schuld zur Unschuld ist zwar schwierig, doch nicht unmöglich, dagegen ist es geradezu hoffnungslos, seine Unschuld bewahren zu wollen, und das Resultat verheerend. Sie verlieren, wo Sie doch gewinnen könnten, auch sind Sie nun gezwungen, die Schuld nicht mehr wählen zu dürfen, sondern sich aufzwingen zu lassen.«

Der Textilreisende zuckte amüsiert die Achseln, er

bedaure, nicht dienen zu können, aber er sei sich keiner Übeltat bewußt, die ihn mit dem Gesetz in Konflikt gebracht habe, beteuerte er.

Der Verteidiger setzte seinen Zwicker wieder auf. Mit Traps werde er Mühe haben, meinte er nachdenklich, das werde hart auf hart gehen. »Doch vor allem«, schloß er die Unterredung, »überlegen Sie sich jedes Wort, plappern Sie nicht einfach vor sich hin, sonst sehen Sie sich plötzlich zu einer langjährigen Zuchthausstrafe verurteilt, ohne daß noch zu helfen wäre.«

Dann kamen die übrigen. Man setzte sich um den runden Tisch. Gemütliche Tafelrunde, Scherzworte. Zuerst wurden verschiedene Vorspeisen serviert, Aufschnitt, russische Eier, Schnecken, Schildkrötensuppe. Die Stimmung war vortrefflich, man löffelte vergnügt, schlürfte ungeniert.

»Nun, Angeklagter, was haben Sie uns vorzuweisen, ich hoffe einen schönen, stattlichen Mord«, krächzte der Staatsanwalt.

Der Verteidiger protestierte: »Mein Klient ist ein Angeklagter ohne Verbrechen, eine Seltenheit in der Justiz sozusagen. Behauptet unschuldig zu sein.«

»Unschuldig?« wunderte sich der Staatsanwalt. Die Schmisse leuchteten rot auf, das Monokel fiel ihm beinahe in den Teller, pendelte hin und her an der schwarzen Schnur. Der zwerghafte Richter, der eben Brot in die Suppe brockte, hielt inne, betrachtete den Textilreisenden vorwurfsvoll, schüttelte den Kopf, und auch der Glatzköpfige, Schweigsame mit der weißen Nelke starrte ihn erstaunt an. Die Stille war beängstigend. Kein Löffel- und Gabelgeräusch, kein Schnaufen und Schlürfen war zu vernehmen. Nur Simone im Hintergrund kicherte leise.

»Müssen wir untersuchen«, faßte der Staatsanwalt sich endlich. »Was es nicht geben kann, gibt es nicht.«

»Nur zu«, lachte Traps. »Ich stehe zur Verfügung!«

Zum Fisch gab es Wein, einen leichten spritzigen Neuchâteller. »Nun denn«, sagte der Staatsanwalt, seine Forelle auseinandernehmend, »wollen mal sehen. Verheiratet?«

»Seit elf Jahren.«

»Kinderchen?«

»Vier.«

»Beruf?«

»In der Textilbranche.«

»Also Reisender, lieber Herr Traps?«

»Generalvertreter.«

»Schön. Erlitten eine Panne?«

»Zufällig. Zum ersten Mal seit einem Jahr.«

»Ach. Und vor einem Jahr?«

»Nun, da fuhr ich noch den alten Wagen«, erklärte Traps. »Einen Citroën 1939, doch jetzt besitze ich einen Studebaker, rotlackiertes Extramodell.«

»Studebaker, ei, interessant, und erst seit kurzem? Waren wohl vorher nicht Generalvertreter?«

»Ein simpler, gewöhnlicher Reisender in Textilien.«

»Konjunktur«, nickte der Staatsanwalt.

Neben Traps saß der Verteidiger. »Passen Sie auf«, flüsterte er.

Der Textilreisende, der Generalvertreter, wie wir jetzt sagen dürfen, machte sich sorglos hinter ein Beefsteak Tartar, träufelte Zitrone darüber, sein Rezept, etwas Kognak, Paprika und Salz. Ein angenehmeres Essen sei ihm noch nie vorgekommen, strahlte er dabei, er habe stets die Abende in der Schlaraffia für das Amüsanteste gehalten, was seinesgleichen erleben könne, doch dieser Herrenabend bereite noch größeren Spaß.

»Aha«, stellte der Staatsanwalt fest, »Sie gehören der Schlaraffia an. Welchen Spitznamen führen Sie denn dort?«

»Marquis de Casanova.«

»Schön«, krächzte der Staatsanwalt freudig, als ob die Nachricht von Wichtigkeit wäre, das Monokel wieder eingeklemmt. »Uns allen ein Vergnügen, dies zu hören. Darf von Ihrem Spitznamen auf Ihr Privatleben geschlossen werden, mein Bester?«

»Aufgepaßt«, zischte der Verteidiger.

»Lieber Herr«, antwortete Traps. »Nur bedingt. Wenn mir mit Weibern etwas Außereheliches passiert, so nur zufälligerweise und ohne Ambition.«

Ob Herr Traps die Güte hätte, der versammelten Runde sein Leben in kurzen Zügen bekannt geben zu wollen, fragte der Richter, Neuchâteller nachfüllend. Da man ja beschlossen habe, über den lieben Gast und Sünder zu Gericht zu sitzen und ihn womöglich auf Jahre hinaus zu verknurren, sei es nur angemessen, Näheres, Privates, Intimes zu erfahren, Weibergeschichten, wenn möglich gesalzen und gepfeffert.

»Erzählen, erzählen!« forderten die alten Herren den Generalvertreter kichernd auf. Einmal hätten sie einen Zuhälter am Tisch gehabt, der hätte die spannendsten und pikantesten Dinge aus seinem Métier erzählt und sei zu alledem mit nur vier Jahren Zuchthaus davongekommen.

»Nu, nu«, lachte Traps mit, »was gibt es schon von mir zu erzählen. Ich führe ein alltägliches Leben, meine Herren, ein kommunes Leben, wie ich gleich gestehen will. Pupille!«

»Pupille!«

Der Generalvertreter hob sein Glas, fixierte gerührt die starren, vogelartigen Augen der vier Alten, die an ihm hafteten, als wäre er ein spezieller Leckerbissen, und dann stießen die Gläser aneinander.

Draußen war die Sonne nun endlich untergegangen, und auch der Höllenlärm der Vögel verstummt, aber noch lag die Landschaft taghell da, die Gärten und die roten Dächer zwischen den Bäumen, die bewaldeten Hügel und in der Ferne die Vorberge und einige Gletscher, Friedensstimmung, Stille einer ländlichen Gegend, feierliche Ahnung von Glück, Gottessegen und kosmischer Harmonie.

Eine harte Jugend habe er durchgemacht, erzählte Traps, während Simone die Teller wechselte und eine dampfende Riesenschüssel auftischte. Champignons à la Crème. Sein Vater sei Fabrikarbeiter gewesen, ein Proletarier, den Irrlehren von Marx und Engels verfallen, ein verbitterter, freudloser Mann, der sich um sein einziges Kind nie gekümmert habe, die Mutter Wäscherin, früh verblüht.

»Nur die Primarschule durfte ich besuchen, nur die Primarschule«, stellte er fest, Tränen in den Augen, erbittert und gerührt zugleich über seine karge Vergangenheit, während man mit einem Réserve des Maréchaux anstieß.

»Eigenartig«, sagte der Staatsanwalt, »eigenartig. Nur die Primarschule. Haben sich aber mit Leibeskräften heraufgearbeitet, mein Verehrter.«

»Das will ich meinen«, prahlte dieser, vom Maréchaux angefeuert, beschwingt vom geselligen Beisammensein, von der feierlichen Gotteswelt vor den Fenstern. »Das will ich meinen. Noch vor zehn Jahren war ich nichts als ein Hausierer und zog mit einem Köfferchen von Haus zu Haus. Harte Arbeit, tippeln, übernachten in Heuschobern, zweifelhaften Herbergen. Von unten fing ich an in meiner Branche, ganz von unten. Und jetzt, meine Herren, wenn Sie mein Bankkonto sähen! Ich will mich nicht rühmen, aber hat jemand von euch einen Studebaker?«

»Seien Sie doch vorsichtig«, flüsterte der Verteidiger besorgt.

Wie denn das gekommen sei, fragte der Staatsanwalt neugierig.

Er solle aufpassen und nicht zuviel reden, mahnte der Verteidiger.

Er habe die Alleinvertretung der ›Hephaiston‹ auf diesem Kontinent übernommen, verkündete Traps und schaute sich triumphierend um. Nur Spanien und der Balkan seien in anderen Händen.

Hephaistos sei ein griechischer Gott, kicherte der kleine Richter, Champignons auf seinen Teller häufend, ein gar großer Kunstschmied, der die Liebesgöttin und ihren Galan, den Kriegsgott Ares, in einem so feingeschmiedeten und unsichtbaren Netz gefangen habe, daß sich die übrigen Götter nicht genug über diesen Fang hätten freuen können, aber was der Hephaiston bedeute, dessen Alleinvertretung der verehrte Herr Traps übernommen habe, sei ihm schleierhaft.

»Und doch sind Sie nahe daran, verehrter Gastgeber und Richter«, lachte Traps. »Sie sagen selbst: schleierhaft, und der mir unbekannte griechische Gott fast gleichen Namens mit meinem Artikel habe ein gar feines und unsichtbares Netz gesponnen. Wenn es heute Nylon,

Perlon, Myrlon gibt, Kunststoffe, von denen das hohe Gericht doch wohl gehört hat, so gibt es auch Hephaiston, den König der Kunststoffe, unzerreißbar, durchsichtig, doch dabei gerade für Rheumatiker eine Wohltat, ebenso verwendbar in der Industrie wie in der Mode, für den Krieg wie für den Frieden. Der vollendete Stoff für Fallschirme und zugleich die pikanteste Materie für Nachthemden schönster Damen, wie ich aus eigener Forschung weiß.«

»Hört, hört«, quakten die Greise, »eigene Forschung, das ist gut«, und Simone wechselte aufs neue die Teller, brachte einen Kalbsnierenbraten.

»Ein Festessen«, strahlte der Generalvertreter.

»Freut mich«, sagte der Staatsanwalt, »daß Sie so etwas zu würdigen wissen, und mit Recht! Beste Ware wird uns vorgesetzt und in genügenden Mengen, ein Menü wie aus dem vorigen Jahrhundert, da die Menschen noch zu essen wagten. Loben wir Simone! Loben wir unseren Gastgeber! Kauft er doch selber ein, der alte Gnom und Gourmet, und was die Weine betrifft, sorgt Pilet für sie als Ochsenwirt im Nachbardörfchen. Loben wir auch ihn! Doch wie steht es nun mit Ihnen, mein Tüchtiger? Durchforschen wir Ihren Fall weiter. Ihr Leben kennen wir nun, es war ein Vergnügen, einen kleinen Einblick zu erhalten, und auch über Ihre Tätigkeit herrscht Klarheit. Nur ein unwichtiger Punkt ist noch nicht geklärt: Wie kamen Sie beruflich zu einem so lukrativen Posten? Allein durch Fleiß, durch eiserne Energie?«

»Aufpassen«, zischte der Verteidiger. »Jetzt wird's gefährlich.«

Das sei nicht so leicht gewesen, antwortete Traps und sah begierig zu, wie der Richter den Braten zu tranchieren begann, er habe zuerst Gygax besiegen müssen, und das sei eine harte Arbeit gewesen.

»Ei, und Herr Gygax, wer ist denn dies wieder?«

»Mein früherer Chef.«

»Er mußte verdrängt werden, wollen Sie sagen?«

»Auf die Seite geschafft mußte er werden, um im rauhen Ton meiner Branche zu bleiben«, antwortete Traps und bediente sich mit Sauce. »Meine Herren, Sie werden ein offenes Wort ertragen. Es geht hart zu im Geschäftsleben, wie du mir, so ich dir, wer da ein Gentleman sein will, bitte schön, kommt um. Ich verdiene Geld wie Heu, doch ich schufte auch wie zehn Elefanten, jeden Tag spule ich meine sechshundert Kilometer mit meinem Studebaker herunter. So ganz fair bin ich nicht vorgegangen, als es hieß, dem alten Gygax das Messer an die Kehle zu setzen und zuzustoßen, aber ich mußte vorwärtskommen, was will einer, Geschäft ist schließlich Geschäft.«

Der Staatsanwalt sah neugierig vom Kalbsnierenbraten auf. »Auf die Seite schaffen, das Messer an die Kehle setzen, zustoßen, das sind ja ziemlich bösartige Ausdrücke, lieber Traps.«

Der Generalvertreter lachte: »Sie sind natürlich nur im übertragenen Sinne zu verstehen.«

»Herr Gygax befindet sich wohl, Verehrtester?«

»Er ist letztes Jahr gestorben.«

»Sind Sie toll?« zischte der Verteidiger aufgeregt. »Sie sind wohl ganz verrückt geworden!«

»Letztes Jahr«, bedauerte der Staatsanwalt. »Das tut mir aber leid. Wie alt ist er denn geworden?«

»Zweiundfünfzig.«

»Blutjung. Und woran ist er gestorben?«

»An irgendeiner Krankheit.«

»Nachdem Sie seinen Posten erhalten hatten?«

»Kurz vorher.«

»Schön, mehr brauche ich einstweilen nicht zu wissen«, sagte der Staatsanwalt. »Glück, wir haben Glück. Ein Toter ist aufgestöbert, und das ist schließlich die Hauptsache.«

Alle lachten. Sogar Pilet, der Glatzköpfige, der andächtig vor sich hin aß, pedantisch, unbeirrbar, unermeßliche Mengen hinunterschlingend, sah auf.

»Fein«, sagte er und strich sich über den schwarzen Schnurrbart.

Dann schwieg er und aß weiter.

Der Staatsanwalt hob feierlich sein Glas. »Meine Herren«, erklärte er, »auf diesen Fund hin wollen wir den Pichon-Longueville 1933 goutieren. Ein guter Bordeaux zu einem guten Spiel!«

Sie stießen aufs neue an, tranken einander zu.

»Donnerwetter, meine Herren!« staunte der Generalvertreter, den Pichon in einem Zuge leerend und das Glas dem Richter hinhaltend: »Das schmeckt aber riesig!«

Die Dämmerung war angebrochen und die Gesichter der Versammelten kaum mehr zu erkennen. Die ersten Sterne waren in den Fenstern zu ahnen, und die Haushälterin zündete drei große schwere Leuchter an, die das Schattenbild der Tafelrunde wie den wunderbaren Blütenkelch einer phantastischen Blume an die Wände malten. Trauliche, gemütliche Stimmung, Sympathie allerseits, Lockerung der Umgangsformen, der Sitten.

»Wie im Märchen«, staunte Traps.

Der Verteidiger wischte sich mit der Serviette den Schweiß von der Stirne. »Das Märchen, lieber Traps«, sagte er, »sind Sie. Es ist mir noch nie ein Angeklagter begegnet, der mit größerer Seelenruhe so unvorsichtige Aussagen gemacht hätte.«

Traps lachte: »Keine Bange, lieber Nachbar! Wenn erst einmal das Verhör beginnt, werde ich schon den Kopf nicht verlieren.«

Totenstille im Zimmer, wie schon einmal. Kein Schmatzen mehr, kein Schlürfen.

»Sie Unglücksmensch!« ächzte der Verteidiger. »Was meinen Sie damit: Wenn erst einmal das Verhör beginnt?«

»Nun«, sagte der Generalvertreter, Salat auf den Teller häufend, »hat es etwa schon begonnen?«

Die Greise schmunzelten, sahen pfiffig drein, verschmitzt, meckerten endlich vor Vergnügen.

Der Stille, Ruhige, Glatzköpfige kicherte: »Er hat es nicht gemerkt, er hat es nicht gemerkt!«

Traps stutzte, war verblüfft, die spitzbübische Heiterkeit kam ihm unheimlich vor, ein Eindruck, der sich freilich bald verflüchtigte, so daß er mitzulachen begann: »Meine Herren, verzeihen Sie«, sagte er, »ich dachte mir das Spiel feierlicher, würdiger, förmlicher, mehr Gerichtssaal.«

»Liebster Herr Traps«, klärte ihn der Richter auf, »Ihr bestürztes Gesicht ist nicht zu bezahlen. Unsere Art, Gericht zu halten, scheint Ihnen fremd und allzu munter, sehe ich. Doch, Wertgeschätzter, wir vier an diesem Tisch sind pensioniert und haben uns vom unnötigen Wust der Formeln, Protokolle, Schreibereien, Gesetze und was sonst noch für Kram unsere Gerichtssäle belastet, befreit. Wir richten ohne Rücksicht auf die lumpigen Gesetzbücher und Paragraphen.«

»Mutig«, entgegnete Traps mit schon etwas schwerer Zunge, »mutig. Meine Herren, das imponiert mir. Ohne Paragraphen, das ist eine kühne Idee.«

Der Verteidiger erhob sich umständlich. Er gehe Luft schnappen, verkündete er, bevor es zum Hähnchen und zum übrigen komme, ein kleines Gesundheits-Spaziergänglein und eine Zigarette seien nun an der Zeit, und er lade Herrn Traps ein, ihn zu begleiten.

Sie traten von der Veranda in die Nacht hinaus, die nun endlich hereingebrochen war, warm und majestätisch. Von den Fenstern des Eßzimmers her lagen goldene Lichtbänder über dem Rasen, erstreckten sich bis zu den Rosenbeeten. Der Himmel voller Sterne, mondlos, als dunkle Masse standen die Bäume da, und die Kieswege zwischen ihnen waren kaum zu erraten, über die sie nun schritten. Sie hatten sich den Arm gegeben. Beide waren schwer vom Wein, torkelten und schwankten auch hin und wieder, gaben sich Mühe, schön gerade zu gehen, und rauchten Zigaretten, Parisiennes, rote Punkte in der Finsternis.

»Mein Gott«, schöpfte Traps Atem, »war dies ein Jux da drinnen«, und wies nach den erleuchteten Fenstern, in denen eben die massige Silhouette der Haushälterin sichtbar wurde. »Vergnüglich geht's zu, vergnüglich.«

»Lieber Freund«, sagte der Verteidiger wankend und sich auf Traps stützend, »bevor wir zurückgehen und unser Hähnchen in Angriff nehmen, lassen Sie mich ein Wort an Sie richten, ein ernstes Wort, das Sie beherzigen sollten. Sie sind mir sympathisch, junger Mann, ich fühle zärtlich für Sie, ich will wie ein Vater zu Ihnen reden: Wir sind im schönsten Zuge, unseren Prozeß in Bausch und Bogen zu verlieren!«

»Das ist Pech«, antwortete der Generalvertreter und steuerte den Verteidiger vorsichtig den Kiesweg entlang um die große schwarze, kugelrunde Masse eines Gebüschs herum. Dann kam ein Teich, sie ahnten eine Steinbank, setzten sich. Sterne spiegelten sich im Wasser, Kühle stieg auf. Vom Dorfe her Handharmonikaklänge und Gesang, auch ein Alphorn war jetzt zu hören, der Kleinviehzüchterverband feierte.

»Sie müssen sich zusammennehmen«, mahnte der Verteidiger. »Wichtige Bastionen sind vom Feind genommen; der tote Gygax, unnötigerweise aufgetaucht durch Ihr hemmungsloses Geschwätz, droht mächtig, all dies ist schlimm, ein ungeübter Verteidiger müßte die Waffen strecken, doch mit Zähigkeit, unter Ausnützung aller Chancen und vor allem mit der größten Vorsicht und Disziplin Ihrerseits kann ich noch Wesentliches retten.«

Traps lachte. Das sei ein gar zu komisches Gesellschaftsspiel, stellte er fest, in der nächsten Sitzung der Schlaraffia müsse dies unbedingt auch eingeführt werden.

»Nicht wahr?« freute sich der Verteidiger, »man lebt auf. Hingesiecht bin ich, lieber Freund, nachdem ich meinen Rücktritt genommen hatte und plötzlich ohne Beschäftigung, ohne meinen alten Beruf in diesem Dörfchen das Alter genießen sollte. Was ist denn hier auch los? Nichts, nur der Föhn nicht zu spüren, das ist alles. Gesundes Klima? Lächerlich, ohne geistige Beschäftigung. Der Staatsanwalt lag im Sterben, bei unserem Gastfreund vermutete man Magenkrebs, Pilet litt an einem Diabetes, mir machte der Blutdruck zu schaffen. Das war das Resultat. Ein Hundeleben. Hin und wieder saßen wir traurig zusammen, erzählten sehnsüchtig von unseren alten Berufen und Erfolgen, unsere einzige spärliche Freude. Da kam der Staatsanwalt auf den Einfall, das Spiel einzuführen, der Richter stellte das Haus und ich mein Vermögen zur Verfügung – na ja, ich bin Junggeselle, und als jahrzehntelanger Anwalt der oberen Zehntausend legt man sich ein hübsches Sümmchen auf die Seite, mein Lieber, kaum zu glauben, wie sich ein freigesprochener Raubritter der Hochfinanz seinem Verteidiger splendide erweist, das grenzt an Verschwendung –, und es wurde unser Gesundbrunnen, dieses Spiel; die Hormone, die Mägen, die Bauchspeicheldrüsen kamen wieder in Ordnung, die Langeweile verschwand, Energie, Jugendlichkeit, Elastizität, Appetit stellten sich wieder ein; sehen Sie mal«, und er machte trotz seinem Bauch einige Turnübungen, wie Traps undeutlich in der Dunkelheit bemerken konnte. »Wir spielen mit den Gästen des Richters, die unsere Angeklagten abgeben«, fuhr der Verteidiger fort, nachdem er sich wieder gesetzt hatte, »bald mit Hausierern, bald mit Ferienreisenden, und vor zwei Monaten durften wir gar einen deutschen General zu zwanzig Jahren Zuchthaus verurteilen. Er kam hier durchgewandert mit seiner Gattin, nur meine Kunst rettete ihn vor dem Galgen.«

»Großartig«, staunte Traps, »diese Produktion! Doch das mit dem Galgen kann nicht gut stimmen, da übertreiben Sie ein bißchen, verehrter Herr Rechtsanwalt, denn die Todesstrafe ist ja abgeschafft.«

»In der staatlichen Justiz«, stellte der Verteidiger richtig, »doch wir haben es hier mit einer privaten Justiz zu tun und führten sie wieder ein: Gerade die Möglichkeit der Todesstrafe macht unser Spiel so spannend und eigenartig.«

»Und einen Henker habt ihr wohl auch, wie?« lachte Traps.

»Natürlich«, bejahte der Verteidiger stolz; »haben wir auch. Pilet.«

»Pilet?«

»Überrascht, wie?«

Traps schluckte einige Male. »Der ist doch Ochsenwirt und sorgt für die Weine, die wir trinken.«

»Gastwirt war er immer«, schmunzelte der Verteidiger gemütlich. »Übte seine staatliche Tätigkeit nur nebenberuflich aus. Ehrenamtlich beinah. War einer der tüchtigsten seines Fachs im Nachbarlande, nun auch schon zwanzig Jahre pensioniert, doch immer noch auf dem laufenden in seiner Kunst.«

Ein Automobil fuhr durch die Straße, und im Lichte der Scheinwerfer leuchtete der Rauch der Zigaretten auf. Sekundenlang sah Traps auch den Verteidiger, die unmäßige Gestalt im verschmierten Gehrock, das fette, zufriedene, gemütliche Gesicht. Traps zitterte. Kalter Schweiß lag auf seiner Stirne.

»Pilet.«

Der Verteidiger stutzte: »Aber was haben Sie denn auf einmal, guter Traps? Spüre, daß Sie zittern. Ist Ihnen nicht wohl?«

Er sah den Kahlköpfigen vor sich, der doch eigentlich ziemlich stumpfsinnig mitgetafelt hatte, es war eine Zumutung, mit so einem zu essen. Aber was konnte der arme Kerl für seinen Beruf – die milde Sommernacht, der noch mildere Wein stimmten Traps human, tolerant, vorurteilslos, er war schließlich ein Mann, der vieles gesehen hatte und die Welt kannte, kein Mucker und Spießer, nein, ein Textilfachmann von Format, ja es schien Traps nun, der Abend wäre ohne Henker weniger lustig und ergötzlich, und er freute sich schon, das Abenteuer bald in der Schlaraffia zum besten geben zu können, wohin man den Henker sicher auch einmal kommen lassen würde gegen ein kleines Honorar und Spesen, und so lachte er denn schließlich befreit auf: »Bin reingefallen! Habe mich gefürchtet! Das Spiel wird immer lustiger!«

»Vertrauen gegen Vertrauen«, sagte der Verteidiger, als sie sich erhoben hatten und Arm in Arm, vom Licht der Fenster geblendet, gegen das Haus hintappten. »Wie brachten Sie Gygax um?«

»Ich soll ihn umgebracht haben?«

»Na, wenn er doch tot ist.«

»Ich brachte ihn aber nicht um.«

Der Verteidiger blieb stehen. »Mein lieber junger Freund«, entgegnete er teilnehmend, »ich begreife die Bedenken. Von den Verbrechen sind die Morde am peinlichsten zu gestehen. Der Angeklagte schämt sich, will seine Tat nicht wahrhaben, vergißt, verdrängt sie aus dem Gedächtnis, ist überhaupt voller Vorurteile der Vergangenheit gegenüber, belastet sich mit übertriebenen Schuldgefühlen und traut niemandem, selbst seinem väterlichen Freunde nicht, dem Verteidiger, was gerade das Verkehrteste ist, denn ein rechter Verteidiger liebt den Mord, jubelt auf, bringt man ihm einen. Her damit, lieber Traps! Mir wird erst wohl, wenn ich vor einer wirklichen Aufgabe stehe, wie ein Alpinist vor einem schwierigen Viertausender, wie ich als alter Bergsteiger sagen darf. Da fängt das Hirn an zu denken und zu dichten, zu schnurren und zu schnarren, daß es eine Freude ist. So ist denn auch Ihr Mißtrauen der große, ja ich darf sagen, der entscheidende Fehler, den Sie machen. Darum, heraus mit dem Geständnis, alter Knabe!«

Er habe aber nichts zu gestehen, beteuerte der Generalvertreter.

Der Verteidiger stutzte. Grell beschienen vom Fenster, aus dem Gläserklirren und Lachen immer übermütiger schwoll, glotzte er Traps an.

»Junge, Junge«, brummte er mißbilligend, »was heißt das wieder? Wollen Sie denn Ihre falsche Taktik immer noch nicht aufgeben und immer noch den Unschuldigen spielen? Haben Sie denn noch nicht kapiert? Gestehen muß man, ob man will oder nicht, und zu gestehen hat man immer was, das dürfte Ihnen doch langsam dämmern! Wohlan denn, lieber Freund, weder geziert noch gezaudert, sondern frisch von der Leber weg gesprochen: Wie brachten Sie Gygax um? Im Affekt, nicht? Da müßten wir uns auf eine Anklage auf Totschlag gefaßt machen. Wette, daß der Staatsanwalt dahinsteuert. Habe so meine Vermutung. Kenne den Burschen.«

Traps schüttelte den Kopf. »Mein lieber Herr Verteidiger«, sagte er, »der besondere Reiz unseres Spiels besteht darin – wenn ich als Anfänger und ganz unmaßgeblich meine Meinung äußern darf –, daß es einem dabei unheimlich und gruselig wird. Das Spiel droht in die Wirklichkeit umzukippen. Man fragt sich auf einmal, ob man nun eigentlich ein Verbrecher sei oder nicht, ob man den alten Gygax umgebracht habe oder nicht. Es ist mir bei Ihrer Rede fast wirblig geworden. Und darum, Vertrauen gegen Vertrauen: Ich bin unschuldig am Tode des alten Gangsters. Wirklich.« Damit traten sie wieder ins Speisezimmer, wo das Hähnchen schon serviert war und ein Château Pavie 1921 in den Gläsern funkelte.

Traps, in Stimmung, begab sich zum Ernsten, Schweigenden, Glatzköpfigen, drückte ihm die Hand. Er habe vom Verteidiger seinen ehemaligen Beruf erfahren, sagte er, er wolle betonen, daß es nichts Angenehmeres geben könne, als einen so wackeren Mann am Tische zu wissen, er kenne keine Vorurteile, im Gegenteil, und Pilet, über seinen gefärbten Schnurrbart streichend, murmelte errötend, etwas geniert und in einem entsetzlichen Dialekt: »Freut mich, freut mich, werd mir Mühe geben.«

Nach dieser rührenden Verbrüderung mundete denn auch das Hähnchen vortrefflich. Es war nach einem Geheimrezept Simones zubereitet, wie der Richter verkündete. Man schmatzte, aß mit den Händen, lobte das Meisterwerk, trank, stieß auf jedermanns Gesundheit an, leckte die Sauce von den Fingern, fühlte sich wohl, und in aller Gemütlichkeit nahm der Prozeß seinen Fortgang. Der Staatsanwalt, eine Serviette umgebunden und das Hähnchen vor dem schnabelartigen, schmatzenden Munde, hoffte, zum Geflügel ein Geständnis serviert zu bekommen. »Gewiß, liebster und ehrenhaftester Angeklagter«, forschte er, »haben Sie Gygax vergiftet.«

»Nein«, lachte Traps, »nichts dergleichen.«

»Nun, sagen wir: erschossen?«

»Auch nicht.«

»Einen heimlichen Autounfall arrangiert?«

Alles lachte, und der Verteidiger zischte wieder einmal: »Aufpassen, das ist eine Falle!«

»Pech, Herr Staatsanwalt, ausgesprochen Pech«, rief Traps übermütig aus: »Gygax starb an einem Herzinfarkt, und es war nicht einmal der erste, den er erlitt. Schon Jahre vorher erwischte es ihn, er mußte aufpassen. Wenn er nach außen auch den gesunden Mann spielte, bei jeder Aufregung war zu befürchten, daß es sich wiederhole, ich weiß es bestimmt.«

»Ei, und von wem denn?«

»Von seiner Frau, Herr Staatsanwalt.«

»Von seiner Frau?«

»Aufpassen, um Himmelswillen«, flüsterte der Verteidiger.

Der Château Pavie 1921 übertraf die Erwartungen. Traps war schon beim vierten Glas, und Simone hatte eine Extraflasche in seine Nähe gestellt. Da staune der Staatsanwalt, prostete der Generalvertreter den alten Herren zu, doch damit das hohe Gericht nicht etwa glaube, er verheimliche was, wolle er die Wahrheit sagen und bei der Wahrheit bleiben, auch wenn ihn der Verteidiger mit seinem »Aufpassen!« umzische. Mit Frau Gygax nämlich habe er was gehabt, nun ja, der alte Gangster sei oft auf Reisen gewesen und habe sein gutgebautes und leckeres Frauchen aufs grausamste vernachlässigt; da habe er hin und wieder den Tröster abgeben müssen, auf dem Kanapee in Gygaxens Wohnstube und später auch bisweilen im Ehebett, wie es eben so komme und wie es der Lauf der Welt sei.

Auf diese Worte Trapsens erstarrten die alten Herren, dann aber, auf einmal, kreischten sie laut auf vor Vergnügen, und der Glatzköpfige, sonst Schweigsame schrie, seine weiße Nelke in die Luft werfend: »Ein Geständnis, ein Geständnis!«, nur der Verteidiger trommelte verzweifelt mit den Fäusten auf seine Schläfen.

»So ein Unverstand!« rief er. Sein Klient sei toll geworden und dessen Geschichte nicht ohne weiteres zu glauben, worauf Traps entrüstet und unter erneutem Beifall der Tischrunde protestierte. Damit begann ein langes

Gerede zwischen dem Verteidiger und dem Staatsanwalt, ein hartnäckiges Hin und Her, halb komisch, halb ernst, eine Diskussion, deren Inhalt Traps nicht begriff. Es drehte sich um das Wort dolus, von dem der Generalvertreter nicht wußte, was es bedeuten mochte. Die Diskussion wurde immer heftiger, lauter geführt, immer unverständlicher, der Richter mischte sich ein, ereiferte sich ebenfalls, und war Traps anfangs bemüht hinzuhorchen, etwas vom Sinn des Streitgesprächs zu erraten, so atmete er nun auf, als die Haushälterin Käse auftischte, Camembert, Brie, Emmentaler, Gruyère, Tête de Moine, Vacherin, Limburger, Gorgonzola, und ließ dolus dolus sein, prostete mit dem Glatzköpfigen, der allein schwieg und auch nichts zu begreifen schien, und griff zu – bis auf einmal, unerwartet, der Staatsanwalt sich wieder an ihn wandte: »Herr Traps«, fragte er mit gesträubter Löwenmähne und hochrotem Gesicht, das Monokel in der linken Hand, »sind Sie immer noch mit Frau Gygax befreundet?«

Alle glotzten zu Traps hinüber, der Weißbrot mit Camembert in den Mund geschoben hatte und gemütlich kaute. Dann nahm er noch einen Schluck Château Pavie. Irgendwo tickte eine Uhr, und vom Dorfe her drangen noch einmal ferne Handorgelklänge, Männergesang – ›Heißt ein Haus zum Schweizerdegen‹.

Seit dem Tode Gygaxens, erklärte Traps, habe er das Frauchen nicht mehr besucht. Er wolle die brave Witwe schließlich nicht in Verruf bringen.

Seine Erklärung erweckte zu seiner Verwunderung aufs neue eine gespenstische, unbegreifliche Heiterkeit, man wurde noch übermütiger als zuvor, der Staatsanwalt schrie: »Dolo malo, dolo malo!«, brüllte griechische und lateinische Verse, zitierte Schiller und Goethe, während der kleine Richter die Kerzen ausblies, bis auf eine, die er dazu benutzte, mit den Händen hinter ihrer Flamme, laut meckernd und fauchend, die abenteuerlichsten Schattenbilder an die Wand zu werfen, Ziegen, Fledermäuse, Teufel und Waldschrate, wobei Pilet auf den Tisch trommelte, daß die Gläser, Teller, Platten tanzten: »Es kommt zum Todesurteil, es kommt zum Todesurteil!« Nur der Verteidiger machte nicht mit, schob die Platte zu Traps hin. Er solle nehmen, sie müßten sich am Käse gütlich tun, es bliebe nichts anderes mehr übrig.

Ein Château Margaux wurde gebracht. Damit kehrte die Ruhe wieder ein. Alle starrten auf den Richter, der die verstaubte Flasche (Jahrgang 1914) vorsichtig und umständlich zu entkorken begann, mit einem sonderbaren, altertümlichen Zapfenzieher, der es ihm ermöglichte, den Zapfen aus der liegenden Flasche zu ziehen, ohne sie aus dem Körbchen zu nehmen, eine Prozedur, die unter atemloser Spannung erfolgte, galt es doch, den Zapfen möglichst unbeschädigt zu lassen, war er doch der einzige Beweis, daß die Flasche wirklich aus dem Jahre 1914 stammte, da die vier Jahrzehnte die Etikette längst vernichtet hatten. Der Zapfen kam nicht ganz, der Rest mußte sorgfältig entfernt werden, doch war auf ihm noch die Jahrzahl zu lesen, er wurde von einem zum andern gereicht, berochen, bewundert und schließlich feierlich dem Generalvertreter übergeben, zum Andenken an den wunderschönen Abend, wie der Richter sagte. Der kostete den Wein nun vor, schnalzte, schenkte ein, worauf die andern zu riechen, zu schlürfen begannen, in Rufe des Entzückens ausbrachen, den splendiden Gastgeber priesen. Der Käse wurde herumgereicht, und der

Richter forderte den Staatsanwalt auf, sein »Anklageredchen« zu halten. Der verlangte vorerst neue Kerzen, es solle feierlich dabei zugehen, andächtig, Konzentration sei vonnöten, innere Sammlung. Simone brachte das Verlangte. Alle waren gespannt, dem Generalvertreter kam die Angelegenheit leicht unheimlich vor, er fröstelte, doch gleichzeitig fand er sein Abenteuer wundervoll, und um nichts auf der Welt hätte er darauf verzichten wollen. Nur sein Verteidiger schien nicht ganz zufrieden.

»Gut, Traps«, sagte er, »hören wir uns die Anklagerede an. Sie werden staunen, was Sie mit Ihren unvorsichtigen Antworten, mit Ihrer falschen Taktik angerichtet haben. War es vorher schlimm, so ist es nun katastrophal. Doch Courage, ich werde Ihnen schon aus der Patsche helfen, verlieren Sie nur nicht den Kopf dabei, wird Sie Nerven kosten, da heil durchzukommen.«

Es war soweit. Allgemeines Räuspern, Husten, noch einmal stieß man an, und der Staatsanwalt begann unter Gekicher und Geschmunzel seine Rede.

»Das Vergnügliche unseres Herrenabends«, sagte er, indem er sein Glas erhob, doch sonst sitzen blieb, »das Gelungene ist wohl, daß wir einem Mord auf die Spur gekommen sind, so raffiniert angelegt, daß er unserer staatlichen Justiz natürlicherweise mit Glanz entgangen ist.«

Traps stutzte, ärgerte sich mit einem Male. »Ich soll einen Mord begangen haben?« protestierte er, »na hören Sie, das geht mir etwas zu weit, schon der Verteidiger kam mit dieser faulen Geschichte«, aber dann besann er sich und begann zu lachen, unmäßig, kaum daß er sich beruhigen konnte, ein wunderbarer Witz, jetzt begreife er, man wolle ihm ein Verbrechen einreden, zum Kugeln, das sei einfach zum Kugeln.

Der Staatsanwalt sah würdig zu Traps hinüber, reinigte das Monokel, klemmte es wieder ein.

»Der Angeklagte«, sagte er, »zweifelt an seiner Schuld. Menschlich. Wer von uns kennt sich, wer von uns weiß von seinen Verbrechen und geheimen Untaten? Eins jedoch darf schon jetzt betont werden, bevor die Leidenschaften unseres Spiels von neuem aufbrausen: Falls Traps ein Mörder ist, wie ich behaupte, wie ich innig hoffe, stehen wir vor einer besonders feierlichen Stunde. Mit Recht. Es ist ein freudiges Ereignis, die Entdeckung eines Mordes, ein Ereignis, das unsere Herzen höher schlagen läßt, uns vor neue Aufgaben, Entscheidungen, Pflichten stellt, und so darf ich denn vor allem unserem lieben voraussichtlichen Täter gratulieren, ist es doch ohne Täter nicht gut möglich, einen Mord zu entdecken, Gerechtigkeit walten zu lassen. Auf ein besonderes Wohl denn unserem Freund, unserem bescheidenen Alfredo Traps, den ein wohlmeinendes Geschick in unsere Mitte brachte!«

Jubel brach aus, man erhob sich, trank auf das Wohl des Generalvertreters, der dankte, Tränen in den Augen, und versicherte, es sei sein schönster Abend.

Der Staatsanwalt, nun ebenfalls mit Tränen: »Sein schönster Abend, verkündet unser Verehrter, ein Wort, ein erschütterndes Wort. Denken wir an die Zeit zurück, da im Dienste des Staats ein trübes Handwerk zu verrichten war. Nicht als Freund stand uns damals der Angeklagte gegenüber, sondern als Feind; wen wir nun an unsere Brust drücken dürfen, hatten wir von uns zu stoßen. An meine Brust denn!«

Bei diesen Worten sprang er auf, riß Traps hoch und umarmte ihn stürmisch.

»Staatsanwalt, lieber, lieber Freund«, stammelte der Generalvertreter.

»Angeklagter, lieber Traps«, schluchzte der Staatsanwalt. »Sagen wir du zueinander. Heiße Kurt. Auf dein Wohl, Alfredo!«

»Auf dein Wohl, Kurt!«

Sie küßten sich, herzten, streichelten sich, tranken einander zu, Ergriffenheit breitete sich aus, die Andacht einer erblühenden Freundschaft. »Wie hat sich doch alles geändert«, jubelte der Staatsanwalt; »hetzten wir einst von Fall zu Fall, von Verbrechen zu Verbrechen, von Urteil zu Urteil, so begründen, entgegnen, referieren, disputieren, reden und erwidern wir jetzt mit Muße, Gemütlichkeit, Fröhlichkeit, lernen den Angeklagten schätzen, lieben, seine Sympathie schlägt uns entgegen, Verbrüderung hüben und drüben. Ist die erst hergestellt, fällt alles leicht, wird Verbrechen schwerelos, Urteil heiter. So laßt mich denn zum vollbrachten Mord Worte der Anerkennung sprechen. (Traps dazwischen, nun wieder in glänzendster Laune: »Beweisen, Kurtchen, beweisen!«) Berechtigterweise, denn es handelt sich um einen perfekten, um einen schönen Mord. Nun könnte der liebenswerte Täter darin einen burschikosen Zynismus finden, nichts liegt mir ferner; als ›schön‹ vielmehr darf seine Tat in zweierlei Hinsicht bezeichnet werden, in einem philosophischen und in einem technisch-virtuosen Sinne: Unsere Tafelrunde nämlich, verehrter Freund Alfredo, gab das Vorurteil auf, im Verbrechen etwas Unschönes zu erblicken, Schreckliches, in der Gerechtigkeit dagegen etwas Schönes, wenn auch vielleicht mehr Schrecklich-schönes, nein, wir erkennen auch im Verbrechen die Schönheit als die Vorbedingung, die erst Gerechtigkeit möglich macht. Dies die philosophische Seite. Würdigen wir nun die technische Schönheit der Tat. Würdigung. Ich glaube das rechte Wort getroffen zu haben, will doch meine Anklagerede nicht eine Schreckensrede sein, die unseren Freund genieren, verwirren könnte, sondern eine Würdigung, die ihm sein Verbrechen aufweist, aufblühen läßt, zu Bewußtsein bringt: Nur auf dem reinen Sockel der Erkenntnis ist es möglich, das fugenlose Monument der Gerechtigkeit zu errichten.«

Der sechsundachtzigjährige Staatsanwalt hielt erschöpft inne. Er hatte trotz seinem Alter mit lauter schnarrender Stimme und mit großen Gesten geredet, dabei viel getrunken und gegessen. Nun wischte er sich den Schweiß mit der umgebundenen fleckigen Serviette von der Stirne, trocknete den verrunzelten Nacken. Traps war gerührt. Er saß schwer in seinem Sessel, träge vom Menu. Er war satt, doch von den vier Greisen wollte er sich nicht ausstechen lassen, wenn er sich auch gestand, daß der Riesenappetit der Alten und deren Riesendurst ihm zu schaffen machten. Er war ein wackerer Esser, doch eine solche Vitalität und Gefräßigkeit war ihm noch nie vorgekommen. Er staunte, glotzte träge über den Tisch, geschmeichelt von der Herzlichkeit, mit der ihn der Staatsanwalt behandelte, hörte von der Kirche her mit feierlichen Schlägen zwölf schlagen, und dann dröhnte ferne, nächtlich der Chor der Kleinviehzüchter: »Unser Leben gleicht der Reise ...«

»Wie im Märchen«, staunte der Generalvertreter immer wieder, »wie im Märchen«, und dann: »Einen Mord soll ich begangen haben, ausgerechnet ich? Nimmt mich nur wunder, wie.«

Unterdessen hatte der Richter eine weitere Flasche

Château Margaux 1914 entkorkt, und der Staatsanwalt, wieder frisch, begann von neuem.

»Was ist nun geschehen«, sagte er, »wie entdeckte ich, daß unserem lieben Freund ein Mord nachzurühmen sei, und nicht nur ein gewöhnlicher Mord, nein, ein virtuoser Mord, der ohne Blutvergießen, ohne Mittel wie Gift, Pistolen und dergleichen durchgeführt worden ist?«

Er räusperte sich, Traps starrte, Vacherin im Mund, gebannt auf ihn.

Als Fachmann müsse er durchaus von der These ausgehen, fuhr der Staatsanwalt fort, daß ein Verbrechen hinter jedem Vorgang, hinter jeder Person lauern könne. Die erste Ahnung, in Herrn Traps einen vom Schicksal Begünstigten und mit einem Verbrechen Begnadeten getroffen zu haben, sei dem Umstand zu verdanken gewesen, daß der Textilreisende noch vor einem Jahr einen alten Citroën gefahren habe und nun mit einem Studebaker herumstolziere. »Nun weiß ich allerdings«, sagte er weiter, »daß wir in einer Zeit der Hochkonjunktur leben, und so war die Ahnung noch vage, mehr dem Gefühl vergleichbar, vor einem freudigen Erlebnis zu stehen, eben vor der Entdeckung eines Mords. Daß unser lieber Freund den Posten seines Chefs übernommen hat, daß er den Chef verdrängen mußte, daß der Chef gestorben ist, all diese Tatsachen waren noch keine Beweise, sondern erst Momente, die jenes Gefühl bestärkten, fundierten. Verdacht, logisch unterbaut, kam erst hoch, als zu erfahren war, woran dieser sagenhafte Chef starb: an einem Herzinfarkt. Hier galt es anzusetzen, zu kombinieren, Scharfsinn, Spürsinn aufzubieten, diskret vorzugehen, sich an die Wahrheit heranzupirschen, das Gewöhnliche als das Außergewöhnliche zu erkennen,

Bestimmtes im Unbestimmten zu sehen, Umrisse im Nebel, an einen Mord zu glauben, gerade weil es absurd schien, einen Mord anzunehmen. Überblicken wir das vorhandene Material. Entwerfen wir ein Bild des Verstorbenen. Wir wissen wenig von ihm; was wir wissen, entnehmen wir den Worten unseres sympathischen Gastes. Herr Gygax war der Generalvertreter des Hephaiston-Kunststoffes, dem wir all die angenehmen Eigenschaften, die ihm unser liebster Alfredo nachsagt, gerne zutrauen. Er war ein Mensch, dürfen wir folgern, der aufs Ganze ging, seine Untergebenen rücksichtslos ausnutzte, der Geschäfte zu machen verstand, wenn auch die Mittel, mit denen er diese Geschäfte abschloß, oft mehr als bedenklich waren.«

»Das stimmt«, rief Traps begeistert, »der Gauner ist vollendet getroffen!«

»Weiter dürfen wir schließen«, fuhr der Staatsanwalt fort, »daß er gegen außen gern den Robusten, den Kraftmeier, den erfolgreichen Geschäftsmann spielte, jeder Situation gewachsen und mit allen Wassern gewaschen, weshalb Gygax denn auch die schwere Herzkrankheit aufs sorgsamste geheimhielt, auch hier zitieren wir Alfredo, nahm er doch dieses Leiden in einer Art trotziger Wut hin, wie wir uns denken können, als einen persönlichen Prestigeverlust sozusagen.«

»Wunderbar«, staunte der Generalvertreter, das sei geradezu Hexerei, und er würde wetten, daß Kurt mit dem Verstorbenen bekannt gewesen sei.

Er solle doch schweigen, zischte der Verteidiger.

»Dazu kommt«, erklärte der Staatsanwalt, »wollen wir das Bild des Herrn Gygax vervollständigen, daß der Verstorbene seine Frau vernachlässigte, die wir uns als ein leckeres und gutgebautes Frauenzimmerchen zu denken haben – wenigstens hat sich unser Freund so ungefähr ausgedrückt. Für Gygax zählte nur der Erfolg, das Geschäft, das Äußere, die Fassade, und wir können mit einer gewissen Wahrscheinlichkeit vermuten, daß er von der Treue seiner Frau überzeugt und der Meinung gewesen war, eine zu außergewöhnliche Erscheinung zu sein und ein zu exzeptionelles Mannsbild, um bei seiner Gattin auch nur den Gedanken an einen Ehebruch hochkommen zu lassen, weshalb es denn für ihn ein harter Schlag gewesen sein müßte, hätte er von der Untreue seiner Frau mit unserem Casanova von der Schlaraffia erfahren.«

Alle lachten, und Traps schlug sich auf die Schenkel. »Er war es auch«, bestätigte er strahlend die Vermutung des Staatsanwalts. »Es gab ihm den Rest, als er dies erfuhr.«

»Sie sind einfach toll«, stöhnte der Verteidiger.

Der Staatsanwalt hatte sich erhoben und sah glücklich zu Traps hinüber, der mit seinem Messer am Tête de Moine schabte. »Ei«, fragte er, »wie erfuhr er denn davon, der alte Sünder? Gestand ihm sein leckeres Frauchen?«

»Dazu war es zu feige, Herr Staatsanwalt«, antwortete Traps, »es fürchtete sich vor dem Gangster gewaltig.«

»Kam Gygax selber dahinter?«

»Dazu war er zu eingebildet.«

»Gestandest etwa du, mein lieber Freund und Don Juan?«

Traps bekam unwillkürlich einen roten Kopf: »Aber nein, Kurt«, sagte er, »was denkst du auch. Einer seiner sauberen Geschäftsfreunde klärte den alten Gauner auf.«

»Wieso denn?«

»Wollte mich schädigen. War mir immer feindlich gesinnt.«

»Menschen gibt's«, staunte der Staatsanwalt. »Doch wie erfuhr denn dieser Ehrenmann von deinem Verhältnis?«

»Habe es ihm erzählt.«

»Erzählt?«

»Na ja – bei einem Glase Wein. Was erzählt man nicht alles.«

»Zugegeben«, nickte der Staatsanwalt, »aber du sagtest doch eben, daß dir der Geschäftsfreund des Herrn Gygax feindlich gesinnt war. Bestand da nicht von *vornherein* die Gewißheit, daß der alte Gauner alles erfahren würde?«

Nun mischte sich der Verteidiger energisch ein, erhob sich sogar, schweißübergossen, der Kragen seines Gehrocks aufgeweicht. Er möchte Traps darauf aufmerksam machen, erklärte er, daß diese Frage nicht beantwortet werden müsse.

Traps war anderer Meinung.

»Warum denn nicht?« sagte er. »Die Frage ist doch ganz harmlos. Es konnte mir doch gleichgültig sein, ob Gygax davon erführe oder nicht. Der alte Gangster handelte mir gegenüber derart rücksichtslos, daß ich nun wirklich nicht den Rücksichtsvollen spielen mußte.«

Einen Augenblick war es wieder still im Zimmer, totenstill, dann brach Tumult aus, Übermut, homerisches Gelächter, ein Orkan an Jubel. Der Glatzköpfige, Schweigsame umarmte Traps, küßte ihn, der Verteidiger verlor den Zwicker vor Lachen, einem solchen Angeklagten könne man einfach nicht böse sein, während der Richter und der Staatsanwalt im Zimmer herumtanzten, an die Wände polterten, sich die Hände schüttelten, auf die Stühle kletterten, Flaschen zerschmetterten, vor Vergnügen den unsinnigsten Schabernack trieben. Der Angeklagte gestehe aufs neue, krächzte der Staatsanwalt mächtig ins Zimmer, nun auf der Lehne eines Stuhles sitzend, der liebe Gast sei nicht genug zu rühmen, er spiele das Spiel vortrefflich. »Der Fall ist deutlich, die letzte Gewißheit gegeben«, fuhrt er fort, auf dem schwankenden Stuhl wie ein verwittertes barockes Monument. »Betrachten wir den Verehrten, unseren liebsten Alfredo! Diesem Gangster von einem Chef war er also ausgeliefert und er fuhr in seinem Citroën durch die Gegend. Noch vor einem Jahr! Er hätte stolz darauf sein können, unser Freund, dieser Vater von vier Kinderchen, dieser Sohn eines Fabrikarbeiters. Und mit Recht. Noch im Kriege war er Hausierer gewesen, nicht einmal das, ohne Patent, ein Vagabund mit illegitimer Textilware, ein kleiner Schwarzhändler, mit der Bahn von Dorf zu Dorf oder zu Fuß über Feldwege, oft kilometerweit durch dunkle Wälder nach fernen Höfen, eine schmutzige Ledertasche umgehängt, oder gar einen Korb, einen halbgeborstenen Koffer in der Hand. Nun hatte er sich verbessert, in ein Geschäft eingenistet, war Mitglied der liberalen Partei, im Gegensatz zu seinem Marxistenvater. Doch wer ruht auf dem Aste aus, der endlich erklettert ist, wenn über ihm, dem Wipfel zu, poetisch gesagt, sich weitere Äste mit noch besseren Früchten zeigen? Zwar verdiente er gut, flitzte mit seinem Citroën von Textilgeschäft zu Textilgeschäft, die Maschine war nicht schlecht, doch unser lieber Alfredo sah links und rechts neue Modelle auftauchen, vorbeisausen, ihm entgegenbrausen und ihn überholen. Der Wohlstand stieg im Land, wer wollte da nicht mittun?«

»Ganz genau so war es, Kurt«, strahlte Traps. »Ganz genau so.«

Der Staatsanwalt war nun in seinem Element, glücklich, zufrieden wie ein reich beschertes Kind.

»Das war leichter beschlossen als getan«, erläuterte er, immer noch auf der Lehne seines Stuhls, »sein Chef ließ ihn nicht hochkommen, bösartig, zäh nützte er ihn aus, gab ihm Vorschüsse auf neue Bindungen, wußte ihn immer unbarmherziger zu fesseln!«

»Sehr richtig«, schrie der Generalvertreter empört. »Sie haben keine Ahnung, meine Herren, wie ich in die Zange genommen wurde vom alten Gangster!«

»Da mußte aufs Ganze gegangen werden«, sagte der Staatsanwalt.

»Und wie!« bestätigte Traps.

Die Zwischenrufe des Angeklagten befeuerten den Staatsanwalt, er stand nun auf dem Stuhl, die Serviette, die er wie eine Fahne schwang, bespritzt mit Wein, Salat auf der Weste, Tomatensauce, Fleischreste. »Unser lieber Freund ging zuerst geschäftlich vor, auch hier nicht ganz fair, wie er selber zugibt. Wir können uns ungefähr ein Bild machen, wie. Er setzte sich heimlich mit den Lieferanten seines Chefs in Verbindung, sondierte, versprach bessere Bedingungen, stiftete Verwirrung, unterredete sich mit anderen Textilreisenden, schloß Bündnisse und gleichzeitig Gegenbündnisse. Doch dann kam er auf die Idee, noch einen anderen Weg einzuschlagen.«

»Noch einen andern Weg?« staunte Traps.

Der Staatsanwalt nickte. »Dieser Weg, meine Herren, führte über das Kanapee in der Wohnung Gygaxens direkt in dessen Ehebett.«

Alles lachte, besonders Traps. »Wirklich«, bestätigte

er, »es war ein böser Streich, den ich da dem alten Gangster spielte. Die Situation war aber auch zu komisch, denke ich zurück. Ich habe mich zwar bis jetzt eigentlich geschämt, dies zu tun, wer ist sich gern über sich selber im klaren, ganz saubere Wäsche hat ja keiner, doch unter so verständnisvollen Freunden wird die Scham etwas Lächerliches, Unnötiges. Merkwürdig! Ich fühle mich verstanden und beginne auch mich zu verstehen, als mache ich mit einem Menschen Bekanntschaft, der ich selber bin, den ich vorher nur von ungefähr kannte als einen Generalvertreter in einem Studebaker, mit Frau und Kind irgendwo.«

»Wir stellen mit Vergnügen fest«, sagte darauf der Staatsanwalt mit Wärme und Herzlichkeit, »daß unserem Freunde ein Lichtchen aufgeht. Helfen wir weiter, damit es taghell werde. Spüren wir seinen Motiven nach mit dem Eifer fröhlicher Archäologen, und wir stoßen auf die Herrlichkeit versunkener Verbrechen. Er begann mit Frau Gygax ein Verhältnis. Wie kam er dazu? Er sah das leckere Frauenzimmerchen, können wir uns ausdenken. Vielleicht war es einmal spät abends, vielleicht im Winter, so um sechs herum (Traps: »Um sieben, Kurtchen, um sieben!«), als die Stadt schön nächtlich war, mit goldenen Straßenlaternen, mit erleuchteten Schaufenstern und Kinos und grünen und gelben Leuchtreklamen überall, gemütlich, wollüstig, verlockend. Er war mit dem Citroën über die glitschigen Straßen nach dem Villenviertel gefahren, wo sein Chef wohnte (Traps begeistert dazwischen: »Ja, ja, Villenviertel!«), eine Mappe unter dem Arm, Aufträge, Stoffmuster, eine wichtige Entscheidung war zu fällen, doch befand sich Gygaxens Limousine nicht an ihrem gewohnten Platz am Trottoirrand, trotzdem ging er durch den dunklen Park, läutete, Frau Gygax öffnete, ihr Gatte käme heute nicht nach Hause und ihr Dienstmädchen sei ausgegangen, sie war im Abendkleid, oder, noch besser, im Bademantel, trotzdem solle doch Traps einen Aperitif nehmen, sie lade ihn herzlich ein, und so saßen sie im Salon beieinander.«

Traps staunte. »Wie du das alles weißt, Kurtchen! Das ist ja wie verhext!«

»Übung«, erklärte der Staatsanwalt. »Die Schicksale spielen sich alle gleich ab. Es war nicht einmal eine Verführung, weder von seiten Trapsens noch von jener der Frau, es war eine Gelegenheit, die er ausnützte. Sie war allein und langweilte sich, dachte an nichts Besonderes, war froh, mit jemandem zu sprechen, die Wohnung angenehm warm, und unter dem Bademantel mit den bunten Blumen trug sie nur das Nachthemd, und als Traps neben ihr saß und ihren weißen Hals sah, den Ansatz ihrer Brust, und als sie plauderte, böse über ihren Mann, enttäuscht, wie unser Freund wohl spürte, begriff er erst, daß er hier ansetzen müsse, als er schon angesetzt hatte, und dann erfuhr er bald alles über Gygax, wie bedenklich es mit seiner Gesundheit stehe, wie jede große Aufregung ihn töten könne, sein Alter, wie grob und böse er mit seiner Frau sei und wie felsenfest überzeugt von ihrer Treue, denn von einer Frau, die sich an ihrem Mann rächen will, erfährt man alles, und so fuhr er fort mit dem Verhältnis, denn nun war es eben seine Absicht, denn nun ging es ihm darum, seinen Chef mit allen Mitteln zu ruinieren, komme was da wolle, und so kam denn der Augenblick, wo er alles in der Hand hatte, Geschäftspartner, Lieferanten, die weiße, mollige, nackte Frau in den Nächten, und so zog er die Schlinge zu, beschwor den Skandal herauf. Absichtlich. Auch darüber sind wir nun schon im Bilde: Trauliche Dämmerstunde, Abendstunde auch hier. Unseren Freund finden wir in einem Restaurant, sagen wir in einer Weinstube der Altstadt, etwas überheizt, alles währschaft, patriotisch, gediegen, auch die Preise, Butzenscheiben, der stattliche Wirt (Traps: »Im ›Rathauskeller‹, Kurtchen!«), die stattliche Wirtin, wie wir nun korrigieren müssen, umrahmt von den Bildern der toten Stammgäste, ein Zeitungsverkäufer, der durchs Lokal wandert, es wieder verläßt, später Heilsarmee, Lieder singend, ›Laßt den Sonnenschein herein‹, einige Studenten, ein Professor, auf einem Tisch zwei Gläser und eine gute Flasche, man läßt sich's was kosten, in der Ecke endlich, bleich, fett, schweißbetaut mit offenem Kragen, schlagflüssig wie das Opfer, auf das nun gezielt wird, der saubere Geschäftsfreund, verwundert, was dies alles zu bedeuten, weshalb Traps ihn auf einmal eingeladen habe, aufmerksam zuhörend, aus Trapsens eigenem Munde den Ehebruch vernehmend, um dann, Stunden später, wie es nicht anders sein konnte und wie es unser Alfredo vorausgesehen hatte, zum Chef zu eilen, aus Pflichtgefühl, Freundschaft und innerem Anstand den Bedauernswerten aufzuklären.«

»So ein Heuchler!«, rief Traps, gebannt mit runden glänzenden Augen der Schilderung des Staatsanwalts zuhörend, glücklich, die Wahrheit zu erfahren, seine stolze, kühne, einsame Wahrheit.

Dann:

»So kam denn das Verhängnis, der genau berechnete Augenblick, da Gygax alles erfuhr, noch konnte der alte Gangster heimfahren, stellen wir uns vor, wuterfüllt, schon im Wagen Schweißausbruch, Schmerzen in der Herzgegend, zitternde Hände, Polizisten, die ärgerlich pfiffen, Verkehrszeichen, die übersehen wurden, mühsamer Gang von der Garage zur Haustüre, Zusammenbruch, noch im Korridor vielleicht, während ihm die Gattin entgegentrat, das schmucke leckere Frauenzimmerchen; es ging nicht sehr lange, der Arzt gab noch Morphium, dann hinüber, endgültig, noch ein unwichtiges Röcheln, Aufschluchzen von seiten der Gattin, Traps, zu Hause im Kreise seiner Lieben, nimmt das Telephon ab, Bestürzung, innerer Jubel, Es-ist-erreicht-Stimmung, drei Monate später Studebaker.«

Erneutes Gelächter. Der gute Traps, von einer Verblüffung in die andere gerissen, lachte mit, wenn auch leicht verlegen, kratzte sich im Haar, nickte dem Staatsanwalt anerkennend zu, doch nicht unglücklich. Er war sogar guter Laune. Er fand den Abend aufs beste gelungen; daß man ihm einen Mord zumutete, bestürzte ihn zwar ein wenig und machte ihn nachdenklich, ein Zustand, den er jedoch als angenehm empfand, stieg doch eine Ahnung von höheren Dingen, von Gerechtigkeit, von Schuld und Sühne in ihm hoch, erfüllte ihn mit Staunen. Die Furcht, die er nicht vergessen hatte, die ihn im Garten, und dann später bei den Heiterkeitsausbrüchen der Tafelrunde überfallen hatte, kam ihm jetzt unbegründet vor, erheiterte ihn. Alles war so menschlich. Er war gespannt auf das Weitere. Die Gesellschaft siedelte in den Salon zum schwarzen Kaffee über, torkelnd, mit stolperndem Verteidiger, in einen mit Nippsachen und Vasen überladenen Raum. Enorme Stiche an den Wänden, Stadtansichten, Historisches, Rütlischwur, Schlacht bei Laupen, Untergang der Schweizergarde, das Fähnlein der sieben Aufrechten, Gipsdecke, Stukkatur, in der Ecke ein Flügel, bequeme Sessel, niedrig, riesig, Stickereien darauf, fromme Sprüche, ›Wohl dem, der den Weg des Gerechten wandelt‹, ›Ein gutes Gewissen ist das beste Ruhekissen‹. Durch die offenen Fenster sah man die Landstraße, ungewiß zwar in der Dunkelheit, mehr Ahnung, doch märchenhaft, versunken, mit schwebenden Lichtern und Scheinwerfern der Automobile, die in dieser Stunde nur spärlich rollten, ging es doch gegen zwei. Was Mitreißenderes als die Rede Kurtchens habe er noch gar nicht erlebt, meinte Traps. Im wesentlichen sei dazu nicht viel zu bemerken, einige leise Berichtigungen, gewiß, die seien angebracht. So sei der saubere Geschäftsfreund etwa klein und hager gewesen, und mit steifem Kragen, durchaus nicht verschwitzt, und Frau Gygax habe ihn nicht in einem Bademantel empfangen, sondern in einem freilich weit ausgeschnittenen Kimono, so daß ihre herzliche Einladung auch bildlich gemeint gewesen sei – das war einer seiner Witze, ein Exempel seines bescheidenen Humors –, auch habe der verdiente Infarkt den Obergangster nicht im Hause, sondern in seinen Lagerräumen getroffen, während eines Föhnsturms, noch eine Einlieferung ins Spital, dann Herzriß und Abgang, doch dies sei, wie gesagt, unwesentlich, und vor allem stimme es genau, was da sein prächtiger Busenfreund und Staatsanwalt erläutert habe, er hätte sich wirklich mit Frau Gygax nur eingelassen, um den alten Gauner zu ruinieren, ja, er erinnere sich nun deutlich, wie er in dessen Bett über dessen Gattin auf dessen Photographie gestarrt habe, auf dieses unsympathische, dicke Gesicht mit der Hornbrille vor den glotzenden Augen, und wie die Ahnung als eine wilde Freude über ihn gekommen sei, mit dem, was er nun so lustig und eifrig betreibe, ermorde er recht eigentlich seinen Chef, mache er ihm kaltblütig den Garaus.

Man saß schon in den weichen Sesseln mit den frommen Sprüchen, als dies Traps erklärte, griff nach den heißen Kaffeetäßchen, rührte mit den Löffelchen, trank dazu einen Kognak aus dem Jahre 1893, Roffignac, aus großen bauchigen Gläsern.

Somit komme er zum Strafantrag, verkündete der Staatsanwalt, quer in einem monströsen Backensessel sitzend, die Beine mit den verschiedenen Socken (grauschwarz kariert – grün) über eine Lehne hochgezogen. Freund Alfredo habe nicht dolo indirecto gehandelt, als wäre der Tod nur zufällig erfolgt, sondern dolo malo, mit böswilligem Vorsatz, worauf ja schon die Tatsachen wiesen, daß er einerseits selbst den Skandal provoziert, anderseits nach dem Tode des Obergangsters dessen leckeres Frauchen nicht mehr besucht habe, woraus zwangsläufig folge, daß die Gattin nur ein Werkzeug für seine blutrünstigen Pläne gewesen sei, die galante Mordwaffe sozusagen, daß somit ein Mord vorliege, auf eine psychologische Weise durchgeführt, derart, daß, außer einem Ehebruch, sich nichts Gesetzwidriges ereignet habe, freilich scheinbar nur, weshalb er denn, da sich dieser Schein nun verflüchtigt, ja nachdem der teure Angeklagte selbst aufs freundlichste gestanden, als Staatsanwalt das Vergnügen habe – und damit komme er an den Schluß seiner Würdigung –, vom hohen Richter die Todesstrafe für Alfredo Traps zu fordern als Belohnung für ein Verbrechen, das Bewunderung, Staunen, Respekt verdiene und ein Anrecht darauf habe, als eines der außerordentlichsten des Jahrhunderts zu gelten.

Man lachte, klatschte Beifall und stürzte sich auf die Torte, die Simone nun hereinbrachte. Zur Krönung des Abends, wie sie sagte. Draußen stieg als Attraktion ein später Mond auf, eine schmale Sichel, mäßiges Rauschen in den Bäumen, sonst Stille, auf der Straße nur selten noch ein Automobil, dann irgendein verspäteter Heimkehrer, vorsichtig, leicht im Zickzack. Der Generalvertreter fühlte sich geborgen, saß neben Pilet in einem weichen plauschigen Kanapee, Spruch: ›Hab oft im Kreise der Lieben‹, legte den Arm um den Schweigsamen, der nur von Zeit zu Zeit ein staunendes »Fein« mit windigem, zischendem F verlauten ließ, schmiegte sich an seine pomadige Eleganz. Mit Zärtlichkeit. Mit Gemütlichkeit. Wange an Wange. Der Wein hatte ihn schwer und friedlich gemacht, er genoß es, in der verständnisvollen Gesellschaft wahr, sich selber zu sein, kein Geheimnis mehr zu haben, weil keines mehr nötig war, gewürdigt zu sein, verehrt, geliebt, verstanden, und der Gedanke, einen Mord begangen zu haben, überzeugte ihn immer mehr, rührte ihn, verwandelte sein Leben, machte es schwieriger, heldischer, kostbarer. Er begeisterte ihn geradezu. Er hatte den Mord geplant und ausgeführt – stellte er sich nun vor –, um vorwärtszukommen, aber dies nicht eigentlich beruflich, aus finanziellen Gründen etwa, aus dem Wunsche nach einem Studebaker heraus, sondern – das war das Wort – um ein wesentlicher, ein tieferer Mensch zu werden, wie ihm schwante – hier an der Grenze seiner Denkkraft –, würdig der Verehrung, der Liebe von gelehrten, studierten Männern, die ihm nun – selbst Pilet – wie jene urweltlichen Magier vorkamen, von denen er einmal im ›Reader's Digest‹ gelesen hatte, die jedoch nicht nur das Geheimnis der

Sterne, sondern mehr, auch das Geheimnis der Justiz
kannten (er berauschte sich an diesem Wort), welche er in
seinem Textilbranchenleben nur als eine abstrakte Schi-
kane gekannt hatte und die nun wie eine ungeheure,
unbegreifliche Sonne über seinen beschränkten Horizont
stieg, als eine nicht ganz begriffene Idee, die ihn darum
nur um so mächtiger erschauern, erbeben ließ; und so
hörte er denn, goldbraunen Kognak schlürfend, zuerst
tief verwundert, dann immer entrüsteter den Ausführungen des dicken Verteidigers zu, diesen eifrigen Versuchen, seine Tat in etwas Gewöhnliches, Bürgerliches,
Alltägliches zurückzuverwandeln. Er habe mit Vergnügen der erfindungsreichen Rede des Herrn Staatsanwalts
zugehört, führte Herr Kummer aus, den Zwicker vom
roten, aufgequollenen Fleischklumpen seines Gesichts
hebend und mit kleinen, zierlichen geometrischen Gesten
dozierend. Gewiß, der alte Gangster Gygax sei tot, sein
Klient habe schwer unter ihm zu leiden gehabt, sich auch
in eine wahre Animosität gegen ihn hineingesteigert, ihn
zu stürzen versucht, wer wolle dies bestreiten, wo
komme dies nicht vor, phantastisch sei es nur, diesen Tod
eines herzkranken Geschäftsmannes als Mord hinzustel-
len (»Aber ich habe doch gemordet!« protestierte Traps,
wie aus allen Wolken gefallen). Im Gegensatz zum
Staatsanwalt halte er den Angeklagten für unschuldig, ja
nicht zur Schuld fähig. (Traps dazwischen, nun schon
erbittert: »Aber ich bin doch schuldig!«) Der Generalvertreter des Hephaiston-Kunststoffes sei ein Beispiel für
viele. Wenn er ihn als der Schuld unfähig bezeichne, so
wolle er damit nicht behaupten, daß er schuldlos sei, im
Gegenteil. Traps sei vielmehr verstrickt in alle möglichen
Arten von Schuld, er ehebrüchle, schwindle sich durchs

Leben mit einer gewissen Bösartigkeit bisweilen, aber nicht etwa so, daß sein Leben nur aus Ehebruch und Schwindelei bestände, nein, nein, es habe auch seine positiven Seiten, durchaus seine Tugenden. Freund Alfredo sei fleißig, hartnäckig, ein treuer Freund seiner Freunde, versuche seinen Kindern eine bessere Zukunft zu ermöglichen, staatspolitisch zuverlässig, man nehme alles nur in allem, nur sei er vom Unkorrekten wie angesäuert, leicht verdorben, wie dies eben bei manchem Durchschnittsleben der Fall sei, der Fall sein müsse, doch gerade deshalb wieder sei er zur großen, reinen, stolzen Schuld, zur entschlossenen Tat, zum eindeutigen Verbrechen nicht fähig. (Traps: »Verleumdung, pure Verleumdung!«) Er sei nicht ein Verbrecher, sondern ein Opfer der Epoche, des Abendlandes, der Zivilisation, die, ach, den Glauben (immer wolkiger werdend), das Christentum, das Allgemeine mehr und mehr verloren habe, chaotisch sei, so daß dem Einzelnen kein Leitstern blinke, Verwirrung, Verwilderung als Resultat auftrete, Faustrecht und Fehlen einer wahren Sittlichkeit. Was sei nun geschehen? Dieser Durchschnittsmensch sei gänzlich unvorbereitet einem raffinierten Staatsanwalt in die Hände gefallen. Sein instinktives Walten und Schalten in der Textilbranche, sein Privatleben, all die Abenteuer eines Daseins, das sich aus Geschäftsreisen, aus dem Kampf um den Brotkorb und aus mehr oder weniger harmlosen Vergnügungen zusammengesetzt habe, seien nun durchleuchtet, durchforscht, seziert worden, unzusammenhängende Tatsachen seien zusammengeknüpft, ein logischer Plan ins Ganze geschmuggelt, Vorfälle als Ursachen von Handlungen dargestellt worden, die auch gut hätten anders geschehen können, Zufall hätte man in Absicht, Gedankenlosigkeit in Vorsatz verdreht, so daß schließlich zwangsläufig dem Verhör ein Mörder entsprungen sei wie dem Zylinder des Zauberers ein Kaninchen. (Traps: »Das ist nicht wahr!«) Betrachte man den Fall Gygax nüchtern, objektiv, ohne den Mystifikationen des Staatsanwalts zu erliegen, so komme man zum Resultat, daß der alte Gangster seinen Tod im wesentlichen sich selbst zu verdanken habe, seinem unordentlichen Leben, seiner Konstitution. Was die Managerkrankheit bedeute, wisse man zur Genüge, Unrast, Lärm, zerrüttete Ehe und Nerven, doch sei am eigentlichen Infarkt der Föhnsturm schuld gewesen, den Traps erwähnt habe, gerade der Föhn spiele bei Herzgeschichten eine Rolle (Traps: »Lächerlich!«), so daß es sich eindeutig um einen bloßen Unglücksfall handle. Natürlich sei sein Klient rücksichtslos vorgegangen, doch sei er nun eben den Gesetzen des Geschäftslebens unterworfen, wie er ja selber immer wieder betone, natürlich hätte er oft seinen Chef am liebsten getötet, was denke man nicht alles, was tue man nicht alles in Gedanken, aber eben nur in Gedanken, eine Tat außerhalb dieser Gedanken sei weder vorhanden noch feststellbar. Es sei absurd, dies anzunehmen, noch absurder jedoch, wenn sich sein Klient nun selber einbilde, einen Mord begangen zu haben, er habe gleichsam zu seiner Autopanne noch eine zweite, eine geistige Panne erlitten, und somit beantrage er, der Verteidiger, für Alfredo Traps den Freispruch usw. usw. Immer mehr ärgerte den Generalvertreter dieser wohlmeinende Nebel, mit dem sein schönes Verbrechen zugedeckt wurde, in welchem es sich verzerrte, auflöste, unwirklich, schattenhaft, ein Produkt des Barometerstandes wurde. Er fühlte sich unterschätzt, und so begehrte er denn auch weiterhin auf, kaum hatte der Verteidiger geendet. Er erklärte, entrüstet und sich erhebend, einen Teller mit einem neuen Stück Torte in der Rechten, sein Glas Roffignac in der Linken, er möchte, bevor es zum Urteil komme, nur noch einmal auf das bestimmteste beteuern, daß er der Rede des Staatsanwalts zustimme – Tränen traten hier in seine Augen –, es sei ein Mord gewesen, ein bewußter Mord, das sei ihm jetzt klar, die Rede des Verteidigers dagegen habe ihn tief enttäuscht, ja entsetzt, gerade von ihm hätte er Verständnis erhofft, erhoffen dürfen, und so bitte er um das Urteil, mehr noch, um Strafe, nicht aus Kriecherei, sondern aus Begeisterung, denn erst in dieser Nacht sei ihm aufgegangen, was es heiße, ein *wahrhaftes* Leben zu führen (hier verwirrte sich der Gute, Wackere), wozu eben die höheren Ideen der Gerechtigkeit, der Schuld und der Sühne nötig seien wie jene chemischen Elemente und Verbindungen, aus denen sein Kunststoff zusammengebraut werde, um bei seiner Branche zu bleiben, eine Erkenntnis, die ihn neu geboren habe, jedenfalls – sein Wortschatz außerhalb seines Berufs gestalte sich etwas dürftig, man möge verzeihen, so daß er kaum auszudrücken in der Lage sei, was er eigentlich meine – jedenfalls scheine ihm Neugeburt der gemäße Ausdruck für das Glück zu sein, das ihn nun wie ein mächtiger Sturmwind durchwehe, durchbrause, durchwühle.

So kam es denn zum Urteil, das der kleine, nun auch schwerbetrunkene Richter unter Gelächter, Gekreisch, Jauchzen und Jodelversuchen (des Herrn Pilet) bekanntgab, mit Mühe, denn nicht nur, daß er auf den Flügel in der Ecke geklettert war, oder besser, in den Flügel, denn er hatte ihn vorher geöffnet, auch die Sprache selbst machte hartnäckige Schwierigkeiten. Er stolperte über Wörter, andere verdrehte er wieder oder er verstümmelte sie, fing Sätze an, die er nicht mehr bewältigen konnte, knüpfte an an solche, deren Sinn er längst vergessen hatte, doch war der Gedankengang im großen und ganzen noch zu erraten. Er ging von der Frage aus, wer denn recht habe, der Staatsanwalt oder der Verteidiger, ob Traps eines der außerordentlichsten Verbrechen des Jahrhunderts begangen habe oder unschuldig sei. Keiner der beiden Ansichten könne er so recht beistimmen. Traps sei zwar wirklich dem Verhör des Staatsanwaltes nicht gewachsen gewesen, wie der Verteidiger meine, und habe aus diesem Grunde vieles zugegeben, was sich in dieser Form nicht ereignet habe, doch habe er dann wieder gemordet, freilich nicht aus teuflischem Vorsatz, nein, sondern allein dadurch, daß er sich die Gedankenlosigkeit der Welt zu eigen gemacht habe, in der er als Generalvertreter des Hephaiston-Kunststoffes nun einmal lebe. Er habe getötet, weil es ihm das Natürlichste sei, jemanden an die Wand zu drücken, rücksichtslos vorzugehen, geschehe, was da wolle. In der Welt, die er mit seinem Studebaker durchsause, wäre ihrem lieben Alfredo nichts geschehen, hätte ihm nichts geschehen können, doch nun habe er die Freundlichkeit gehabt, zu ihnen zu kommen in ihre stille weiße Villa (hier wurde nun der Richter nebelhaft und brachte das Folgende eigentlich nur noch unter freudigem Schluchzen hervor, unterbrochen hin und wieder von einem gerührten, gewaltigen Niesen, wobei sein kleiner Kopf von einem mächtigen Taschentuch umhüllt wurde, was ein immer gewaltigeres Gelächter der übrigen hervorrief), zu vier alten Männern, die in seine Welt hineingeleuchtet hätten mit dem reinen Strahl der Gerechtigkeit, die freilich seltsame Züge trage, er wisse, wisse, wisse es, aus vier verwitterten Gesichtern grinse, sich im Monokel eines greisen Staatsanwaltes spiegle, im Zwicker eines dicken Verteidigers, aus dem zahnlosen Munde eines betrunkenen, schon etwas lallenden Richters kichere und auf der Glatze eines abgedankten Henkers rot aufleuchte (die andern, ungeduldig über diese Dichterei: »Das Urteil, das Urteil!«), die eine groteske, schrullige, pensionierte Gerechtigkeit sei, aber auch als solche eben *die* Gerechtigkeit (die andern im Takt: »Das Urteil, das Urteil!«), in deren Namen er nun ihren besten, teuersten Alfredo zum Tode verurteile (der Staatsanwalt, der Verteidiger, der Henker und Simone: Hallo und Juchhei; Traps, nun auch schluchzend vor Rührung: »Dank, lieber Richter, Dank!«), obgleich juristisch nur darauf gestützt, daß der Verurteilte sich selbst als schuldig bekenne. Dies sei schließlich das Wichtigste. So freue es ihn denn, ein Urteil abgegeben zu haben, das der Verurteilte so restlos anerkenne, die Würde des Menschen verlange keine Gnade, und freudig nehme denn auch ihr verehrter Gastfreund die Krönung seines Mordes entgegen, die, wie er hoffe, unter nicht weniger angenehmen Umständen erfolgt sei als der Mord selber. Was beim Bürger, beim Durchschnittsmenschen als Zufall in Erscheinung trete, bei einem Unfall, oder als bloße Notwendigkeit der Natur, als Krankheit, als Verstopfung eines Blutgefäßes durch einen Embolus, als ein malignes Gewächs, trete hier als notwendiges, moralisches Resultat auf, erst hier vollende sich das Leben folgerichtig im Sinne eines Kunstwerkes, werde die menschliche Tragödie sichtbar, leuchte sie auf, nehme eine makellose Gestalt an, vollende sich (die andern: »Schluß! Schluß!«), ja man dürfe es ruhig aussprechen: Erst im Aktus der Urteilsverkündigung, der aus dem Angeklagten einen Verurteilten mache, vollziehe sich der Ritterschlag der Gerechtigkeit, nichts Höheres, Edleres, Größeres könne es geben, als wenn ein Mensch zum Tode verurteilt werde. Dies sei nun geschehen. Traps, dieser vielleicht nicht ganz legitime Glückspilz – da im Grunde nur eine bedingte Todesstrafe zulässig wäre, von der er aber absehen wolle, um ihrem lieben Freunde keine Enttäuschung zu bereiten –, kurz, Alfredo sei ihnen jetzt ebenbürtig und würdig geworden, in ihr Kollegium als ein Meisterspieler aufgenommen zu werden usw. (die andern: »Champagner her!«).

Der Abend hatte seinen Höhepunkt erreicht. Der Champagner schäumte, die Heiterkeit der Versammelten war ungetrübt, schwingend, brüderlich, auch der Verteidiger wieder eingesponnen in das Netz der Sympathie. Die Kerzen niedergebrannt, einige schon verglommen, draußen die erste Ahnung vom Morgen, von verblassenden Sternen, fernem Sonnenaufgang, Frische und Tau. Traps war begeistert, zugleich müde, verlangte nach seinem Zimmer geführt zu werden, taumelte von einer Brust zur andern. Man lallte nur noch, man war betrunken, gewaltige Räusche füllten den Salon, sinnlose Reden, Monologe, da keiner mehr dem andern zuhörte. Man roch nach Rotwein und Käse, strich dem Generalvertreter durch die Haare, liebkoste, küßte den Glücklichen, Müden, der wie ein Kind war im Kreise von Großvätern und Onkeln. Der Glatzköpfige, Schweigende brachte ihn nach oben. Mühselig ging es die Treppe hoch, auf allen vieren, in der Mitte blieben sie stecken, ineinander verwickelt, konnten nicht mehr weiter, kauerten auf den Stufen. Von oben, durch ein Fenster, fiel eine steinerne Morgendämmerung, vermischte sich mit dem Weiß der verputzten Wände, dazu, von außen, die ersten Geräusche des werdenden Tages, vom fernen Bahnhöfchen her Pfeifen und andere Rangiergeräusche als vage Erinnerungen an seine verpaßte Heimreise. Traps war glücklich, wunschlos wie noch nie in seinem Kleinbürgerleben. Blasse Bilder stiegen auf, ein Knabengesicht, wohl sein Jüngster, den er am meisten liebte, dann dämmerhaft, das Dörfchen, in welches er gelangt war infolge seiner Panne, das lichte Band der Straße, sich über eine kleine Erhöhung schwingend, der Bühl mit der Kirche, die mächtige rauschende Eiche mit den Eisenringen und den Stützen, die bewaldeten Hügel, endloser leuchtender Himmel dahinter, darüber, überall, unendlich. Doch da brach der Glatzköpfige zusammen, murmelte »will schlafen, will schlafen, bin müde, bin müde«, schlief dann auch wirklich ein, hörte nur noch, wie Traps nach oben kroch, später polterte ein Stuhl, der Glatzköpfige, Schweigsame wurde wach auf der Treppe, nur sekundenlang, noch voll von Träumen und Erinnerungen an versunkene Schrecken und Momente voll Grauens, dann war ein Wirrwarr von Beinen um ihn, den Schlafenden, denn die andern stiegen die Treppe herauf. Sie hatten, piepsend und krächzend, auf dem Tisch ein Pergament mit dem Todesurteil vollgekritzelt, ungemein rühmend gehalten, mit witzigen Wendungen, mit akademischen Phrasen, Latein und altem Deutsch, dann waren sie aufgebrochen, das Produkt dem schlafenden Generalvertreter auf das Bett zu legen, zur angenehmen Erinnerung an ihren Riesentrunk, wenn er des Morgens erwache. Draußen die Helligkeit, die Frühe, die ersten Vogelrufe grell und ungeduldig, und so kamen sie die Treppe herauf, trampelten über den Glatzköpfigen, Geborgenen. Einer hielt sich am andern, einer stützte sich auf den andern, wankend alle drei, nicht ohne Schwierigkeit, in der Wendung der Treppe besonders, wo Stockung, Rückzug, neues Vorrücken und Scheitern unvermeidlich waren. Endlich standen sie vor der Türe des Gastzimmers. Der Richter öffnete, doch erstarrte die feierliche Gruppe auf der Schwelle, der Staatsanwalt mit noch umgebundener Serviette: Im Fensterrahmen hing Traps, unbeweglich, eine dunkle Silhouette vor dem stumpfen Silber des Himmels, im schweren Duft der Rosen, so endgültig und so unbedingt, daß der Staatsanwalt, in dessen Monokel sich der immer mächtigere Morgen spiegelte, erst nach Luft schnappen mußte, bevor er, ratlos und traurig über seinen verlorenen Freund, recht schmerzlich ausrief: »Alfredo, mein guter Alfredo! Was hast du dir denn um Gotteswillen gedacht? Du verteufelst uns ja den schönsten Herrenabend!«

Der Sturz

                    A

B   C

D   E

F   G

H   I

K   L

M   N

O   P

Nach dem kalten Buffet mit gefüllten Eiern, Schinken, Toast, Kaviar, Schnaps und Champagner, welches im Festsaal das Politische Sekretariat vor der Beratung einzunehmen pflegte, erschien N im Sitzungszimmer als erster. Er fühlte sich seit seiner Aufnahme ins oberste Gremium nur in diesem Raume sicher, obwohl er bloß Postminister war und die Briefmarken zur Friedenskonferenz A gefallen hatten, wie er gerüchtweise vom Kreise um D und genauer von E wußte; aber seine Vorgänger waren trotz der doch eher untergeordneten Stellung der Post innerhalb der Staatsmaschinerie verschollen, und wenn auch der Boss der Geheimpolizei C mit ihm liebenswürdig umging, ratsam war es nicht, nach den Verschwundenen zu forschen. Vor Betreten des Festsaals und vor Betreten des Sitzungszimmers war N schon abgetastet worden, das erste Mal durch den sportlichen Oberstleutnant, der das immer tat, das zweite Mal durch einen blonden Oberst, den N noch nie gesehen hatte; der Oberst, der ihn sonst vor dem Sitzungszimmer abtastete, war kahl, mußte im Urlaub sein, oder war versetzt, oder entlassen, oder degradiert, oder erschossen worden. N legte die Aktentasche auf den Versammlungstisch und nahm Platz. L setzte sich neben ihn. Das Sitzungszimmer war lang und nicht viel breiter als der Versammlungstisch. Die Wände waren halbhoch braun getäfelt. Der ungetäfelte Teil der Wände und die Decke waren weiß. Die Sitzordnung war nach der Hierarchie des Systems geregelt. A saß oben. Über ihm, am weißen Teil der Wand, hing die Parteifahne. Ihm gegenüber blieb das andere Tischende leer, und dahinter war das einzige Fenster des Sitzungszimmers. Das Fenster war hoch, oben gewölbt, in fünf Scheiben eingeteilt und hatte keine Vorhänge. B D F H K M saßen (von A aus gesehen) an der rechten Tischseite und ihnen gegenüber C E G I L N, neben N saß noch der Chef der Jugendgruppen P und neben M der Atomminister O, doch waren P und O nicht stimmberechtigt. L war der Älteste des Gremiums und hatte, bevor A die Partei und den Staat übernahm, einmal die Funktion ausgeübt, die D jetzt ausübte. L war Schmied gewesen, bevor er Revolutionär wurde. Er war groß und breitschultrig, ohne Fett angesetzt zu haben. Sein Gesicht und seine Hände waren derb, seine grauen Haare waren noch dicht und kurz geschnitten. Er war immer unrasiert. Sein dunkler Anzug glich dem Sonntagskleid eines Arbeiters. Er trug nie eine Krawatte. Der Kragen seines weißen Hemdes war stets zugeknöpft. L war in der Partei und beim Volk populär, um seine Taten während des Juni-Aufstandes hatten sich Legenden gebildet; doch lag diese Zeit so weit zurück, daß ihn A ›das Denkmal‹ nannte. L galt als gerecht und war ein Held, und so war sein Abstieg nicht ein spektakulärer Untergang, sondern ein Immer-Tiefer-Sinken innerhalb der Hierarchie. Die Furcht vor einer Anklage unterhöhlte L. Er wußte, daß sein Sturz einmal kommen mußte. Wie die beiden Marschälle H und K war er oft betrunken, sogar zu den Sitzungen des Sekretariats erschien er nicht mehr nüchtern. Auch jetzt stank er nach Schnaps und Champagner, doch war seine rauhe Stimme ruhig, und seine wässerigen, blutunterlaufenen Augen blickten spöttisch: »Kamerad«, sagte er zu N, »wir sind erledigt. O ist nicht gekommen.« N antwortete nicht. Er zuckte nicht einmal zusammen. Er spielte den Gleichgültigen. Vielleicht war O's Verhaftung ein Gerücht, vielleicht täuschte sich L, und wenn sich L nicht täuschte, so war N's Lage vielleicht doch nicht so hoffnungslos, wie jene L's, der für den Transport verantwortlich war. Wenn es in der Schwerindustrie, in der Landwirtschaft, bei der konventionellen oder bei der atomaren Energieversorgung nicht klappte (und irgend etwas klappte immer nicht), stets konnte auch der Transportminister verantwortlich gemacht werden. Pannen, Verzögerungen, Stockungen. Die Distanzen waren beträchtlich, die Kontrollen schwerfällig.

Der Parteisekretär D und der Minister I kamen. Der Parteisekretär war fett, mächtig und intelligent. Er trug den militärisch zugeschnittenen Anzug, womit er A kopierte, aus Unterwürfigkeit wie einige, aus Spott, wie andere glaubten. I war rothaarig und schmächtig. Er war nach A's Machtübernahme Generalstaatsanwalt und ein besonders forscher Kerl gewesen. Er setzte in der ersten großen Säuberung die Todesurteile gegen die alten Revolutionäre durch, wobei ihm ein Irrtum unterlief. Er forderte auf A's Wunsch für dessen Schwiegersohn das Todesurteil, und als A unerwartet intervenierte, um seinem Schwiegersohn doch noch zu verzeihen, war der Schwiegersohn bereits erschossen, ein Lapsus, der I nicht nur die Stellung als Generalstaatsanwalt kostete: noch schlimmer, er kam an die Macht. Er wurde zum Mitglied des Politischen Sekretariats ernannt und damit auf die bequemste der möglichen Abschußlisten gesetzt. Er erreichte eine Position, wo ihm nur mit politischen Gründen der Garaus gemacht werden konnte, und politische Gründe ließen sich immer finden. Im Falle I's waren sie schon vorhanden. Zwar glaubte niemand, A hätte seinen Schwiegersohn retten wollen. Die Hinrichtung seines Schwiegersohnes kam A sicher nicht ungelegen (A's Tochter stieg schon damals mit P ins Bett); aber A besaß jetzt eine öffentliche Ausrede, I zu erledigen, wenn er ihn einmal erledigen wollte, und weil A noch nie eine Chance ausgelassen hatte, jemanden zu erledigen, gab man I keine Chance mehr. I wußte dies und benahm sich, als wüßte er es nicht, wenn auch ungeschickt. Auch jetzt. Er versuchte allzu offensichtlich, seine Unsicherheit zu verbergen. Er erzählte dem Parteisekretär von einer Aufführung des Staatlichen Balletts. I erzählte in jeder Sitzung von der Tanzerei und warf mit Fachausdrücken der Ballettkunst um sich, besonders, seit er noch das Landwirtschaftsministerium übernehmen mußte, obgleich er als Jurist von der Landwirtschaft nichts verstand. Zudem war das Landwirtschaftsministerium womöglich noch tückischer als das Transportministerium und schadete mit der Zeit noch jedem; denn in der Landwirtschaft versagte die Partei zwangsläufig. Die Bauern waren unerziehbar, egoistisch und faul. Auch N haßte die Bauern, nicht an sich, sondern als ein unlösbares Problem, woran die Planer scheiterten, und weil nun einmal Scheitern lebensgefährlich war, haßte N die Bauern doppelt, und aus seinem Haß heraus begriff er sogar I's Verhalten: wer wollte schon von Bauern reden? Nur der Minister für die Schwerindustrie F, der in einem Dorfe aufgewachsen und wie sein Vater Dorfschullehrer gewesen war und eine von einem ländlichen Lehrerseminar roh und primitiv zusammengezimmerte Halbbildung besaß, der wie ein Bauer aussah und wie ein Bauer redete, erzählte im Politischen Sekretariat von Bauern, tischte Bauernanekdoten auf, die bloß ihn erheiterten, zitierte Bauernsprichwörter, die nur er begriff, während der gebildete Jurist I, der sich mit Bauern herumschlug und an ihrem Unverstand verzweifelte, um nicht von ihnen reden zu müssen, seine Ballettgeschichten herunterplapperte und damit jeden anödete, am meisten A, der den Landwirtschaftsminister ›unsere Ballerina‹ nannte (vorher hatte er ihn ›unseren Himmelfahrtsjuristen‹ genannt). Trotzdem verachtete N den ehemaligen Generalstaatsanwalt, dessen sommersprossige Juristenvisage ihm widerlich war. Aus einem fixen Henker war ihm allzu schnell ein ängstlicher Kriecher geworden. N bewunderte dagegen D's Haltung. Bei all dessen Macht innerhalb der Partei und bei all dessen politischer Intelligenz empfand ›die Wildsau‹, wie ihn A bezeichnete, sicher auch Furcht, sollte die Nachricht von O's Nichterscheinen zutreffen, doch D beherrschte sich. Er verlor seine Lockerheit nie. Der Parteisekretär blieb auch in der Gefahr gelassen. Aber seine Lage war ungewiß. O's Verhaftung (falls sie nicht ein bloßes Gerücht war, das durch sein Nichterscheinen verursacht wurde) konnte einen Angriff auf D einleiten, weil O in der Partei D unterstand, sie konnte jedoch auch auf den Sturz des Chefideologen G hinzielen, als dessen persönlicher Schützling O galt: daß O's Liquidierung (falls sie eintraf) D und G zugleich bedrohte, war an sich möglich, doch kaum wahrscheinlich.

Der Chefideologe G hatte das Versammlungszimmer schon betreten. Er war linkisch, trug eine verstaubte randlose Brille und hielt den professoralen Kopf mit der weißen Mähne schräg. Er war ein ehemaliger Gymnasiallehrer aus der Provinz – A nannte ihn den ›Teeheiligen‹. G war der Theoretiker der Partei. Er war ein Abstinenzler und Asket mit Schillerkragen, ein hagerer Introvertierter, der auch im Winter Sandalen trug. War der Parteisekretär D vital, ein Genießer und Frauenheld, war beim Chefideologen G jeder Schritt theoretisch ausgeklügelt und führte nicht selten ins Absurde und Blutrünstige. Die beiden standen sich feindlich gegenüber. Statt sich zu ergänzen, rieben sie sich aneinander auf, stellten sich Fallen, versuchten einander zu stürzen: der Parteisekretär als ein Techniker der Macht stand dem Chefideologen als einem Theoretiker der Revolution gegenüber. D wollte die Macht mit allen Mitteln behaupten, G die Macht mit allen Mitteln rein erhalten, als sterilisiertes Skalpell in den Händen einer reinen Lehre. Der Wildsau waren der Außenminister B, die Erziehungsministerin M und der Transportminister L verbunden, auf seiten des Teeheiligen standen der Landwirtschaftsminister I und der Staatspräsident K sowie der Minister für die Schwerindustrie F, der an Gewalttätigkeit D kaum nachstand, sich jedoch aus jener Abneigung heraus, die ein Machtbesessener einem anderen Machtbesessenen gegenüber zu empfinden vermag, im Lager G's befand, obgleich der ehemalige Dorfschullehrer dem ehemaligen Gymnasiallehrer gegenüber mit Minderwertigkeitsgefühlen belastet war und ihn wahrscheinlich insgeheim auch haßte.

Eigentlich grüßte G D nicht mehr. Daß der Chefideologe den Parteisekretär jetzt grüßte, wie N erschrocken bemerkte, wies auf G's Furcht hin, O's Verschwinden gelte ihm, so wie der Umstand, daß D zurückgrüßte, auf dessen Furcht schließen ließ, er sei bedroht. Daß sich jedoch beide fürchteten, bedeutete, daß O wirklich verhaftet sein mußte. Die Tatsache aber, daß der Teeheilige herzlich, die Wildsau dagegen nur freundlich grüßte, deutete darauf hin, daß die Bedrohung des Chefideologen eine Nuance möglicher war, als jene des Parteisekretärs. N atmete etwas auf. D's Sturz hätte auch N in Verlegenheit gebracht. N war auf Vorschlag der Wildsau als stimmberechtigtes Mitglied ins Sekretariat aufgenommen worden und galt als dessen persönlicher Schützling, eine Ansicht, die gefährlich werden konnte, auch wenn sie der Wirklichkeit nicht ganz entsprach: erstens gehörte N keiner Gruppe an, zweitens erwartete damals der Chefideologe, der sich für den Atomminister O einsetzte, vor der Wahl, daß der Parteisekretär seinen Schützling, den Chef der Jugendgruppen P, vorschlage. Doch die Wildsau sah ein, daß es leichter war, einen neutralen Anwärter ins Sekretariat zu wählen, als einen seiner Parteigänger oder einen seines Gegners – und außerdem hatte sich inzwischen A's Tochter wieder von P getrennt, um mit einem von der Partei geächteten Romanschriftsteller zu schlafen –, worauf D seinen Kandidaten fallen ließ, um N vorzuschlagen, wodurch der Teeheilige überspielt wurde und ebenfalls für N stimmen mußte. Drittens war N nichts als ein Spezialist in seinem Ressort und für D und G harmlos. Er war für A so unbedeutend, daß er nicht einmal einen Übernamen bekommen hatte.

Das traf freilich auch für den Außenhandelsminister E zu, der hinter G den Raum betreten und gleich Platz genommen hatte – während der Chefideologe immer noch neben dem unbeschwert grinsenden Parteisekretär stand, verlegen lächelnd, die runde Schulmeisterbrille reinigend, vom Landwirtschaftsminister I mit Klatsch über den ersten Solotänzer belästigt –, E war weltmännisch, elegant. Er trug einen englischen Anzug mit locker gebüscheltem Kavalierstuch und rauchte eine amerikanische Zigarette. Der Außenhandelsminister war wie N ungewollt Mitglied des Politischen Sekretariats geworden, der Machtkampf innerhalb der Partei hatte auch ihn automatisch dem Führungsgremium entgegengeschoben, andere, die ehrgeiziger gewesen waren als er, waren dem Ringen um die vordersten Plätze und somit sich selber zum Opfer gefallen, und so überstand E als Fachmann jede Säuberung, was ihm von seiten A's den Spitznamen ›Lord Evergreen‹ eintrug. War N unfreiwillig der dreizehntmächtigste, war E ebenso unfreiwillig schon der fünftmächtigste Mann des Imperiums. Einen Rückweg gab es nicht. Ein falsches Verhalten, eine unvorsichtige Äußerung konnten das Ende bedeuten, Verhaftung, Verhöre, Tod, weshalb sich E und N mit jedem gutstellen mußten, der mächtiger war als sie oder ebenso mächtig werden konnte. Sie hatten klug zu sein, die Gelegenheiten wahrzunehmen, sich im Notfall zu ducken und die menschlichen Schwächen der andern auszunutzen. Sie waren zu vielem gezwungen, das unwürdig und lächerlich war.

Natürlicherweise. Die dreizehn Männer des Politischen Sekretariats verfügten über eine ungeheuerliche Macht. Sie bestimmten das Geschick des Riesenreiches, schickten Unzählige in die Verbannung, in den Kerker und in den Tod, griffen in das Leben von Millionen ein, stampften Industrien aus dem Boden, verschoben Familien und Völker, ließen gewaltige Städte erstehen, stellten unermeßliche Heere auf, entschieden über Krieg und Frieden, doch, da ihr Erhaltungstrieb sie zwang, einander zu belauern, beeinflußten die Sympathien und Antipathien, die sie füreinander empfanden, ihre Entscheidungen weit mehr als die politischen Konflikte und die wirtschaftlichen Sachverhalte, denen sie gegenüberstanden. Die Macht, und damit die Furcht voreinander, war zu groß, um reine Politik zu treiben. Die Vernunft kam dagegen nicht an.

Von den fehlenden Mitgliedern traten die beiden Marschälle ein, der Verteidigungsminister H und der Staatspräsident K, beide aufgeschwemmt, beide käsig, beide steif, beide mit Orden bekleistert, beide alt und schweißig, beide nach Tabak, Schnaps und Dunhill-Parfum stinkend, zwei mit Fett, Fleisch, Harn und Furcht prall gestopfte Säcke. Sie setzten sich gleichzeitig nebeneinander, ohne jemanden zu grüßen. H und K traten stets zu zweit auf. A, auf das Lieblingsgetränk der beiden anspielend, nannte sie die ›Gin-gis-Khane‹. Marschall K, der Staatspräsident und Held des Bürgerkrieges, duselte vor sich hin; Marschall H, ein militärischer Nichtskönner, der sich nur durch seine parteipolitische Strammheit zum Marschall durchgemausert hatte, indem er einen seiner Vorgänger um den andern dem sich gutgläubig stellenden A als Hochverräter ans Messer lieferte, raffte sich noch einmal auf, bevor er vor sich hinglotzte, schrie: »Nieder mit den Feinden im Schoße der Partei!« und gab damit zu, daß auch ihm die Verhaftung O's bekannt war.

Doch beachtete ihn keiner. Man war es gewohnt, die Furcht preßte Phrasen aus ihm. In jeder Zusammenkunft des Politischen Sekretariats sah er seinen Sturz kommen, erging er sich in Selbstanklagen und griff wild jemanden an, ohne je zu präzisieren, wen er damit meinte.

N starrte den Verteidigungsminister H an, auf dessen Stirne der Schweiß glitzerte, und fühlte, wie auch seine Stirne feucht zu werden begann. Er dachte an den Bordeaux, den er F schenken wollte, aber noch nicht schenken konnte, weil er ihn noch nicht besaß. Es hatte damit angefangen, daß der Parteichef D gerne Bordeaux trank und daß N vor drei Wochen anläßlich der internationalen Tagung der Postminister in Paris einige Weinlieferungen organisieren konnte; der Pariser Kollege mochte den einheimischen Schnaps, den ihm dafür N zukommen ließ. Nicht, daß N der einzige gewesen wäre, der den mächtigen D mit Bordeaux versorgte. Auch der Außenminister B tat es. Aber N's Gefälligkeit hatte doch zur Folge, daß er von B nun ebenfalls Bordeaux geschenkt bekam, aus dem einfachen Grunde, weil N, um nicht berechnend zu erscheinen, sich ebenfalls als Bordeaux-Liebhaber ausgab, obschon er sich aus Wein nichts machte. Als N jedoch entdeckte, daß der große nationale Schnapstrinker F, der Beherrscher der Schwerindustrie, den A den ›Schuhputzer‹ getauft hatte, auf Anraten seiner Ärzte, weil er Diabetiker war, heimlich nur Bordeaux konsumierte, zögerte er lange, auch F mit Bordeaux zu beschenken, weil er damit zugeben mußte, von F's Krankheit zu wissen. Doch sagte er sich, daß auch andere Mitglieder des Sekretariats davon wissen mußten. Er hatte sein Wissen vom Chef der Geheimpolizei C, und es schien unwahrscheinlich, daß es anderen nicht mitgeteilt worden war. Daher beschloß er doch, F eine Kiste Lafitte 45 zu überlassen. Der Minister der Schwerindustrie revanchierte sich umgehend. Die Geschenke des Schuhputzers waren berüchtigt. N öffnete das Paket unvorsichtigerweise am Familientisch. Es enthielt eine Filmrolle, die N, ahnungslos über ihren Inhalt und getäuscht durch die Aufschrift ›Szenen aus der Französischen Revolution‹, auf Bitten seiner Frau und seiner vier Kinder im Heimkino vorführen ließ. Es war ein pornographischer Film. Ähnliche Geschenke bekamen gelegentlich auch die andern Mitglieder des Politischen Sekretariats, wie N später erfuhr. Dabei wußte man, daß sich F aus Pornographie nichts machte. Er schenkte sie, um ein Druckmittel in der Hand zu haben, und tat so, als ob der Beschenkte die Pornographie liebe. »Na, wie hat Ihnen die kleine Schweinerei gefallen?« sagte er anderntags zu N, »sie ist zwar nicht nach meinem Gusto, aber ich weiß, daß Sie so was mögen.« N wagte keinen Widerspruch. Er sandte dem Schuhputzer, um sich zu bedanken, eine Kiste Château Pape Clément 34. So häufte sich beim nüchternen und erotisch mäßigen N das pornographische Material an, und gleichzeitig sah er sich gezwungen, weiteren Bordeaux herbeizuschaffen, denn der Nachschub aus Paris kam nur halbjährlich, und Flaschen, die ihm B schenkte, F zuzustellen, wagte er nicht. Wohl waren der Außenminister und der Minister für die Schwerindustrie verfeindet, aber ein Frontwechsel konnte eintreten. Schon oft waren unpersönliche Feinde durch plötzliche gemeinsame Interessen unzertrennliche Freunde geworden. N war genötigt, den Außenhandelsminister E ins Vertrauen zu ziehen. Es stellte sich heraus, daß auch dieser die Wildsau und den Schuhputzer mit Bordeaux beschenkte. E vermochte zwar N durch seine Außenhandelsbeziehung zu helfen, doch nicht ständig. N vermutete, daß auch noch andere D und F beschenkten und von F mit belastendem Material belohnt wurden.

N gegenüber hatte die ›Parteimuse‹ M Platz genommen. Die Ministerin für Erziehung war blond und stattlich. Von ihren Brüsten weissagte einmal A während einer Sitzung des Gremiums, sie seien das Hochgebirge, von dessen Gipfeln der Parteichef zu Tode stürzen werde. Die Parteimuse erschien damals in besonders eleganter Aufmachung, und A drohte mit seiner plumpen Zote der Wildsau. D stand im Rufe, M's Liebhaber zu sein. Seitdem kam M zur Sitzung des Sekretariats nur noch in einem schlichten, grauen Jackettkleide. Daß sie jetzt in einem tief ausgeschnittenen, schwarzen Cocktailkleid auftrat, verwirrte N, um so mehr, als sie auch Schmuck trug. Der Anlaß dazu mußte ein besonderer sein. Auch sie mußte von O's Verhaftung wissen. Die Frage war nur, ob die Parteimuse sich durch ihr Kleid von D distanzieren wollte, indem sie sich unbekümmert gab, oder ob sie damit beabsichtigte, sich mit dem Mute der Verzweiflung demonstrativ als dessen Geliebte zu benennen. Vom Parteichef D bekam N keine Antwort, denn D schien M nicht zu beachten. Er saß jetzt an seinem Platz und studierte ein Schriftstück.

M's Kleiderwahl wurde noch zweideutiger, als nun der Schuhputzer den Raum betrat, F, der kleine dicke Minister für die Schwerindustrie. Er eilte, ohne sich um die andern zu kümmern, auf die Parteimuse zu und rief aus, Donnerwetter, das sei ein Kleid, entzückend, phantastisch, etwas anderes als die ewige Kluft, die man in der Partei trage. Zum Teufel mit den Uniformen. Alle starrten F an, der weiterfuhr, weshalb man eigentlich die Revolution durchgeführt, die Plutokraten und Blutsauger ausgetilgt und die Großbauern an die Kirschbäume geknüpft hätte. »Um die Schönheit einzuführen«, schrie er und umarmte und küßte die Erziehungsministerin, als wäre sie eine Bauerndirne: »Dior den Arbeitern!«, worauf er sich auf seinen Platz zwischen D und H setzte, die beide von ihm abrückten, mußten sie sich doch, wie N, sagen, daß der Minister für die Schwerindustrie aus Galgenhumor handelte und offenbar damit rechnete, O's Verschwinden gelte dem Chefideologen und so auch ihm, wenn es auch möglich war, daß F's Übermut nicht gespielt war, weil er sichere Nachricht besaß, es sei mit dem Sturze des Parteisekretärs zu rechnen.

B trat auf. (Erst jetzt bemerkte N, daß sich der Chef der Jugendgruppen P längst neben ihn gesetzt hatte, ein blasser, bebrillter, ängstlicher, beflissener Parteimensch, dessen Kommen unbemerkt geblieben war.) B ging ruhig an seinen Platz, legte seine Aktentasche auf den Tisch und setzte sich. Der Chefideologe und der Landwirtschaftsminister I, die immer noch standen, setzten sich ebenfalls. Die Autorität des Außenministers B war unbestritten, obgleich ihn alle haßten. Er war allen überlegen. N bewunderte ihn eigentlich. War der Parteisekretär der intelligente, organisatorische, war der Minister für die Schwerindustrie der instinktiv listige Praktiker der Gewalt, war der Chefideologe der Theoretiker, so war der Außenminister ein kaum faßbares Element des

Machtkollektivs. Mit E und N war ihm die vollendete Beherrschung seines Sachgebiets gemeinsam. Er war ein idealer Außenminister. Doch im Gegensatz zu E und N war er in der Partei mächtig geworden, ohne sich jedoch wie D und G in innere Kämpfe zu verwickeln. Er war auch außerhalb der Partei einflußreich und kannte nichts als seine Aufgabe. Das machte ihn mächtig. Er war nicht treulos, doch ging er keine Bindung ein, auch persönlich war er Junggeselle geblieben. Er aß mäßig und trank mäßig, bei Banketten ein Glas Sekt, das war alles. Sein Deutsch, sein Englisch, sein Französisch, sein Russisch, sein Italienisch waren perfekt, seine Studie über Mazarin und seine Darstellung der frühindischen Großstaaten in viele Sprachen übersetzt, ebenso sein Essay über den chinesischen Zahlenbegriff. Auch kursierten Übersetzungen von Rilke und Stefan George von ihm. Am berühmtesten war jedoch seine ›Umsturzlehre‹, weshalb man ihn auch den Clausewitz der Revolution nannte. Er war unentbehrlich, und aus diesem Grunde haßte man ihn. Besonders A war er verhaßt, der ihn den ›Eunuchen‹ nannte, eine Bezeichnung, die jeder übernommen hatte, doch nicht einmal A wagte ihn, war B anwesend, so zu nennen. A nannte ihn dann nur ›Freund B‹, oder, war er außer sich, ›unser Genie‹. B dagegen sprach das Gremium mit ›meine Dame, meine Herren‹ an, als spräche er in einem bürgerlichen Verein. »Meine Dame, meine Herren«, begann er denn auch, kaum hatte er sich gesetzt und gegen seine Gewohnheit unaufgefordert zu reden: »Meine Dame, meine Herren, es mag vielleicht interessieren, der Atomminister O ist nicht erschienen.« Schweigen. B entnahm der Aktentasche einige Papiere, begann sie durchzulesen und sagte nichts mehr. N spürte, wie sich alle fürchteten. Die Verhaftung O's war kein Gerücht. Etwas anderes konnte B nicht gemeint haben. Er hätte immer gewußt, daß O ein Verräter sei, verkündete der Staatspräsident K, O sei ein Intellektueller, und alle Intellektuellen seien Verräter, und Marschall H brüllte aufs neue: »Nieder mit den Feinden im Schoße der Partei!« Die beiden Gin-gis-Khane waren die einzigen, die reagierten, die andern taten gleichgültig, außer D, der allen vernehmbar »Idioten« sagte, doch schienen es die andern nicht zu beachten. Die Parteimuse öffnete die Handtasche und puderte sich. Der Außenhandelsminister studierte Akten, der Minister für Schwerindustrie seine Fingernägel, der Landwirtschaftsminister starrte vor sich hin, der Chefideologe machte Notizen, und der Minister für Transport L schien das zu sein, als was man ihn bezeichnete, ein unbewegliches Denkmal.

A und C betraten das Sitzungszimmer. Nicht durch die Türe, die sich hinter dem Minister für die Schwerindustrie und jenem für die Verteidigung befand, sondern durch jene, die hinter dem Chefideologen und dem Landwirtschaftsminister gelegen war. C trug, wie immer, einen nachlässigen, blauen Anzug, A war in Uniform, doch ohne Orden. C setzte sich, A blieb hinter seinem Sessel stehen und stopfte behutsam seine Pfeife. C hatte seine Karriere in der Jugendorganisation begonnen und es bis zum Chef gebracht, dann wurde er von seinem Posten entfernt. Nicht aus politischen Gründen, die Klagen waren anderer Art. Darauf blieb er verschwunden. Gerüchte besagten, er habe in einem Straflager vegetiert, niemand wußte Näheres: plötzlich war er wieder da und gleich Chef der Geheimpolizei. Daß er auch jetzt in homosexuelle Affären verstrickt war, stand fest. A nannte ihn brutal seine ›Staatstante‹, doch wagte niemand mehr gegen C zu protestieren. C war hochgewachsen, leicht verfettet und kahl. Ursprünglich war er Musiker gewesen und besaß das Konzertdiplom. War B der Grandseigneur, war C der Bohemien des Gremiums. Seine Anfänge in der Partei blieben im Dunkeln. Die Grausamkeit seiner Methoden war berüchtigt, der Terror, den er verbreitete, offensichtlich. Er hatte Unzählige auf dem Gewissen, die Geheimpolizei war unter seiner Regie mächtiger, das Spitzelwesen verbreiteter denn je. Viele sahen in ihm einen Sadisten, viele widersprachen. Sie behaupteten, C bliebe keine andere Wahl, A habe ihn in der Hand. Gehorche C nicht, könne ihm aufs neue der Prozeß gemacht werden. Der Boss der Geheimpolizei sei in Wirklichkeit ein Ästhet, der seine Stellung verachte und sein Metier hasse und gezwungen sei, es auszuüben, um sein Leben und das seiner Freunde zu retten. Persönlich war C liebenswürdig. Er wirkte sympathisch, ja oft schüchtern. C, der seine Aufgabe innerhalb der Partei und im Staate am unerbittlichsten erfüllte, schien ein falscher Mann am falschen Platz zu sein und vielleicht gerade deshalb so brauchbar.

A dagegen war unkompliziert. Seine Einfachheit war seine Kraft. In der Steppe aufgewachsen, von Nomaden abstammend, war ihm die Macht kein Problem, Gewalt etwas Natürliches. Er lebte seit Jahren in einem bunkerartigen, schlichten Gebäude, das in einem Wald außerhalb der Hauptstadt versteckt war, von einer Kompanie bewacht und von einer alten Köchin bedient, die beide vom Landstrich herkamen, aus dem er stammte. Er kam

nur zu Besuchen fremder Staatsoberhäupter oder Parteichefs, zu seltenen Audienzen und zu den Sitzungen des
Politischen Sekretariats in den Regierungspalast, doch
hatte jedes Mitglied des Sekretariats einzeln dreimal in
der Woche in seinem Wohnsitz zum Rapport zu erscheinen, wo A den Herzitierten im Sommer in einer Veranda
mit Korbmöbeln und im Winter in seinem Arbeitszim-
mer empfing, das nichts als ein riesiges Wandgemälde,
sein Heimatdorf darstellend, mit einigen Bauern belebt,
und einen noch riesigeren Schreibtisch enthielt, hinter
dem er saß, während der Besucher stehen mußte. A war
viermal verheiratet gewesen. Drei seiner Frauen waren
gestorben, von der vierten wußte niemand, ob sie noch
lebe und, falls sie noch lebte, wo sie lebte. Außer seiner
Tochter besaß er keine Kinder. Manchmal ließ er Mädchen aus der Stadt kommen, denen er nur zunickte und
die nichts zu tun hatten, als neben ihm zu sitzen und
stundenlang amerikanische Filme anzuschauen. Dann
schlief er in seinem Lehnstuhl ein, und die Mädchen
konnten gehen. Auch ließ er jeden Monat in der Stadt das
Nationalmuseum zusperren und wanderte allein stundenlang durch die Säle. Doch betrachtete er nie die
Werke der modernen Kunst. Er stand andächtig vor
spätbürgerlichen, historischen Riesenschinken, vor
Schlachtengemälden, vor finsteren Kaisern, die ihre
Söhne zum Tode verurteilten, vor Orgien betrunkener
Husaren und vor von Pferden gezogenen Schlitten, die
von Wölfen verfolgt über die Steppen fegten. Ebenso
primitiv war sein musikalischer Geschmack. Er liebte
sentimentale Volkslieder, die ihm bei seinem Geburtstag
der Trachtenchor seines Heimatortes vorsingen mußte.

A pfaffte vor sich hin und betrachtete nachdenklich die

Sitzenden. N wunderte sich immer wieder, wie schmächtig und unscheinbar A in Wirklichkeit war, auf den Fotos und in der Television schien er breit und gedrungen. A setzte sich und begann zu sprechen, langsam, stockend, umständlich, sich wiederholend, penetrant logisch. Er fing mit einer allgemeinen Betrachtung an. Die zwölf übrigen Mitglieder des Politischen Sekretariats und der Anwärter P saßen unbeweglich, maskenhaft, lauernd. Sie waren gewarnt. Wenn A etwas plante, begann er mit umständlichen Betrachtungen über die Entwicklung der Revolution. Es war, als ob er weit ausholen müßte, um seine tödlichen Schläge anzubringen. So führte er denn auch jetzt aus, was er immer dozierte. Das Ziel der Partei sei die Veränderung der Gesellschaft, das Erreichte sei gewaltig, die Grundsätze, welche die neue Ordnung ermöglichten, seien durchgesetzt, aber noch seien sie den Menschen nicht natürlich, sondern erst aufgezwungen, noch denke das Volk in alten Kategorien, befangen in Aberglauben und Vorurteilen, verseucht vom Individualismus, noch versuche es immer wieder aus der neuen Ordnung auszubrechen und einen neuen Egoismus zu installieren, noch sei es nicht erzogen, noch sei die Revolution Sache der Wenigen, noch allein Sache der revolutionären Köpfe und noch zu wenig Sache der Massen, die zwar den Weg der Revolution eingeschlagen hätten, jedoch ebenso leicht wieder davon abkommen könnten. Noch könne sich die revolutionäre Ordnung nur durch Gewalt behaupten, die Revolution sich nur durch die Diktatur der Partei durchsetzen, aber auch die Partei würde zerfallen, wäre sie nicht von oben nach unten organisiert worden, so daß die Schaffung des Politischen Sekretariats eine geschichtliche Notwendigkeit gewesen sei. A unterbrach seine Ausführungen und beschäftigte sich mit seiner Pfeife, setzte sie aufs neue in Brand. Was A dozierte, dachte N, sei populäre Parteidoktrin, warum es auch immer wie in einer Parteischule zugehen müsse, bevor das Eigentliche, das Gefährliche komme, überlegte er. Es gehe formelhaft zu, wo man sich auch befinde. Wie ein endloses Gebet würden die politischen Maximen heruntergeleiert, mit denen A im Namen der Partei seine Macht begründe. Inzwischen kam A jedoch zur Sache. Er holte zum Schlag aus. Jeder erzielte Fortschritt in Richtung auf das Endziel, dozierte A, scheinbar harmlos, ohne die Stimme zu verändern, verlange eine Änderung der Partei. Der neue Staat habe sich bewährt, die Ministerien seien durch die Sachgebiete gegeben, der neue Staat sei seinem Inhalte nach fortschrittlich, seiner Form nach diktatorisch. Er sei der Ausdruck der praktischen Notwendigkeiten gegen innen und außen, denen man gegenüberstehe; den praktischen Bedürfnissen entgegengesetzt sei jedoch die Partei als ein ideologisches Instrument berufen, den Staat, komme die Zeit, zu verändern: der Staat könne sich als eine gegebene Größe nicht revolutionieren, das könne nur die Partei, die den Staat kontrolliere. Von ihr allein könne eine Veränderung des Staates nach den Bedürfnissen der Revolution erzwungen werden: gerade deshalb dürfe die Partei nicht unwandelbar sein, ihre Struktur müsse sich nach den erreichten Etappen der Revolution richten. Jetzt sei die Struktur der Partei noch hierarchisch und von oben gelenkt, was der Kampfzeit entspreche, in der sich die Partei befunden habe; die Kampfzeit sei jedoch vorüber, die Partei habe gesiegt, die Macht befinde sich bei ihr, der nächste Schritt sei die Demokratisierung der Partei, der damit eine

Demokratisierung des neuen Staates einleite: demokratisiert werden könne die Partei jedoch nur, indem man das Politische Sekretariat abschaffe und seine Macht einem erweiterten Parteiparlament delegiere, denn der einzige Zweck des Politischen Sekretariats habe darin bestanden, die Partei als eine tödliche Waffe gegen die alte Ordnung einzusetzen, eine Aufgabe, die erfüllt worden sei, die alte Ordnung bestehe nicht mehr, weshalb man nun das Politische Sekretariat liquidieren könne.

N erkannte die Gefahr. Sie bedrohte indirekt alle und direkt keinen. A's Vorschlag war überraschend. Nichts hatte darauf hingewiesen, daß A einen solchen Vorschlag machen würde, der Vorschlag entsprach einer Taktik, die mit dem Unverhofften arbeitete. A's Ausführungen waren zweideutig, seine Absichten eindeutig. Seine Rede war scheinbar logisch gewesen, im traditionell revolutionären Stil der Revolution gehalten, zugeschliffen in den unzähligen geheimen und öffentlichen Versammlungen der Kampfzeit. In Wirklichkeit aber hatte die Rede einen Widerspruch enthalten, und in diesem Widerspruch war die Wahrheit versteckt gewesen: A wollte die Partei entmachten, indem er sie demokratisierte, ein Vorgang, der ihm die Möglichkeit zuspielte, das Politische Sekretariat zu stürzen und seine Alleinherrschaft endgültig zu installieren. Getarnt durch ein Scheinparlament würde er dadurch mächtiger denn zuvor, weshalb er denn auch zu Beginn von der Notwendigkeit der Gewalt gesprochen hatte. Daß eine neue Säuberung drohte, war zwar nicht sicher. Die Auflösung des Politischen Sekretariats konnte auch ohne Säuberung vor sich gehen. Aber A neigte dazu, jene Elemente zu liquidieren, die er verdächtigte oder die verdächtigt wurden, seiner Alleinherrschaft Widerstand entgegenzusetzen. Daß A diese Elemente im Politischen Sekretariat vermutete, war durch die Verhaftung O's wahrscheinlich. Doch bevor sich N zu überlegen vermochte, ob er für A eine Gefahr darstelle oder nicht und inwieweit mit der Auflösung des Politischen Sekretariats auch sein Sturz als Postminister möglich sei – zu seinen Gunsten konnte er im Moment nur die Briefmarken zur Friedenskonferenz anführen –, geschah etwas Unerwartetes.

A hatte eben seine Pfeife ausgeklopft, was immer als Zeichen galt, daß er die Sitzung des Politischen Sekretariats für beendet hielt und keine Diskussion wünschte, als der Transportminister L das Wort ergriff, ohne sich vorher gemeldet zu haben. Der Transportminister erhob sich mühsam. Seine Trunkenheit hatte offenbar zugenommen. Er wies darauf hin, leicht lallend und zweimal ansetzend, daß O fehle und daß darum die Sitzung des Politischen Sekretariats noch gar nicht habe beginnen können. Es sei schade um A's prächtige Rede, aber Satzung sei Satzung, auch für Revolutionäre. Alle starrten das Denkmal entgeistert an, das, über den Tisch geneigt, die Arme aufgestützt und trotzdem schwankend, A kampflustig musterte, das Gesicht mit den weißen, buschigen Augenbrauen und den grauen Bartstoppeln, bleich und maskenhaft. L's Einwand war unsinnig, wenn auch formell richtig. Der Unsinn lag darin, daß der Einwand überflüssig war, durch A's ausführliche Rede hatte die Sitzung schon begonnen, und er lag darin, daß der Transportminister mit seinem Protest so tat, als wisse er nichts von O's und von seiner eigenen möglichen bevorstehenden Verhaftung. Was N jedoch stutzig machte, war der schnelle Blick, den A, die Pfeife wieder stopfend, C zuwarf. Im Blicke A's lag ein seltsames Erstaunen, das N vermuten ließ, A wisse als einziger nicht, daß alle von O's Verhaftung wußten, worauf sich die Frage aufdrängte, ob nicht die Nachricht von O's Verhaftung vom Chef der Geheimpolizei selber stamme und gegen den Willen A's erfolgt sei, aber auch, ob der Außenminister B, der allen andern Mitgliedern des Politischen Sekretariats gegenüber O's Nichterscheinen erwähnt hatte, nicht mit C ein Bündnis geschlossen haben könnte. Die Vermutungen N's wurden durch A's Entgegnung nicht völlig widerlegt. Es sei gleichgültig, antwortete nämlich A, vor sich wieder Wolken seines englischen Tabaks Balkan Sobranie Smoking Mixture hinpaffend, es sei gleichgültig, ob O erschienen sei oder nicht, und auch der Grund seines Fehlens spiele keine Rolle, O sei bloß ein nicht stimmberechtigter Anwärter, und die gegenwärtige Sitzung habe nichts als die Auflösung des Politischen Sekretariats zu beschließen, was sie beschlossen habe, da sich keine Gegenstimme erhoben hätte, ein Beschluß, wozu O's Anwesenheit nicht vonnöten gewesen sei.

L, plötzlich entmutigt und müde, wie es bei Betrunkenen vorkommt, wollte wieder in den Sessel zurücksinken, als der Boss der Geheimpolizei C trocken bemerkte, der Atomminister hätte offenbar wegen einer Erkrankung nicht kommen können, eine schamlose Lüge, die, falls C wirklich die Nachricht von O's Verhaftung verbreitet hatte, nur beabsichtigen konnte, L wiederum zu reizen, um dessen Verhaftung vorzubereiten. »Krank?« schrie denn auch L, sich auf den linken Vorderarm stützend und mit der rechten Faust auf den Tisch trommelnd, »krank, wirklich krank?« – »Wahrscheinlich«, bemerkte C aufs neue kaltblütig und ordnete irgendwelche Papiere. L ließ ab, mit der Faust auf den Tisch zu schlagen, setzte sich, stumm vor Wut. In der Türe, hinter F und H, erschien der Oberst, was gegen jede Gewohnheit war, niemand hatte während der Sitzung des Politischen Sekretariats das Recht, das Zimmer zu betreten. Der Auftritt des Obersts mußte etwas Besonderes ankündigen, einen Alarm, ein Unglück, eine Meldung von größter Wichtigkeit. Um so überraschender war es daher, als der Oberst nur gekommen war, L zu bitten, in einer dringlichen persönlichen Angelegenheit hinauszukommen. – Er solle verschwinden, schnauzte L den Oberst an, der zögernd gehorchte, nicht ohne den Chef der Geheimpolizei anzublicken, als ob er von ihm Hilfe erwarte, doch war C immer noch mit seinen Papieren beschäftigt. A lachte, L habe wohl wieder einmal zu viel gesoffen, meinte er gutmütig in seiner jovialen, groben Sprache, die er dann gebrauchte, wenn er guter Laune war, L solle machen, daß er rauskomme, und seine privaten Angelegenheiten erledigen, ob irgendeine seiner Mätressen niedergekommen sei? Alles lachte dröhnend, nicht weil man A's Worte komisch fand, aber die Spannung war so groß, daß jeder einen Ausweg suchte, auch wollte man unbewußt L den Rückweg erleichtern. A ließ durch die Sprechanlage den Oberst wieder hereinbitten. Der Oberst erschien aufs neue. Was denn geschehen sei, fragte A. Die Frau des Transportministers liege im Sterben, entgegnete der Oberst salutierend. »Hauen Sie wieder ab«, sagte A. Der Oberst verschwand. »Geh, L!«

sagte A, »das mit den Mätressen ist ein grober Scherz gewesen, ich nehme ihn zurück. Ich weiß, deine Frau war für dich wichtig. Geh zu ihr, die Sitzung ist ohnehin beendet.« So menschlich A's Worte klangen, die Furcht des Transportministers war zu groß, er glaubte ihnen nicht. Das Denkmal kannte in seiner Verzweiflung und in seiner Trunkenheit nur noch die Flucht nach vorne. Er sei ein alter Revolutionär, schrie er, sich wieder in die Höhe stemmend, seine Frau sei zwar im Spital, das wüßten alle, aber sie habe die Operation gut überstanden, er gehe nicht in die Falle. Von Anbeginn sei er in der Partei gewesen, vor A, vor C und vor B, die nur erbärmliche Emporkömmlinge seien. Er habe schon in einer Zeit für die Partei gewirkt, wo es gefährlich gewesen sei, in ihr zu sein, lebensgefährlich. Er habe in erbärmlichen, stinkenden Zuchthäusern gesessen, wie ein Tier angekettet, und Ratten hätten nach seinen blutigen Fußgelenken geschnappt. Ratten, schrie er immer wieder, Ratten! Seine Gesundheit habe er ruiniert im Dienste der Partei, er sei um ihretwillen zum Tode verurteilt worden. »Das Erschießungskommando war schon aufmarschiert, Genossen«, heulte er, »es stand mir schon gegenüber.« Nach seiner Flucht, lallte er weiter, sei er untergetaucht, immer wieder sei er untergetaucht, bis die große Revolution gekommen sei, bis er an der Spitze der Revolutionäre mit einem Revolver und einer Handgranate den Palast gestürmt habe. »Mit einem Revolver und einer Handgranate habe ich Geschichte gemacht, Weltgeschichte«, brüllte er und war nicht mehr zu bändigen, seine Verzweiflung und seine Wut hatten etwas Großartiges; obgleich versoffen und heruntergekommen, schien er jetzt wieder der alte, berühmte Revolutionär geworden zu sein, der er einst gewesen war. Er habe gegen eine verlogene und korrupte Ordnung gekämpft und für die Wahrheit sein Leben eingesetzt, fuhr er in seiner wilden Tirade fort. Er habe die Welt verändert, um sie besser zu machen, es habe ihm nichts ausgemacht, zu leiden und zu hungern, verfolgt und gefoltert zu werden, er sei stolz darauf gewesen, denn er habe gewußt, auf der Seite der Armen und der Ausgebeuteten zu stehen, und es sei ein herrliches Gefühl gewesen, auf der richtigen Seite zu stehen, doch jetzt, wo der Sieg errungen worden sei, wo die Partei die Macht übernommen habe, jetzt stehe er auf einmal nicht mehr auf der richtigen Seite, auf einmal stehe auch er auf der Seite der Mächtigen. »Die Macht hat mich verführt, Genossen«, rief er aus, »zu welchen Verbrechen habe ich nicht schon geschwiegen, welchen von meinen Freunden habe ich nicht schon verraten und der Geheimpolizei ausgeliefert? Soll ich weiter schweigen?« O sei verhaftet worden, fuhr er fort, plötzlich bleich, erschöpft und leise, das sei die Wahrheit, die allen bekannt sei, und er verlasse nicht den Raum, weil man auch ihn im Vorzimmer verhaften wolle, weil das angebliche Sterben seiner Frau nur eine Lüge sei, um ihn aus dem Sitzungszimmer zu locken. Mit diesen Worten, die einen Verdacht aussprachen, der für alle nicht unbegründet war, ließ er sich in den Sessel zurückfallen.

Während so L in tollem Trotze aufbegehrte, im Bewußtsein seiner hoffnungslosen Lage, enthemmt von jeder Vorsicht, die ihm nutzlos erscheinen mußte; während alle versteinert dem gespenstischen Schauspiel beiwohnten, das ein Riese bei seinem Untergang darbot; während in jeder Pause, zwischen den ungeheuerlichen Sätzen, die

L ausstieß, Marschall H aus jämmerlicher Furcht, in den Untergang des Denkmals hineingerissen zu werden, immer wieder »Nieder mit den Feinden im Schoße der Partei« schrie; während der Staatspräsident endlich, Marschall K, kaum hatte L geendet, eine überschwengliche Erklärung seiner immerwährenden Treue A gegenüber abgab; während all dieser Vorgänge überlegte sich N, wie sich nun wohl A verhalten würde. A saß gelassen da und rauchte seine Pfeife. Es war ihm nichts anzumerken. Und doch mußte etwas in ihm vorgehen. N war sich zwar noch nicht darüber im klaren, inwieweit L's Protest A bedrohen konnte, doch fühlte er, daß A's Überlegungen für dessen zukünftige Stellung und für die zukünftige Entwicklung der Partei entscheidend sein würden und daß man vor einem Wendepunkt stehe, nur wußte N nicht, vor welchem Wendepunkt, ebensowenig, wie er über das Vorgehen A's eine Voraussage wagte. A war ein gerissener Taktiker, seinen verblüffenden Schachzügen im Spiel um die Macht war niemand gewachsen, nicht einmal B. Er war ein instinktiver Menschenkenner, der die Schwäche eines jeden Rivalen kannte und ausnützte, er verstand sich auf den Menschenfang und die Menschenjagd wie kein anderer im Politischen Sekretariat, aber er war nicht der Mann des offenen Zweikampfes, er brauchte den Kampf im Versteckten, den Angriff aus dem Unvermuteten. Seine Fallen legte er im Dschungel der Partei mit ihren tausendfältigen Abteilungen und Unterabteilungen, Zweigen und Nebenzweigen, Gruppen, Obergruppen und Untergruppen; einen offenen Widerspruch, einen Angriff von Mann zu Mann mußte er schon lange nicht mehr erlebt haben. Die Frage war, ob A sich aus der Fassung bringen ließ, ob er die Übersicht

verlieren, ob er voreilig handeln, ob er die Verhaftungen
zugeben oder weiterhin leugnen würde, alles Fragen, die
N nicht zu beantworten vermochte, weil er selber nicht
wußte, was er anstelle A's hätte tun sollen; doch kam N
nicht dazu, seine Mutmaßungen über A's wahrscheinli-
ches Verhalten fortzusetzen, denn kaum hatte Marschall
K seine erste Atempause gemacht, Kraft zu holen, um in
seiner Ergebenheitserklärung A gegenüber noch enthu-
siastischer zu werden, als F ihn unterbrach und zu reden
begann. Eigentlich hatte F nicht nur den Staatspräsidenten K unterbrochen, sondern auch unfreiwillig A, der,
als K eine Pause machte, die Pfeife aus dem Munde
genommen hatte, um wohl L endlich zu entgegnen, doch
F, der es nicht bemerkte oder nicht bemerken wollte, war
schneller. Er begann zu reden, bevor er noch aufgestan-
den war, dann stand er unbeweglich, klein, dick,
unglaublich häßlich, mit Warzen im Gesicht, die Hände
vor den Bauch gefaltet, wie ein plumper, betender Bauer
im Sonntagsgewand, und redete und redete. N wußte
sofort warum. Die Ruhe des Ministers für die Schwerindustrie täuschte. Der Schuhputzer handelte aus purem
Entsetzen über L's Vorgehen, er sah schon A's Zorn über
alle herfallen, die Verhaftung des gesamten Politischen
Sekretariats bevorstehen. Als Sohn eines Dorflehrers
hatte der Schuhputzer sich mühsam in der Provinz hoch-
gebüffelt. Früh in der Partei, wurde er verspottet, nie
ernst genommen, auf vielerlei Arten gedemütigt, als
Lakai eingesetzt, bis er doch hochkam (was viele büßen
mußten), weil er keinen Stolz hatte (den er sich nicht
leisten konnte), sondern nur Ehrgeiz, und weil er zu
allem fähig war, und nun war er zu allem fähig. Er
verrichtete die schmutzigsten Arbeiten (die blutigsten),

blind im Gehorsam, bereit zu jedem Verrat, in vielem der durchaus Schrecklichste der Partei, schrecklicher noch als A, der schrecklich durch seine Taten, aber bedeutend durch seine Person war. A war nicht deformiert, weder durch den Kampf, noch durch die Macht. A war, wie er war, ein Stück Natur, ein Ausdruck seiner mächtigen Gesetzmäßigkeit, durch sich selbst geformt und nicht durch andere. F war nur schrecklich, die Unwürde war ihm geblieben, er konnte sie nicht abschütteln, sie blieb an ihm haften, selbst die beiden Gin-gis-Khane wirkten neben ihm aristokratisch, selbst A, der ihn doch brauchte, nannte ihn öffentlich nicht nur Schuhputzer, sondern auch den Arschlecker; darum war jetzt auch seine Furcht größer als die Furcht der andern. F hatte alles getan, um nach oben zu kommen. Nun, am Ziel, sah er durch die wahnwitzigen Ausfälle L's seine unmenschlichen und unwürdigen Anstrengungen gefährdet, seine grotesken Selbstverleugnungen sinnlos und seine schamlosen Kriechereien vergeblich geworden; so mächtig hatte ihn die panische Angst befallen, daß er sogar, besinnungslos vor Furcht, A das Wort abgeschnitten hatte (wie nun N überzeugt war), doch F wollte wohl der Ergebenheitserklärung K's noch schnell, als könnte das ihn retten, die seine beifügen, das freilich auf seine Weise. Er lobte nicht A, wie es der Staatspräsident maßlos getan hatte, er griff noch maßloser L an. Er begann nach seiner Gewohnheit mit den ewigen Bauernsprüchen, die er sich angeeignet hatte, gleichgültig, ob sie paßten oder nicht. Er sagte: »Bevor der Fuchs angreift, werden die Hühner frech.« Er sagte: »Der Bauer wäscht sein Weib nur, wenn der Junker mit ihr schlafen will.« Er sagte: »Der Jammer kommt vor dem Galgen.« Er sagte: »Auch ein Großbauer kann in die Jauchegrube fallen«, und er sagte: »Der Bauer schwängert die Magd und der Knecht die Bäuerin.« Dann kam er auf den Ernst der Lage zu sprechen, wohlweislich nicht auf den Ernst der innenpolitischen Lage – als Minister der Schwerindustrie war er zu sehr in sie verstrickt –, sondern auf jenen der außenpolitischen Lage, wo er eine »tödliche Gefahr für unser liebes Vaterland« aufziehen sah – um so verblüffender, als nach der Friedenskonferenz die äußere Politik entspannter war als sonst. Der internationale Großkapitalismus stünde wieder einmal bereit, die Revolution um ihre Früchte zu bringen, und es sei ihnen schon gelungen, das Land mit ihren Agenten zu durchsetzen. Von der Außenpolitik ging er auf die Notwendigkeit der Disziplin über, aus der Notwendigkeit der Disziplin folgerte er die Notwendigkeit des Vertrauens. »Genossen, wir sind alle Brüder, Kinder der einen, großen Revolution!« Dann behauptete er, dieses notwendige Vertrauen sei ohne Notwendigkeit von L verletzt worden, der an A's Worten gezweifelt habe, indem er, entgegen der Versicherung A's, zu glauben vorgebe, der erkrankte O sei verhaftet, ja das Mißtrauen des Transportministers, »dieses Denkmals, das schon lange ein Schandmal geworden sei«, gehe so weit, daß er nicht einmal das Sitzungszimmer zu verlassen wage, um seiner sterbenden Frau beizustehen, eine Unmenschlichkeit, die jeden Revolutionär, dem die Ehe noch heilig sei – und wem sei sie nicht heilig –, entsetzen müsse. Ein solcher Verdacht beleidige nicht nur A, er schlage auch dem Politischen Sekretariat ins Gesicht. (N überlegte: A hatte nichts von O's angeblicher Krankheit gesagt. Diese Lüge stammte vom Sicherheitsminister C, indem F die Lüge A zuschob, legte er A fest, ein weiterer

Fehler, der bloß aus der erbärmlichen Furcht des Ministers für Schwerindustrie zu erklären war – doch hatte hier N im gleichen Augenblick den Verdacht, vielleicht sei O's Krankheit die Wahrheit und dessen Verhaftung eine Lüge, ausgestreut, um das Politische Sekretariat zu verwirren, einen Verdacht, den N jedoch, auch im gleichen Augenblick, wieder fallenließ.) Der Schuhputzer unterdessen, unbesonnen, ließ sich vom Versuch, sich in Sicherheit zu bringen, hinreißen, nun auch seinen alten Feind D anzugreifen, wohl, weil er glaubte, zusammen mit dem Transportminister L müsse der Parteisekretär D automatisch fallen, ohne zu bedenken, daß der Transportminister politisch längst von allen abgeschrieben worden war, D sich dagegen in einer Stellung befand, aus der man ihn nicht entfernen konnte, ohne die Partei und den Staat schwer zu erschüttern. Aber diese Erschütterung war offenbar für F schon eine Tatsache, sonst wäre ihm aufgefallen, daß sich während seiner Attacke sogar der Verteidigungsminister H still verhielt und ihn nicht unterstützte. Der Schuhputzer schrie, wenn die Bauern hungerten, mäste sich der Pfarrer, schrie, wenn der Junker kalte Füße habe, brenne er ein Dorf nieder, behauptete, D verrate die Revolution, indem er sie einschlafen lasse, und habe die Partei in einen bürgerlichen Verein verwandelt. In seinem verzweifelten Übermut ging F noch weiter. Er griff nach D auch dessen Verbündete an, machte sich über die Erziehungsministerin lustig, als Jungfrau gehe man ins Haus eines Pferdehändlers und als Hure komme man wieder heraus, sei ein altes Bauernsprichwort, und für den Außenminister B gelte, wer sich mit einem räudigen Wolf befreunde, werde selber ein räudiger Wolf; doch wurde F, bevor er ein weiteres Bauernsprichwort zitieren konnte und bevor er dazu kam, seine Anschuldigungen zu präzisieren, vom Oberst unterbrochen. Der blonde Offizier betrat zur allgemeinen Verblüffung zum zweitenmal das Sitzungszimmer, salutierte, überreichte dem Minister für die Schwerindustrie einen Zettel, salutierte aufs neue stramm und verließ das Sitzungszimmer.

F, überrascht durch den Unterbruch und eingeschüchtert durch das militärische Schauspiel, wurde unsicher, überflog den Zettel, knüllte ihn zusammen, steckte ihn in die rechte Seitentasche, murmelte, er habe es nicht so gemeint, setzte sich, von einem jähen Mißtrauen erfaßt, wie N spürte, und schwieg. Die andern rührten sich nicht. Das erneute Erscheinen des Obersts war zu ungewöhnlich gewesen. Es schien inszeniert zu sein. Der Zwischenfall war bedrohlich. Nur M, die F während seiner Rede scharf gemustert hatte, tat, als ob nichts geschehen wäre. Sie öffnete ihre Handtasche und puderte sich, was sie sonst im Verlaufe einer Sitzung noch nie gewagt hatte. A sagte immer noch nichts, griff immer noch nicht ein, schien immer noch gleichgültig. B und C, einander gegenüber, die A am nächsten saßen, blickten sich an, schnell und wie zufällig, wie N bemerkte, der Außenminister strich sich dabei über seinen sorgfältig gestutzten Schnurrbart. Der Chef der Geheimpolizei schob seine Seidenkrawatte zurecht und fragte kühl, ob F mit dem Unsinn zu Ende sei, das Sekretariat habe zu arbeiten. N überlegte aufs neue, ob nicht B und C im geheimen verbündet sein könnten. Sie galten als Feinde, doch hatten sie vieles gemeinsam: die Bildung, die Überlegenheit, ihre Abstammung von bekannten Familien des

Landes. C's Vater war Minister in einer bürgerlichen Regierung gewesen, und B war der illegitime Sohn eines Fürsten, auch hielten ihn einige wie C für homosexuell. Die Möglichkeit einer geheimen Übereinkunft zwischen den beiden fiel N jedoch auch darum zum zweiten Mal ein: mit dem Vorwurf, den C an den Minister für die Schwerindustrie richtete, kam er offensichtlich B zu Hilfe und nicht nur dem Außenminister, auch D und M, sogar L wurden von ihm unterstützt. F, verwirrt durch diese Niederlage, um so mehr als er wohl geglaubt hatte, C auf seiner Seite zu finden, antwortete kleinlaut, er müsse ins Ministerium telefonieren, dringend, es sei ihm peinlich, irgendeine unglückliche Angelegenheit verlange seine Entscheidung. A erhob sich. Er ging gemächlich zum Buffet hinter ihm, schenkte sich sorgfältig Kognak ein, blieb stehen. Er sagte, telefonieren könne F im Vorzimmer und auch L solle schleunigst verschwinden und wenigstens ins Spital telefonieren, er ordne einen Unterbruch der Sitzung für fünf Minuten an, denn, daß die Sitzung nach diesen läppischen und rein persönlichen Angriffen nicht abgebrochen werden könne, verlange die Parteidisziplin, doch dann wolle er nicht mehr gestört werden, wer denn dieser Esel von einem Oberst sei. Ein Stellvertreter, antwortete der Chef der Geheimpolizei, der alte Oberst sei im Urlaub, aber er werde den Kerl noch einmal informieren. Er zitierte den Oberst durch die Sprechanlage herbei. C befahl dem Oberst, der salutierend wieder erschien, er solle sich nicht mehr blicken lassen, komme was da wolle. Der Oberst zog sich zurück. Weder F noch L verließen den Raum, sie blieben sitzen, als ob nichts geschehen wäre. D grinste den Minister für die Schwerindustrie an, erhob sich, trat zu A

und goß sich ebenfalls Kognak ein, fragte, was denn nun
sei, warum F nicht ins Vorzimmer gehe, zum Teufel,
wenn das Ministerium für die Schwerindustrie schon eine
Sitzung des Politischen Sekretariats stören lasse, müsse
doch dort die Hölle los sein; es sei zwar lobenswert, wie
seinem Freunde F das Wohl des Staates und der Revolution am Herzen liege, aber gerade für dieses Wohl sei es
wünschenswert, wenn er sich endlich um seine Pflicht
kümmere und sich schleunigst mit seinem Amte in Verbindung setze, es sei niemand gedient, wenn die Schwerindustrie in Unordnung gerate.

N überlegte. Das Wichtigste schien ihm, daß A sich
plötzlich entschlossen hatte, die Sitzung des Politischen
Sekretariats weiterzuführen. Der Hinweis auf die Partei-
disziplin war eine Phrase, das mußte jedem einleuchten.
Eine Abstimmung hatte bis jetzt noch nie stattgefunden,
man hatte schweigend zugestimmt, das Kräfteverhältnis
zwischen den beiden feindlichen Gruppen innerhalb des
Politischen Sekretariats war zu ausgeglichen gewesen.
Auch hatte es A jederzeit in der Hand, die Frage vor den
Parteikongreß zu bringen und das unpopuläre Politische
Sekretariat auf diese Weise öffentlich zu liquidieren. A's
Entschluß mußte einen andern Grund haben. Es mußte
ihm klar geworden sein, daß er einen Fehler gemacht
hatte, indem er gleichzeitig das Politische Sekretariat
hatte säubern und aufheben wollen. Er hätte es zuerst
säubern und dann aufheben, oder erst aufheben und dann
die einzelnen Mitglieder liquidieren sollen. Nun stand er
einer Front gegenüber. Mit der Verhaftung O's hatte er
voreilig alle gewarnt, die Weigerung L's und F's, den
Raum zu verlassen, waren Zeichen, daß sich alle fürchte-

ten. Vor dem Parteikongreß war A frei und allmächtig, innerhalb des Politischen Sekretariats war er, wie alle andern Mitglieder, ein Gefangener des Systems. Hatte man Furcht vor A, so mußte A, wenn auch nicht Furcht, die er nicht kannte, so doch Mißtrauen haben. Den Parteikongreß einzuberufen, brauchte Zeit, während dieser Zeit blieben die Mitglieder des Politischen Sekretariats mächtig und konnten handeln. So mußte auch A handeln. Er mußte aufs neue sondieren, auf wen er zählen konnte oder nicht, und dann kämpfen. A's souveräne Menschenverachtung hatte nicht nur die Fronten durcheinander gebracht. Aus einem Geplänkel drohte unvermutet eine Entscheidungsschlacht zu werden.

Vorerst geschah nichts. Niemand handelte. F blieb sitzen, der Transportminister ebenfalls, das Gesicht in die Hände vergraben. N hätte sich gerne den Schweiß von der Stirne gewischt, doch wagte er es nicht. Neben ihm hatte P die Hände gefaltet. Es schien, als betete er, mit heiler Haut davonzukommen, wenn es auch unwahrscheinlich war, daß ein Mitglied des Politischen Sekretariats überhaupt betete. Der Außenhandelsminister E zündete sich eine seiner amerikanischen Zigaretten an. Der Verteidigungsminister H erhob sich, fand, leicht torkelnd, auf dem Buffet eine Flasche Gin, pflanzte sich neben A und B auf, prostete feierlich A zu: »Es lebe die Revolution« und bekam den Schluckauf, ohne in seiner Benommenheit zu beachten, daß A ihn nicht beachtete. M entnahm ihrer Handtasche ein goldenes Zigarettenetui, D ging zu ihr, hielt ihr sein goldenes Feuerzeug hin, blieb hinter ihr stehen. »Nun, ihr zwei«, fragte A gemächlich, »schlaft ihr eigentlich miteinander?« –

»Früher schliefen wir miteinander«, antwortete D unver-
froren. A lachte, es sei immer gut, wenn seine Mitarbeiter
sich verstünden, dann wandte er sich F zu. »Los, Schuhputzer«, kommandierte er, »los, Arschlecker, telefonieren!« F blieb sitzen. »Nicht draußen«, sagte er leise. A
lachte aufs neue. Es war immer das gleiche langsame, fast
gemütliche Lachen, das man von ihm vernahm, gleichgültig, ob er scherzte oder drohte, so daß man nie wußte,
wie er es meinte. Er glaube wirklich, der Kerl habe Schiß,
bemerkte er. »Stimmt«, antwortete F, »ich habe Schiß,
ich fürchte mich.« Alle starrten F schweigend an, es war
ungeheuerlich, seine Furcht zuzugeben. »Wir fürchten
uns alle«, fuhr der Minister für die Schwerindustrie fort
und blickte A ruhig an, »nicht nur ich und der Transportminister, alle.« »Unsinn«, entgegnete der Chefideologe
G, erhob sich und ging zum Fenster. »Unsinn, purer
Unsinn«, sagte er aufs neue mit dem Rücken gegen die
anderen gekehrt. »Dann verlaß das Zimmer«, forderte
ihn F auf. Der Chefideologe wandte sich um und starrte
F mißtrauisch an. Was er draußen solle, fragte er. Der
Chefideologe wage es auch nicht, hinauszugehen, stellte
F gelassen fest. G wisse genau, daß er nur hier sicher sei.
»Unsinn«, entgegnete G wieder, »Unsinn, purer
Unsinn.« F blieb hartnäckig: »Dann geh hinaus«, for-
derte er den Teeheiligen aufs neue auf. G blieb am
Fenster stehen. F wandte sich wieder A zu: »Siehst du,
wir alle haben Schiß.« Er saß aufrecht in seinem Sessel,
die Hände auf den Tisch gelegt, und alles Häßliche war
von ihm gewichen. F sei ein Narr, sagte A, stellte das
Kognakglas auf das Buffet zurück, kam zum Tisch. »Ein
Narr«, antwortete F, »wirklich? Bist du so sicher?« Er
sprach leise, was er sonst nie tat. Außer L befänden sich

keine alten Revolutionäre mehr im Politischen Sekretariat, sagte er, wo sie geblieben seien? Dann zählte er die Namen der Liquidierten auf, sorgfältig, langsam, vergaß auch nicht die Vornamen, nannte Männer, die einmal berühmt gewesen waren, die die alte Ordnung gestürzt hatten. Es war seit langem zum ersten Mal, daß diese Namen wieder genannt wurden. N fröstelte. Er kam sich auf einmal wie auf einem Friedhof vor. »Verräter«, schrie A, »das waren Verräter, das weißt du genau, verdammter Arschlecker.« Er schwieg, wurde wieder ruhig, musterte den Schuhputzer nachdenklich. »Und du bist auch so ein Schwein«, sagte er daraufhin nebenbei. N wußte sofort, daß A einen weiteren Fehler begangen hatte. Natürlich war es eine Provokation gewesen, die Namen der alten Revolutionäre zu nennen, doch F war durch das Eingeständnis seiner Furcht ein Gegner geworden, den A hätte ernst nehmen sollen. Statt dessen ließ sich A hinreißen, ihn zu bedrohen, statt zu beruhigen. Ein freundliches Wort, ein Scherz hätte F zur Vernunft gebracht, doch A verachtete F, und weil er ihn verachtete, sah er keine Gefahr und wurde leichtsinnig. F dagegen konnte nicht mehr zurück. In seiner Verzweiflung hatte er alles aufs Spiel gesetzt und zeigte zur Überraschung aller Charakter. Er mußte kämpfen und war der natürliche Verbündete des Transportministers geworden – der es jedoch in seiner Apathie nicht realisierte. »Wer sich der Revolution entgegenstellt, wird vernichtet«, verkündete A, »alle sind vernichtet worden, die es versuchten.« Ob sie es wirklich versucht hätten, fragte der Schuhputzer unbeirrbar, das glaube A selber nicht. Die Männer, die er aufgezählt habe und die umgekommen seien, hätten die Partei gegründet und die Revolution durchgeführt. Sie hätten in vielem geirrt, gewiß, aber Verräter seien sie nicht gewesen, ebensowenig, wie jetzt der Transportminister ein Verräter sei. Sie hätten gestanden und seien durch die Gerichte verurteilt worden, entgegnete A. »Gestanden!« lachte F, »gestanden! Wie haben sie gestanden. Darüber soll uns einmal der Chef der Geheimpolizei etwas erzählen!« A wurde bösartig. Die Revolution sei ein blutiges Geschäft, entgegnete er, es gebe Schuldige auch auf ihrer Seite und wehe den Schuldigen. Wer an dieser Erkenntnis rüttle, sei an sich schon ein Verräter. Im übrigen, höhnte er, sei es sinnlos, zu diskutieren, dem Schuhputzer seien offenbar die schweinischen Schriften in den Kopf gestiegen, die er unter seinen Kollegen verteile, indem er offensichtlich die Partei für ein Bordell halte, und A müsse F's Freund, den Chefideologen G, doch sehr bitten, sich zu überlegen, mit wem er verkehre. Mit dieser impulsiven und unnötigen Drohung dem Teeheiligen gegenüber – möglicherweise aus Ärger, daß es der Chefideologe auch nicht gewagt hatte, den Raum zu verlassen – nahm A wieder seinen Platz ein. Jene, die noch standen, setzten sich ebenfalls, G als letzter. Er eröffne die Sitzung von neuem, sagte A.

Der Teeheilige rächte sich unverzüglich. Vielleicht, weil er glaubte, mit F zusammen in Ungnade gefallen zu sein, vielleicht auch nur, weil ihn die unvorsichtige Rüge A's beleidigte. Wie viele Kritiker, vertrug er keine Kritik. Schon als Gymnasiallehrer veröffentlichte der Teeheilige in unbedeutenden Provinzblättern literarische Kritiken von einer derartigen parteitreuen Penetranz, daß ihn A, der die meisten Schriftsteller des Landes als bürgerliche Intelligenzler verachtete, zu Beginn der zweiten großen Säuberung in die Hauptstadt beorderte, wo G die kulturelle Redaktion des Regierungsblattes übernahm und in kurzer Zeit mit immensem Bienenfleiß Literatur und Theater des Landes zugrunde richtete, indem er nach dem Schema der Ideologie die Klassiker für gesund und positiv, die Schriftsteller der Gegenwart für krank und negativ erklärte: so primitiv der Grundgedanke seiner Kritik auch war, die Form, in der er sie darbot, war intellektuell und logisch, der Teeheilige schrieb vertrackter als seine literarischen und politischen Gegner. Er war allgewaltig. Wen G verriß, war erledigt, kam nicht selten hinter Stacheldraht oder verschwand. Persönlich war G von einer nicht zu übertreffenden Biederkeit. Er war glücklich verheiratet, wie er jedem unter die Nase rieb, Vater von acht, in regelmäßigen Abständen gezeugten Söhnen. Er war in der Partei verhaßt, aber der große Praktiker A, der sich gern als Theoretiker gab, schanzte dem Mittelschullehrer eine noch mächtigere Stellung zu. Er machte ihn zum ideologischen Beichtvater der Partei, und so war man denn im Politischen Sekretariat G's weitschweifigen Vorträgen wehrlos ausgesetzt, wenn auch einige darüber offen spotteten, wie etwa B, der einmal nach einer besonders langen Rede des Teeheiligen zur Außenpolitik meinte, der Chefideologe habe zwar dafür zu sorgen, daß die Beschlüsse des Sekretariats nach außenhin politisch stubenrein begründet würden, aber könne nicht verlangen, daß diese Begründung vom Sekretariat auch noch geglaubt werden müsse. Doch tat man gut, G nicht zu unterschätzen. Der Teeheilige war ein Machtmensch, der seine einmal errungene Position mit seinen Mitteln verteidigte, wie es jetzt A erfahren mußte, denn G verlangte als erster das Wort. Er dankte A für seine

Ausführungen zu Beginn der Sitzung, die den großen Staatsmann verrieten. Seine Analyse über den Stand der Revolution und den Zustand des Staates sei meisterhaft gewesen und seine Folgerung zwingend, in diesem Zeitpunkt der Entwicklung das Politische Sekretariat aufzulösen. Als Ideologe habe G nur eine Bemerkung zu machen. Wie A gezeigt habe, stehe man einem gewissen Konflikt gegenüber, der darin liege, daß sich zwar die Revolution dem Staate, in Wirklichkeit jedoch auch der Partei gegenüber in einem Widerstreit befände. Die Revolution und die Partei seien nicht dasselbe, wie manche glaubten. Die Revolution sei ein dynamischer Vorgang, die Partei ein mehr statisches Gebilde. Die Revolution ändere die Gesellschaft, die Partei installiere die veränderte Gesellschaft im Staat. Die Partei sei deshalb Träger der Revolution und zugleich Träger der Staatsmacht. Dieser innere Widerspruch verführe die Partei, sich mehr dem Staate als der Revolution zuzuneigen, und nötige die Revolution, die Partei immer wieder zu revolutionieren; die Revolution entfache sich geradezu an der menschlichen Unzulänglichkeit, die der Partei als einem statischen Gebilde innewohne. So komme es, daß die Revolution vor allem jene verschlingen müsse, die im Namen der Partei Feinde der Revolution geworden seien. Die Männer, die der Minister für die Schwerindustrie aufgezählt habe, seien ursprünglich echte Revolutionäre gewesen, sicher, keiner zweifle daran, doch durch ihren Irrtum, die Revolution für abgeschlossen zu halten, seien sie zu Feinden der Revolution geworden und hätten als solche vernichtet werden müssen. Das sei auch heute der Fall: indem das Politische Sekretariat alle Macht an sich gerissen habe, sei die Partei bedeutungslos geworden und könne nicht mehr der Träger der Revolution sein, aber auch das Politische Sekretariat sei nicht mehr imstande, diese Aufgabe zu erfüllen, denn es habe nur noch eine Beziehung zur Macht und keine Beziehung mehr zur Revolution. Das Politische Sekretariat sei von der Revolution abgekapselt. Die Erhaltung seiner Macht sei ihm wichtiger als die Veränderung der Welt, weil jede Macht dazu neige, den Staat, den sie beherrsche, und die Partei, die sie kontrolliere, zu stabilisieren. Der Kampf gegen das Politische Sekretariat sei deshalb für den Fortgang der Revolution unumgänglich. Diese Notwendigkeit müsse das Politische Sekretariat einsehen und seine Selbstauflösung beschließen. Ein echter Revolutionär liquidiere sich selbst, schloß er seine Rede. Auch liege gerade in der Furcht vor einer Säuberung, die einige Mitglieder des Politischen Sekretariats befallen habe, der Beweis, daß eine solche Liquidierung notwendig sei und daß sich das Politische Sekretariat überlebt habe.

G's Rede war perfid. Der Teeheilige sprach nach seiner Gewohnheit lehrerhaft, humorlos, trocken. N erkannte erst allmählich G's List, mit abstrakten Sätzen A's Absichten derart verschärft wiederzugeben, damit sich das Politische Sekretariat zur Wehr setzen mußte. Die Säuberung, die alle befürchteten, stellte der Teeheilige als einen notwendigen Prozeß dar, der schon begonnen hatte. Indem er den Untergang der alten Garde, all die Schauprozesse, Entwürdigungen und Hinrichtungen als politisch gerechtfertigt darstellte, rechtfertigte er auch die kommende Säuberung. Damit legte er jedoch die Entscheidung, ob es zu dieser Säuberung kommen sollte, in die Hände ihrer möglichen Opfer und beschwor für A eine wirkliche Gefahr herauf.

Ein Blick auf A genügte N: A erkannte die Falle, in die ihn G gelockt hatte. Doch bevor A einzuschreiten vermochte, ereignete sich ein Zwischenfall. Die Ministerin für Erziehung M, die neben dem Staatspräsidenten K saß, sprang auf, schrie, Marschall K sei ein Schwein. Auch N, dem Staatspräsidenten schräg gegenüber, spürte, daß seine Schuhe in einer Pfütze standen. Das Staatsoberhaupt, alt und krank, hatte Wasser gelassen. Der aufgedunsene Gin-gis-Khan wurde aggressiv, brüllte, was denn daran sei, nannte M eine prüde Ziege, brüllte, ob man ihn denn für so idiotisch halte, hinauszugehen, um zu pissen, er wolle nicht verhaftet werden, er würde diesen Raum nicht mehr verlassen, er sei ein alter Revolutionär, er habe für die Partei gekämpft und gesiegt, sein Sohn sei im Bürgerkrieg gefallen und sein Schwiegersohn und alle seine alten Freunde seien von A verraten und vernichtet worden, obgleich sie, wie er, ehrliche und überzeugte Revolutionäre gewesen seien, und daher lasse er sein Wasser wann und wo er wolle.

Die ungestüme Reaktion A's, die nun auf diesen peinlichen und grotesken Vorfall folgte, überraschte N weniger durch die Leidenschaft, womit der Staatschef eingriff, sondern mehr, weil er A's Angriff als geradezu kopflos empfand; so, als ob es A gar nicht darum ginge, jemand Bestimmten anzugreifen, sondern, überhaupt anzugreifen, den Nächstbesten anzugreifen. Seine wütenden Angriffe richteten sich nämlich unverständlicherweise nicht gegen F, G oder K, sondern gegen C, dem er doch das meiste verdankte, wie hätte A ohne den Chef des Geheimdienstes regieren können. Dennoch warf er ihm nun auf einmal vor, C hätte ohne Wissen A's O verhaftet, und befahl ihm, den Atomminister zu rehabilitieren, wenn das noch möglich sei. Wahrscheinlich sei er nach den Methoden C's ohnehin längst erschossen. A ging noch weiter. Er forderte den Chef der Geheimpolizei auf, zurückzutreten. Eine Untersuchung gegen ihn, seiner abwegigen Veranlagung wegen, sei schon längst fällig. »Ich verhafte dich auf der Stelle«, tobte A und schrie durch die Sprechanlage nach dem Oberst. Totenstille. C blieb ruhig. Alles wartete. Minuten verstrichen. Der Oberst erschien nicht. »Warum kommt der Oberst nicht?« herrschte A C an. »Weil wir ihn angewiesen haben, unter keinen Umständen wieder zu erscheinen«, antwortete der Chef der Geheimpolizei ruhig und riß das Kabel der Sprechanlage aus der Wand. »Verdammt«, entgegnete A ebenso ruhig. »Du hast dich selbst schachmatt gesetzt, A«, meinte der Außenminister B, indem er die Ärmel der gut zugeschnittenen Jacke hinunterzog, »die Anordnung, den Oberst nicht mehr kommen zu lassen, stammt von dir.« – »Verdammt«, murmelte A noch einmal, dann klopfte er seine Pfeife wieder einmal aus, obgleich sie noch brannte, holte eine neue aus der Tasche, eine gebogene Dunhill, stopfte sie und setzte sie in Brand. »Verzeih, C«, sagte er. »Bitte, bitte«, lächelte die Staatstante, und N wußte, daß A verloren war. Es war, als ob ein Tiger, gewohnt, im Dschungel zu kämpfen, sich plötzlich in der Steppe von einer wütenden Büffelherde umringt sah. A hatte keine Waffen mehr. Er war hilflos. Zum ersten Male war er für N kein Geheimnis, kein Genie und kein Übermensch mehr, sondern ein

Machthaber, der nichts als das Produkt seiner politischen Umgebung war. Dieses Machtprodukt verbarg sich hinter dem Bilde des väterlichen und bäuerischen Kolosses, das in jedem Schaufenster ausgestellt war, in jeder Amtsstube hing und in jeder Wochen- und Tagesschau auftauchte, Paraden abnahm, Waisenhäuser und Altersheime besichtigte, Fabriken und Staudämme einweihte, Staatsmänner umarmte und Orden austeilte. Er war für das Volk ein patriotisches Symbol, ein Sinnbild für die Unabhängigkeit und die Größe des Vaterlandes. Er repräsentierte die Allmacht der Partei, er war der weise und gestrenge Landesvater, dessen Schriften (die er nie geschrieben hatte) von allen gelesen und auswendig gelernt wurden, auf den jede Rede, die gehalten, und jeder Artikel, der verfaßt wurde, Bezug nahm; aber in Wirklichkeit war er unbekannt. Man legte alle Tugenden in A hinein und machte ihn dadurch unpersönlich. Indem man ihn in ein Idol verwandelte, verschaffte man ihm einen Freipaß, der ihm alles erlaubte, und er erlaubte sich alles. Doch die Verhältnisse hatten sich geändert. Die Männer, die den Umsturz herbeigeführt hatten, waren Individualisten gewesen, gerade weil sie den Individualismus bekämpften. Die Empörung, die sie trieb, und die Hoffnung, die sie begeisterte, waren echt und setzten revolutionäre Individualitäten voraus; Revolutionäre sind keine Funktionäre, sie versuchen, solche zu sein, und scheitern daran. Sie waren entlaufene Priester, versoffene Wirtschaftstheoretiker, fanatische Vegetarier, relegierte Studenten, untergetauchte Rechtsanwälte, entlassene Journalisten, sie lebten in Schlupfwinkeln, wurden verfolgt und in Gefängnisse geworfen, führten Streiks, Sabotagen und Morde durch, verfaßten Flugschriften und geheime Broschüren, schlossen taktische Bündnisse mit ihren Gegnern und brachen sie wieder, doch, kaum hatten sie gesiegt, schuf die Revolution mit der neuen Gesellschaftsordnung auch den neuen Staat, dessen Macht ungleich gewaltiger war, als jene der alten Ordnung und des alten Staates. Ihr Aufstand wurde von der neuen Bürokratie verschluckt, die Revolution mündete in ein organisatorisches Problem ein, woran die Revolutionäre scheitern mußten, weil sie Revolutionäre waren. Den Männern, die jetzt gebraucht wurden, standen sie hilflos gegenüber. Den Technokraten waren sie nicht gewachsen: Ihr Versagen war jedoch auch die Chance A's. In dem Maße, wie der Staat von der Verwaltung überwuchert wurde, mußte die Revolution als Fiktion erhalten werden; für einen Verwaltungsapparat vermag sich kein Volk zu begeistern, um so weniger, als auch die Partei der Bürokratie zum Opfer gefallen war. In A erhielt die unpersönliche Maschinerie der Macht ein Gesicht, doch begnügte sich der große Boss nicht damit zu repräsentieren, er begann im Namen der Revolution die Revolutionäre zu vernichten. So kamen denn von der alten Garde alle unter die Räder – der Staatspräsident K und L ausgenommen –, aber nicht nur die Helden der Revolution, auch jene, die nach ihnen zur Macht aufgestiegen und ins Politische Sekretariat aufgerückt waren, wurden nach einiger Zeit liquidiert, sogar die Chefs der Geheimpolizei wechselten, die A für diese Säuberungen brauchte, auch sie entgingen nicht dem Henker. Gerade darum war A populär. Dem Volk ging es trist, oft fehlte das Nötigste, die Kleider, die Schuhe waren von erbärmlicher Qualität, die alten Wohnungen zerfielen, die Neubauten ebenfalls. Vor den Lebensmittelläden standen

Schlangen. Der Alltag war grau. Demgegenüber genossen die Funktionäre der Partei Privilegien, über die phantastische Berichte umliefen. Sie besaßen Villen, Wagen, Chauffeure, kauften in Läden, die nur für sie bestimmt waren und worin jeder Luxusartikel zu erstehen war. Nur eines fehlte, die Sicherheit. Mächtig sein war gefährlich. Blieb das Volk im allgemeinen unbehelligt, da es, apathisch in seiner Misere und in seiner Machtlosigkeit, nichts zu verlieren hatte, weil es nichts besaß, lebten die Privilegierten in der Furcht, alles zu verlieren, weil sie alles besaßen. Das Volk sah die Mächtigen durch A's Gnade aufsteigen und durch A's Zorn fallen. Es nahm als Zuschauer teil am blutigen Schauspiel, das ihm die Politik bot. Nie erfolgte der Sturz eines Mächtigen ohne öffentliches Gericht, ohne ein erhabenes Schauspiel, ohne daß sich die Gerechtigkeit mit Pomp in Szene setzte, ohne ein feierliches Sichschuldigbekennen der Angeklagten. Es waren für die Massen Verbrecher, die hingerichtet wurden, Saboteure, Verräter; die Armut des Volkes war ihr Fehler und nicht jener des Systems, und ihr Untergang erweckte eine neue Hoffnung auf eine immer wieder versprochene bessere Zukunft, erweckte den Anschein, als ob die Revolution weiterginge, weise gelenkt vom großen, gütigen, genialen und doch immer wieder hintergangenen Staatsmanne A.

Zum ersten Male wurde auch N die politische Maschinerie durchschaubar, an deren Hebeln A saß und die von ihm bestimmt wurde. Die Maschinerie war nur scheinbar kompliziert, in Wirklichkeit denkbar einfach. Seine Gewaltherrschaft vermochte A nur aufrechtzuerhalten, wenn sich die Mitglieder des Politischen Sekretariats bekämpften. Dieser Kampf war für A die Voraussetzung seiner Macht. Bloß die Furcht trieb einen jeden dazu, sich die Gunst A's zu erhalten, indem er andere denunzierte. So standen Gruppierungen, wie die um D, welche an der Macht bleiben wollten, immer Formationen gegenüber, wie denen um G, welche die Revolution vorwärtszutreiben trachteten, wobei A's ideologische Haltung so undurchsichtig war, daß beide Parteien glaubten, in seinem Namen zu handeln. A's Taktik war brutal, doch gerade dadurch mit der Zeit nachlässig geworden. Er spielte den Revolutionär bloß, wenn es ihm vorteilhaft schien, ihn interessierte nur seine Macht, er herrschte, indem er alle gegeneinander ausspielte, aber er hielt sich selbst für gesichert. Er vergaß, daß er es im Politischen Sekretariat nicht mehr mit überzeugten Revolutionären zu tun hatte, die sich oft in den Schauprozessen bloß schuldig erklärten, um lieber ihr Leben als ihren Glauben an den Sinn der Revolution zu verlieren. Er vergaß, daß er sich mit Machtmenschen umgeben hatte, denen die Ideologie der Partei nur noch ein Mittel war, Karriere zu machen. Er vergaß, daß er sich isoliert hatte, denn die Furcht entzweit nicht nur. Die Furcht schweißt auch zusammen, ein Gesetz, das A nun zum Verhängnis wurde. Er war plötzlich hilflos wie ein Amateur geworden, der lauter Professionellen der Macht gegenüberstand. Indem er das Politische Sekretariat aufzuheben versuchte, um noch mächtiger zu werden, bedrohte er alle, indem er den Sicherheitsminister angriff und ihm vorwarf, O verhaftet zu haben, schuf er sich wieder einen neuen Feind. A hatte den Instinkt verloren, womit er geherrscht hatte, die Maschinerie seiner Machtausübung wandte sich nun gegen ihn. Auch rächte sich nun seine

Maßlosigkeit und damit Vorfälle, die sich erst jetzt rächen konnten, weil erst jetzt die Stunde der Rache gekommen war. A war launisch. Er setzte seine Macht sinnlos ein, er erteilte Befehle, die beleidigen mußten, seine Wünsche waren grotesk und barbarisch, sie stammten von seiner Menschenverachtung, aber auch von seinem wilden Humor, er liebte bösartige Späße, doch niemand goutierte sie, alle fürchteten sich vor ihnen und sahen in diesen Späßen nichts als heimtückische Fallen. N dachte unwillkürlich an einen Zwischenfall, der D beleidigt haben mußte, den mächtigen Parteisekretär. N hatte sich immer vorgestellt, daß D einmal zurückschlagen würde. D vergaß keine Erniedrigung und konnte warten. Die Gelegenheit zur Rache mußte jetzt gekommen sein. Die Affäre war skurril und gespenstisch. Die Wildsau erhielt damals von A den verblüffenden Auftrag, eine Damenkapelle aufzutreiben, die vor A nackt Schuberts Oktett spielen sollte. D mußte sich wutschnaubend über den idiotischen Befehl und zu feige, ihn abzulehnen, an die Ministerin für Erziehung und Kultur wenden, die Parteimuse wandte sich ebenso empört und feige wie D an die Konservatorien und Musikhochschulen; die Mädchen mußten ja nicht nur musikalisch ausgebildet, sondern auch gut gewachsen sein. Es ereigneten sich Zusammenbrüche und Katastrophen, Schreikrämpfe, Tobsuchtsanfälle. Eine der begabtesten Cellistinnen beging Selbstmord, wieder andere rissen sich darum, aber waren zu häßlich; endlich hatte man das Orchester beisammen, nur eine Fagottistin war nicht aufzutreiben. Die Wildsau und die Parteimuse zogen die Staatstante zu Rate. C ließ kurzerhand eine bildschöne Dirne mit stattlichem Hintern aus einem Korrektionshause ins

Staatliche Konservatorium schleppen, das Prachtstück war musikalisch völlig unbegabt, aber in einem unmenschlichen Dressurakt wurde ihm das zum Oktett benötigte Fagottspiel beigebracht, auch die übrigen Mädchen übten auf Tod und Leben. Endlich saßen sie nackt im eiskalten Saal der Philharmonie, die Instrumente an ihre Leiber gepreßt. In der ersten Parkettreihe saßen in Pelzmänteln und mit steinernen Gesichtern D und M und warteten auf A, doch der kam nicht. Statt dessen füllte sich der Barockraum mit Hunderten von Taubstummen, welche die verzweifelt geigenden und blasenden nackten Mädchen verständnislos und gierig anglotzten. A darauf lachte bei der nächsten Sitzung des Politischen Sekretariats unbändig über das Konzert und nannte D und M Narren, weil sie einem solchen Befehl nachgekommen seien.

D's Stunde war gekommen. A's Sturz vollzog sich nüchtern, sachlich, mühelos, gleichsam bürokratisch. Die Wildsau befahl, die Türen zu verschließen. Das Denkmal erhob sich schwerfällig, verschloß zuerst die Türe hinter dem Schuhputzer und dem Jüngeren der Gin-gis-Khane und dann die hinter dem Teeheiligen und der Ballerina. Darauf warf er die Schlüssel zwischen die Wildsau und Lord Evergreen auf den Tisch. Das Denkmal setzte sich wieder. Einige Mitglieder des Politischen Sekretariats, die aufgesprungen waren – als wollten sie das Denkmal hindern, ohne es jedoch zu wagen –, setzten sich auch wieder. Alle saßen, die Aktentaschen vor sich auf dem Tisch. A schaute von einem zum andern, lehnte sich zurück, zog an seiner Pfeife. Er hatte das Spiel aufgegeben. Die Sitzung gehe weiter, sagte die Wildsau, es wäre interessant, zu erfahren, wer nun O eigentlich habe verhaften lassen. Die Staatstante entgegnete, es könne sich nur um A handeln, auf der Liste sei O nicht angeführt, und er als Chef der Geheimpolizei sähe überhaupt keinen Grund, O, der doch nur ein zerstreuter Wissenschaftler sei, zu verhaften. O sei ein Fachminister und unersetzlich, ein moderner Staat brauche die Wissenschaftler mehr als die Ideologen. Das müsse sogar der Teeheilige langsam kapieren. Nur A kapiere es anscheinend nie. Der Teeheilige verzog keine Miene. »Die Liste!« verlangte er sachlich, »sie wird uns Klarheit bringen.« Die Staatstante öffnete seine Aktentasche. Er reichte ein Papier zuerst Lord Evergreen, der es nach kurzem Überlesen dem Teeheiligen zuschob. Der Teeheilige erbleichte. »Ich bin auf der Liste«, murmelte er leise, »ich bin auf der Liste. Dabei bin ich doch immer ein linientreuer Revolutionär gewesen. Ich bin auf der Liste«, und dann schrie der Teeheilige plötzlich auf: »Ich war der Linientreuste von euch allen, und nun soll ich liquidiert werden. Wie ein Verräter!« Die Linie sei eben krumm geworden, entgegnete D trocken. Der Teeheilige gab die Liste der Ballerina, der, da sein Name offensichtlich nicht draufstand, sie sofort an das Denkmal weiterleitete. Das Denkmal starrte auf sie, las sie immer wieder, um endlich aufzuheulen: »Ich bin nicht darauf, ich bin nicht darauf. Nicht einmal liquidieren will mich das Schwein, mich, den alten Revolutionär!« N überflog die Liste. Sein Name stand nicht darauf. Er gab sie an den Chef der Jugendgruppen weiter. Der blasse Parteimensch stand verstört auf, als befände er sich in einem Examen, reinigte seine Brille. »Ich bin zum Generalstaatsanwalt ernannt worden«, stotterte er. Alle brachen in ein Gelächter aus. »Setz dich, Kleiner«, meinte die Wildsau gutmütig, und der Schuhputzer fügte bei, sie würden den braven Tugendbold der Jugendgruppen nicht auffressen. P setzte sich wieder und reichte das Papier, wobei seine Hand schlotterte, über den Tisch zur Parteimuse hinüber. »Ich stehe darauf«, sagte sie und schob die Liste dem älteren Gin-gis-Khan zu, der aber vor sich hindöste, so daß sie der jüngere zu sich nahm. »Marschall K steht nicht darauf«, sagte er, »aber ich stehe darauf« und gab das Papier dem Schuhputzer. »Ich auch«, sagte dieser, und dasselbe sagte die Wildsau. Als letzter erhielt der Eunuch die Liste. »Nicht darauf«, sagte der Außenminister und schob die Liste wieder der Staatstante zu. Der Chef der Geheimpolizei faltete das Papier sorgfältig zusammen und verschloß es in seiner Aktentasche. O sei tatsächlich nicht auf der Liste, bestätigte Lord Evergreen. Warum er dann von A verhaftet worden sei, wunderte sich die Ballerina und blickte mißtrauisch zur Staatstante. Der entgegnete, er habe keine Ahnung; daß der Atomminister erkrankt sei, habe er bloß angenommen, doch A pflege nach eigenem Gutdünken vorzugehen. »Ich ließ O nicht verhaften«, sagte A. »Erzähl keine Märchen«, schnauzte ihn der jüngere Gin-gis-Khan an, »sonst wäre er hier.« Alle schwiegen, A zog ruhig an seiner Dunhill. »Wir können nicht mehr zurück«, meinte die Parteimuse trocken, die Liste sei eine Tatsache. Sie sei nur für den Notfall aufgestellt worden, erklärte A, ohne sich zu verteidigen. Er rauchte gemütlich, als gehe es nicht um sein Leben, und fügte bei, die Liste sei aufgestellt worden für den Fall, daß sich das Politische Sekretariat seiner Selbstauflösung widersetze. »Der Fall ist eingetreten«, entgegnete der Teeheilige trocken, »es widersetzt sich.« Der Eunuch lachte. Der Schuhputzer kam wieder mit einem Bauernspruch, der Blitz schlage auch beim reichsten Bauern ein. Die Wildsau fragte, ob sich jemand freiwillig melde. Alle schauten zum Denkmal. Das Denkmal erhob sich. »Ihr erwartet, daß ich den Kerl umbringe«, sagte er. »Du brauchst ihn nur ans Fenster zu knüpfen«, antwortete die Wildsau. »Ich bin kein Henker wie ihr«, antwortete das Denkmal, »ich bin ein ehrlicher Schmied und erledige das auf meine Weise.« Das Denkmal nahm seinen Sessel und stellte ihn zwischen das freie Tischende und das Fenster. »Komm, A!« befahl das Denkmal ruhig. A erhob sich. Er wirkte, wie immer, gelassen und sicher. Während er gegen das untere Tischende zuging, wurde er vom Teeheiligen behindert, der seinen Sessel gegen die hinter ihm befindliche Türe gelehnt hatte. »Pardon!« sagte A, »ich glaube, ich muß hier durch.« Der Teeheilige rückte zum Tisch, ließ A passieren, der nun zum Denkmal gelangte. »Setz dich«, sagte das Denkmal. A gehorchte. »Gib mir deinen Gürtel, Staatspräsident«, befahl das Denkmal. Gin-gis-Khan der Ältere kam dem Befehl mechanisch nach, ohne zu begreifen, was das Denkmal im Sinne hatte. Die andern starrten schweigend vor sich hin, schauten nicht einmal zu. N dachte an den letzten Staatsakt, bei welchem sich das Politische Sekretariat der Öffentlichkeit gezeigt hatte. Im tiefen Winter. Sie beerdigten den ›Unbestechlichen‹, einen der letzten großen Revolutionäre. Der Unbestechliche nahm nach dem Sturz des Denkmals das Amt des Parteichefs ein. Dann fiel er in Ungnade. Die Wildsau verdrängte ihn. Doch machte A dem Unbestechlichen nicht den Prozeß wie den anderen. Sein Sturz war grausamer. A ließ ihn für geisteskrank erklären und in eine Irrenanstalt einliefern, wo ihn die Ärzte während Jahren dahindämmern ließen, bevor er sterben durfte. Um so feierlicher fiel denn auch das Staatsbegräbnis aus. Das Politische Sekretariat, ausgenommen die Parteimuse, trug den Sarg, bedeckt mit der Parteifahne, auf den Schultern durch den Staatsfriedhof an schneebedeckten, kitschigen Marmorstatuen und Grabsteinen vorbei. Die zwölf mächtigsten Männer der Partei und des Staates stapften durch den Schnee. Sogar der Teeheilige war in Stiefeln. Vorne hatte A neben dem Eunuchen die Bahre geschultert und hinten, nach all den andern, N neben dem Denkmal. Der Schnee fiel in großen Flocken aus einem weißen Himmel. Zwischen den Gräbern und um das ausgehobene Grab scharten sich dicht gedrängt die Funktionäre in langen Mänteln und warmen Pelzmützen. Als man den Sarg zu den Klängen einer durchfrorenen Militärkapelle, welche die Parteihymne spielte, ins Grab hinunterließ, flüsterte das Denkmal: »Teufel, ich werde der nächste sein.« Nun war er nicht der nächste. A war der nächste. N schaute auf. Das Denkmal schlang den Gürtel Gin-gis-Khan des Älteren um A's Hals. »Bereit?« fragte das Denkmal. »Nur noch drei Züge«, antwortete A, paffte dreimal ruhig vor sich hin, dann legte er die gebogene Dunhill vor sich auf den Tisch. »Bereit«, sagte er. Das Denkmal zog den Gürtel zu. A gab keinen Laut von sich, sein Leib bäumte sich zwar auf, auch ruderten einige Male seine Arme unbestimmt herum, doch schon saß er unbeweglich, den Kopf vom Denkmal nach hinten gezogen, den Mund weit geöffnet: das Denkmal hatte den Gürtel mit ungeheurer Kraft zusammengezogen. A's Augen wurden starr. Der ältere Gin-gis-Khan ließ aufs neue Wasser, niemanden störte es. »Nieder mit den Feinden im Schoße der Partei, es lebe unser großer Staatsmann A!« rief Marschall H. Das Denkmal lockerte seinen Griff erst nach fünf Minuten, legte den Gürtel Gin-gis-Khan des Älteren zur Dunhill-Pfeife auf den Tisch, ging zu seinem Platz zurück und setzte sich. A saß tot im Sessel vor dem Fenster, das Antlitz zur Decke gekehrt, mit hängenden Armen. Die andern starrten ihn schweigend an. Lord Evergreen zündete sich eine amerikanische Zigarette an, dann eine zweite, dann eine dritte. Sie warteten alle etwa eine Viertelstunde.

Jemand versuchte von außen die Türe zwischen F und H zu öffnen. D erhob sich, ging zu A, betrachtete ihn genau und betastete sein Gesicht. »Der ist tot«, sagte D, »E, gib mir den Schlüssel.« Der Außenhandelsminister gehorchte schweigend, dann öffnete D die Türe. Auf der Schwelle stand der Atomminister O und entschuldigte sich für seine Verspätung. Er habe sich im Datum geirrt. Dann wollte er auf seinen Platz, ließ in der Eile seine Aktentasche fallen, und erst als er sie aufhob, bemerkte O den erdrosselten A, und erstarrte. »Ich bin der neue Vorsitzende«, sagte D und rief durch die offene Türe den Oberst herein. Der Oberst salutierte, verzog keine Miene. D befahl ihm, A wegzu-schaffen. Der Oberst kam mit zwei Soldaten zurück, und der Sessel war wieder leer. D schloß die Türe ab. Alle hatten sich erhoben. »Die Sitzung des Politischen Sekreta-riats geht weiter«, sagte D, »bestimmen wir die neue Sitzordnung.« Er setzte sich auf den Platz A's. Neben ihn setzten sich B und C. Neben B F und neben C E. Neben F setzte sich M. Dann schaute D N an und machte ei-ne einladende Geste. Fröstelnd setzte sich N neben E: er war der siebentmächtigste Mann im Staate geworden. Draußen begann es zu schneien.

```
                    D
    B                           C
    F                           E
    M                           N
    H                           G
    K                           I
    O                           L
                                P
```

Abu Chanifa
und Anan ben David

Nicht immer kommen die Theologen besser davon. Auch ihre Lehren enthalten Sprengstoff. Auch hier weisen das Judentum und der Islam eine Gemeinsamkeit auf, die im Wesen der Theologie zu liegen scheint. Als Religionen, die auf einer ›offenbarten‹ Schrift gründen, begnügen sich beide nicht mit ihren Offenbarungen. Wie die Juden mit dem Talmud die Bibel erweitern, den Pentateuch dialektisch kommentierend, ergänzen die Muslime den Koran mit der mündlichen Überlieferung von Taten und Worten des Propheten, Sunna und Hadith: Als der Abbaside al-Mansur um 760 den Gottesgelehrten Abu Chanifa verhaften läßt, als offizieller Nachfolger des Propheten mit dem großen Korankenner theologisch in einen leidigen Streit geraten, befiehlt er, verärgert über die Theologen, bevor er sich von den täglichen Staatsgeschäften eher widerwillig, doch pflichtbewußt in den Harem zurückzieht, einen Rabbi namens Anan ben David ebenfalls einzukerkern. Niemand wagt al-Mansur zu fragen warum, vielleicht weiß er es selbst nicht. Wahrscheinlich handelt er bloß aus einem dumpfen Gefühl einer gewissen boshaften Gerechtigkeit, die den Kalifen als Herrscher über Gläubige und Ungläubige auszeichnet. Doch ist es auch möglich, daß er sich halb erinnert, eine Bittschrift flüchtig gelesen zu haben, ohne daß freilich al-Mansur noch weiß, von wem diese Bittschrift stammt, ob von einem Büro seiner Verwaltung, das sich mit jüdischen Angelegenheiten beschäftigt, oder gar von mehreren, ja es kommt ihm plötzlich vor, als habe er nur von ihr geträumt, von einem halb leserlichen Schreiben, worin die Verhaftung Anans gefordert wurde, weil dessen Anhänger den Rabbi, der aus dem sektenreichen Inneren Persiens aufgetaucht war, widerrechtlich zum Exarchen über die babylonische Gemeinde ausgerufen hatten. Al-Mansur läßt Anan ben David in das schmutzige Verlies werfen, wo schon Abu Chanifa haust. Der hünenhafte Wärter, der Anan ben David hinführt, öffnet eine kleine eiserne Türe, mit zwei eichenen Querbalken verrammelt, die ihm kaum zur Hüfte reicht, zwingt den Rabbi nieder und befördert ihn mit einem gewaltigen Fußstoß in die Zelle. Lange liegt der Rabbi bewußtlos auf dem steinernen Boden. Wie er zu sich kommt, erkennt er allmählich das Verlies, worin er sich befindet. Es ist quadratisch, eng und hoch. Die einzige Lichtquelle bildet ein kleines vergittertes Fenster, unerreichbar über ihm, irgendwo in der rohen Mauer. In einer Ecke kauert eine Gestalt. Anan ben David kriecht zu ihr, erkennt Abu Chanifa, kriecht zurück, kauert sich in die Ecke nieder, die jener des Muslim diagonal gegenüberliegt. Die beiden Theologen schweigen, jeder glaubt vom anderen, dieser sei im Unrecht, wenn auch nicht al-Mansur gegenüber, der sie beide schändlich behandelt hat, aber in Hinsicht auf die ewige Wahrheit. Ein uralter Wärter, der sich, um in Ruhe gelassen zu werden, als Sabier ausgibt, aber in Wirklichkeit einen verrosteten einäugigen Götzen anbetet und Muslime, Juden und Christen als gottlose Esel verachtet, setzt ihnen täglich wortlos eine Schüssel mit Speise vor und einen Krug mit Wein. Die Speise ist köstlich zubereitet, auf Befehl al-Mansurs, dessen Grausamkeit nie gemein, doch stets exquisit ist: Die Beleidigung besteht für beide darin, daß der Jude und der Muslim aus der gleichen Schüssel essen müssen; der Wein beleidigt allein Abu Chanifa. Eine Woche essen die Theologen nicht. Standhaft bis zum Exzeß will jeder der Frömmste sein und seinen Gegner durch Ergebenheit in den Willen Gottes beschämen. Bloß den Wein kosten sie gemeinsam, sich hin und wieder die Lippen netzend, der Muslim, um nicht zu verdursten – was Allah gegenüber ja auch eine Sünde gewesen wäre –, Anan ben David, dem Wein erlaubt ist, um Abu Chanifa gegenüber nicht unmenschlich zu erscheinen, dessen Durst er verdoppeln würde, tränke er in vollen Zügen. Ratten fallen über die Schüssel her, Ratten gibt es überall. Zuerst wagen sie sich zögernd hervor, dann täglich frecher. Nach einer Woche findet Abu Chanifa die Demut des Juden empörend, es kann sich unmöglich um eine echte Demut handeln wie bei ihm, dem Muslim; der Jude muß aus gotteslästerlichem Trotz handeln oder aus teuflischer Heimtücke, in der Absicht, den Diener des Propheten, den profunden Kenner des Korans, der Sunna des Hadith durch gespielte Demut zu demütigen: Abu Chanifa ißt die Schüssel leer, blitzschnell, bevor noch die Ratten wie bisher über sie herzufallen vermögen, so flink die Bestien auch sind. Nur einen kleinen Rest läßt der Gottesgelehrte zurück, den Anan ben David aufleckt, bescheiden, mit niedergeschlagenen Augen, wenn auch nicht gänzlich ohne Hast, der Hunger ist allzu rasend, aber er denkt an den Talmud, der das Martyrium verwirft, und die enttäuschten Ratten bedrängen nun ihn, ja schnappen nach ihm. Schlagartig, wie eine Erleuchtung, wird es Abu Chanifa bewußt, daß die Demut des Juden echt ist.

Dadurch beschämt, zerschmettert, vor Allah zerknirscht, ißt nun Abu Chanifa am anderen Tag nichts, aber Anan ben David, der seinerseits Abu Chanifa nicht demütigen will, weil dieser doch am Vortage gegessen hat, und von dessen Frömmigkeit er überzeugt worden ist, dazu noch von der Demut des Muslim ihm und Jehova gegenüber gedemütigt, ißt, schlingt, so eilig hat er es, frißt die Schüssel leer, all die köstlich zubereiteten Speisen, noch hastiger als Abu Chanifa am Vortage, weil die Ratten noch gieriger geworden sind, noch unverschämter, noch ungestümer, doch auch er leert sie nur beinahe, wie der Muslim vorher, so daß nun Abu Chanifa, glücklich darüber, sich endlich vor dem Rabbi auf dieselbe Weise demütigen zu dürfen, den Rest auflecken kann, auch er nun wieder von Ratten beklettert, ja überhäuft, überschwemmt, kaum ist es noch auszumachen, was Abu Chanifa, was Ratten sind, worauf sich die Biester mit der Zeit schwer enttäuscht und gekränkt zurückziehen. Beide, der Muslim und der Jude, kauern sich von da an zufrieden in gleicher Frömmigkeit gegenüber, beide gleich gedemütigt, beide gleich demütig, beide gleicherweise erschöpft durch den frommen Zweikampf. Sie haben einander überzeugt, nicht durch den Glauben, der bei beiden verschieden bleibt, unversöhnlich, doch durch ihre ebenbürtige Frömmigkeit, durch dieselbe mächtige Kraft, womit sie ihren unterschiedlichen Glauben glauben. So beginnt ein theologisches Gespräch, durch den Mondschein begünstigt, der schräg und grell durch die vergitterte Fensterlücke fällt. Die beiden sprechen miteinander, zögernd, vorsichtig zuerst, von langen Pausen tiefster Versunkenheit unterbrochen, bald fragt Abu Chanifa, und Anan ben David antwortet, bald fragt der

Rabbi, und der Muslim antwortet. Der Morgen graut, irgendwo wird schon gefoltert. Das Schreien und Stöhnen macht das Gespräch der beiden unmöglich, Rabbi Anan und Abu Chanifa beten so laut und mächtig, jeder in seiner Sprache, daß die Folterknechte erschrocken von ihren Opfern lassen. Der Tag kommt, die Sonne flammt in die Zelle, scharf gestochen, ein Lichtstrahl, der freilich nicht den Boden des Kerkers erreicht, einen Augenblick nur glänzt in ihm Abu Chanifas weißes Haar auf. Ein Tag folgt dem anderen, eine Nacht der anderen, sie essen gemeinsam nur das Notwendige, nur wenig von der Speise, die immer schlechter wird, weil der Befehl des Kalifen allmählich vergessen wird. Statt Wein ist längst Wasser im Krug. Den Rest des undefinierbaren Breis, den der wortlose Wärter ihnen schließlich hinschmeißt, überlassen sie den Ratten, die ihre Freunde werden, sie freundlich umpfeifen, die Nasen an ihnen reiben. Die beiden streicheln sie gedankenverloren, so sehr sind sie in ihr mächtiges Gespräch vertieft. Der Muslim und der Jude loben denselben majestätischen Gott und finden es über alle Maßen wundersam, daß er sich gleich in zwei Büchern offenbart hat, in der Bibel und im Koran, in der Bibel dunkler, unvorausberechenbar in seiner Gnade und in seinem Zorn, in seiner unbegreiflichen Ungerechtigkeit, die sich immer als Gerechtigkeit herausstellt, im Koran dichterischer, hymnischer, auch etwas praktischer in seinen Geboten. Doch indem die beiden Theologen Gott preisen, bedauern sie allmählich den menschlichen Aberwitz, die göttlichen Originalschriften zu ergänzen: Anan ben David verflucht den Talmud, Abu Chanifa Sunna und Hadith. Jahre vergehen. Der Kalif hat die beiden Theologen längst vergessen. Die Meldung seines

Geheimdienstes, der Glaube breite sich aus, daß allein der Koran Geltung habe, nimmt er kaum zur Kenntnis, vielleicht kann man diesen neuen Glauben einmal politisch verwerten, so oder so, und wie der jüdische Minister für jüdische Angelegenheiten berichten will, der Zweifel an der Gültigkeit des Talmud verbreite sich unter den Juden in Babylonien immer mehr, unterbricht er den Vortrag, so sehr gähnt al-Mansur. Mit steigendem Alter macht diesem – mehr noch als sein Riesenreich – der Harem zu schaffen, die Eunuchen reißen schon Witze, außerdem ist dem Großwesir nicht recht zu trauen; und weil der Großwesir spürt, daß ihm der Kalif nicht mehr traut, vergißt er die beiden Gefangenen ebenfalls, mit gutem Gewissen, ist es doch Aufgabe der Verwaltung, sich um Anan ben David und Abu Chanifa zu kümmern. Aber die Verwaltung ist überlastet, das Gefängnis längst zu klein bei den politischen Wirren, die einsetzen: Sklavenaufstände, Rebellionen von mazdakischen Kommunisten, ein Harem nach dem anderen läuft zu ihnen über, da sie auch die Frauen gemeinsam haben. Neue Gefängnisse werden gebaut, zuerst neben dem alten, seine Außenmauern als Stützmauern zu weiteren Kerkern benutzend, eine ganze Gefängnisstadt entsteht, über die sich mit der Zeit eine zweite und eine dritte Gefängnisstadt erhebt, planlos, doch solid, Quader auf Quader getürmt. Al-Mansur ist längst gestorben und auch dessen Nachfolger al-Mahdi und dessen Nachfolger al-Hadi ibn al-Mahdi, den seine Mutter ermorden ließ, um ihrem Lieblingssohn Harun al-Raschid ibn al-Mahdi zur Macht zu verhelfen; dann stirbt der und dessen Nachfolger und so weiter, alle sinken sie dahin. Das Gefängnis, in welchem sich Abu Chanifa und Anan ben David gegenüberkauern, tief unter all den Gefängnissen, die daneben und darüber gebaut worden sind und wiederum darüber und daneben gebaut werden, weil der Aufstand der Negersklaven den Kalifen al-Mutamid ibn al-Mutawakkil zu neuen riesigen Gefängnissen zwingt, dieses wenige Quadratmeter messende Verlies im ursprünglichen Gefängnis ist längst verschollen und mit ihm Abu Chanifa und Anan ben David, ohne daß sich die beiden dessen bewußt sind, sitzen sie sich doch immer noch im Dunkeln gegenüber, im beinahe Dunkeln, denn tagsüber dringt von irgendwo oben, gebrochen durch unzählige Schächte, die kreuz und quer laufen, wie es sich bei der endlosen Bauerei ergab, ein schwacher Lichtschimmer zu ihnen herunter, gerade genügend, daß sie, neigen sie sich einander entgegen, ihre Gesichtszüge erkennen können. Aber sie kümmern sich nicht darum, ihr Gegenstand, mit dem sie sich beschäftigen, ist unerschöpflich, ja er scheint immer unerschöpflicher zu werden, je tiefer sich die beiden in ihn versenken. Ihr Gegenstand ist Gott in seiner Erhabenheit, demgegenüber alles unbedeutend ist: das jämmerliche Essen, die feuchten Pelze der Ratten, die längst den Koran und die Thora aufgefressen haben, die beiden einzigen Bücher, die ihnen al-Mansur hatte als Gefängnislektüre gestatten müssen; daß sie diese heiligen Schätze nicht mehr besitzen, ist von ihnen nicht einmal mehr bemerkt worden: Abu Chanifa und Anan ben David strichen zärtlich über die Pelze der Bestien, als diese ihr Zerstörungswerk begannen. Abu Chanifa ist längst gleichsam der Koran und Anan ben David die Thora geworden; spricht der Jude eine Stelle aus der Thora, spricht der Araber eine Sure aus dem Koran, die zur Stelle aus der Thora paßt. Auf eine geheimnisvolle

Weise scheinen sich die beiden Bücher zu ergänzen; auch wenn ihrem Wortlaut nach keine Übereinstimmung vorliegt, sie stimmen doch überein. Der Friede der beiden Gefangenen ist vollkommen, doch rechnen sie in ihrer Versunkenheit in die göttlichen Offenbarungen, die sich scheinbar widersprechen und doch ergänzen, mit einem nicht, mit dem Nächsten, mit dem Wärter, mit dem wie die beiden nun uralten Sabier, der im geheimen immer noch seinen Götzen anbetet und, je unbarmherziger der rohe einäugige Götze schweigt, desto trotziger den Araber und den Juden verachtet. Er ist wie die beiden längst vergessen worden, die Gefängnisverwaltung weiß nichts mehr von seiner Existenz, er muß sich sein Essen bei anderen Gefängniswärtern zusammenbetteln, die ihrerseits vergessen worden sind und ihr Essen zusammenbetteln müssen. Das wenige, das der Sabier erbettelt, teilt er mit den Gefangenen mechanisch, aus einem gewissen Pflichtgefühl heraus, das stärker als die Verachtung ist, die er den beiden gegenüber empfindet, eine Verachtung, die sich langsam zum Haß steigert, zu einem ohnmächtigen dunklen Zorn, der in ihm nagt, ihn ausfüllt, so daß er eigentlich nichts mehr ist als dieser Haß auf alle Juden und Araber und darüber hinaus auf deren Gott, der einmal geredet haben soll, auf diesen Dichtergott, wie er ihn nennt, ohne eigentlich zu wissen, wo er dieses Wort aufgeschnappt hat, denn was ein Dichter sein soll, weiß er auch nicht. Da erläßt irgendein Kalif, sei es al-Qadir ibn Ishaq ibn al-Muqtadir oder al-Qaim ibn al-Qadir, nach einer glücklichen Liebesnacht mit einer gefangenen Venezianerin namens Amanda, Anunciata oder Annabella mit langen zinnoberroten Haaren, den Befehl, alle Staatsgefangenen, deren Namen mit A beginnen, freizulassen. Durch einen Zufall dringt der Befehl zweihundert Jahre später, in den letzten Tagen al-Mustansir ibn az-Zahirs, des vorletzten aller Kalifen, bis zum uralten Sabier vor, der Anan ben David brummend freiläßt, nach einigem Zögern freilich, hat er doch das Gefühl, auch Abu Chanifa freilassen zu müssen, eigentlich könnte er sich, denkt er, nach dem ›Abu‹ richten, niemand würde es bemerken, aber sein Haß, den er gegen die beiden hegt, bewegt ihn, sich an ›Chanifa‹ zu halten und die beiden Theologen zu trennen. So läßt er schadenfroh nur Anan ben David frei. Bestürzt nimmt der Jude von Abu Chanifa Abschied, tastet noch einmal über das Gesicht des vertrauten Freundes, starrt in seine Augen, die wie aus Stein sind, und hat auf einmal das Gefühl, daß Abu Chanifa den Abschied nicht mehr wahrnimmt, daß dieser das Gefühl für jede Veränderung verloren hat, stolpert darauf verwirrt durch dunkle Gänge, von einer dumpfen Furcht vor der Freiheit ergriffen, erklimmt Leitern, die an naßen Mauern entlang in weitere Gefängnisse hinaufführen, irrt durch immer neue Gänge und gelangt zu steilen Treppen, bis er sich plötzlich im grellen Sonnenlicht in einem Hof befindet, blinzelnd, alt, unsäglich schmutzig, in Lumpen. Wie erlöst sieht er, daß die eine Hälfte des Hofes im Schatten liegt, schließt die Augen, tastet sich zur Mauer, läßt sich an ihr nieder. Ein Wärter oder ein Gefängnisbeamter findet ihn, fragt ihn aus, versteht nichts, schließt ihm kopfschüttelnd das Gefängnistor auf. Der Alte will seinen Platz an der Mauer nicht verlassen, der Wärter (oder der Gefängnisbeamte) droht, Gewalt anzuwenden, der Alte muß gehorchen: Die endlose Wanderung Anan ben Davids durch die Welt beginnt, unfreiwillig, denn kaum vor dem Gefängnistor, kaum unter Menschen, wird er von allen angestarrt; er ist anders als sie gekleidet, in zerrissenen, verschmutzten Lumpen zwar, aber doch in einer altertümlichen Kleidung. Auch sein Arabisch klingt anders; als er nach einer bestimmten Gasse fragt, versteht man ihn nicht, außerdem gibt es diese Gasse nicht mehr, die Stadt hat sich verändert; dunkel erinnert er sich, einige Moscheen schon einmal gesehen zu haben. Er sucht die jüdische Gemeinde auf, meldet sich beim Rabbiner, einem berühmten Talmudkenner. Auch hier hat man Mühe, den Alten zu verstehen, aber man läßt ihn vor den heiligen Mann, der das arabisch geschriebene Buch des berühmten Rabbi Saadia ben Joseph studiert: ›Die Widerlegung des Anan‹. Das eisgraue uralte Männchen umklammert die Knie des großen Talmudisten, nennt seinen Namen. Der Rabbi stutzt, fragt noch einmal, wird streng, entweder sei Anan ben David ein Narr oder ein Betrüger, der echte Rabbi Anan sei schon vor fast fünfhundert Jahren gestorben und ein Ketzer gewesen, von persischen Geheimlehren verseucht, er solle sich davontrollen. Dann wendet er sich wieder seinem Buche zu. Anan ben Davids uraltes Gesicht verfärbt sich: Ob er denn immer noch an den Talmud glaube, fragt er den Rabbi, an dieses erbärmliche Menschenwerk? Nun richtet sich der berühmte Talmudkenner auf, ein Riese von Gestalt, mit einem wilden pechschwarzen Bart, nicht umsonst nennt ihn die Gemeinde ›Heiliger Koloß‹. »Weiche von mir, du jämmerlicher Geist Anan ben Davids!«, donnert er, »du längst verfaulter! Laß ab von mir und von meiner Gemeinde. Du hast uns ins Unglück geführt, als du noch lebtest, und so seist du nun verflucht als schon längst Verscharrter!« Entsetzt stürzt Anan ben

David aus dem Haus des Heiligen, die Flüche des Juden gellen ihm nach. Er irrt ziellos durch die Straßen und Plätze der Riesenstadt. Gassenjungen bewerfen ihn mit Steinen, Hunde schnappen nach ihm, ein Betrunkener schlägt ihn zu Boden. Er weiß sich keinen anderen Rat mehr, als sich wieder am Gefängnistor zu melden, das er mit großer Mühe findet. Verwundert wird ihm das Tor aufgeschlossen, aber niemand erinnert sich seiner, der Gefängnisbeamte (oder der Wärter), der ihn entlassen hatte, ist nicht aufzutreiben. Der alte Jude berichtet von Abu Chanifa, niemand hat je von einem solchen Gefangenen gehört. Ein junger Subdirektor in der Leitung aller Gefängnisse der Stadt nimmt sich, historisch interessiert, des alten Juden an. Abu Chanifa ist für ihn ein vager Begriff, wenn es sich wohl auch um eine Verwechslung des Juden handelt, aber irgend etwas Wahres muß sich hinter der Geschichte verbergen. Er weist dem Alten eine Zelle im neuen Gefängniskomplex an, eigentlich für vermögende Untersuchungsgefangene bestimmt, mit Aussicht auf die Harun-al-Raschid-Moschee, läßt ihn verpflegen und neu einkleiden. Der Subdirektor wundert sich selbst über seine Großzügigkeit. Er forscht in alten Verzeichnissen, besichtigt alte Pläne, aber nichts läßt darauf schließen, daß unter all den Gefängnisbauten sich noch ein Gefängnis befinde, das Urgefängnis sozusagen. Der Subdirektor läßt alte Wärter zu sich kommen, auch uralte, die sich schon längst im Ruhestand befinden, niemand hat je von einem Sabier als Wärter gehört. Sicher, niemand kennt das ganze Gefängnis, zugegeben, die Pläne sind unvollständig, aber irgendeine Spur müßte immerhin vorhanden sein, wäre am Bericht des alten Juden etwas Wahres. Das sieht denn der Subdirektor schließlich ein, betrübt, denn irgendwie glaubt er dem Juden, fühlt sich ihm verpflichtet, seltsam, er gibt es zu, fühlt sich wie willenlos, spricht mit dem Direktor, ob man dem Alten nicht eine Zelle zur Verfügung stellen könne, am besten die Zelle, in der er schon haust, mit der Aussicht auf die Moschee. Das sei leider ausgeschlossen, der Direktor ist leicht indigniert über seinen Subdirektor, dieser könne doch nicht im Ernst annehmen, daß zwischen dem alten Juden und dem seit Jahrhunderten verstorbenen Abu Chanifa ein Zusammenhang bestehe. Er sei Gefängnisdirektor und kein Irrenhausleiter, der Subdirektor solle den Juden in ein solches einweisen. Aber Anan ben David ist verschwunden, als dieser Entscheid gefällt wird. Niemand weiß zu sagen, wie er seine Zelle verlassen konnte, vielleicht war sie auch unverschlossen, vielleicht fand der Wärter den Juden tot auf seiner Pritsche und ließ die Leiche wegschaffen, ohne den unbedeutenden Vorfall zu melden. Als aber fünfzehn Jahre später Hülägu, ein Enkel Dschingis-Khans, die Stadt mit ihren Moscheen, Krankenhäusern und Bibliotheken niederbrennt, achthunderttausend Einwohner niedermetzelt und den schriftstellernden al-Mustasim ibn az-Zahir, einen Abbasiden von einer beispielhaften Sanftheit, in einen Teppich gerollt zu Tode schütteln läßt, um, abergläubisch wie der Mongole ist, nicht den Boden des Abbasidenreichs, das er erobert hat, mit dem Blut des letzten Kalifen zu erzürnen, sieht ein Panzerreiter aus einer eingeäscherten Synagoge einen kleinen gebückten, uralten Juden entweichen und schickt ihm, verwundert, daß da noch jemand lebt, einen Pfeil nach, ohne schwören zu können, im ungewissen rauchigen Licht getroffen zu haben. Zweihundert Jahre später spricht in Granada ein unscheinbarer Jude unbestimmbaren Alters den Vorsteher der jüdischen Gemeinde an, er ist kaum zu verstehen, endlich begreift der Vorsteher, der Alte wolle mit Rabbi Moses ben Maimon diskutieren, und antwortet freundlich, der ›Rambam‹ sei schon vor fast dreihundert Jahren in Kairo gestorben, worauf sich der Fremde erschrocken zurückzieht. Unter den ersten Jahren Karls V. als spanischer König fällt ein jüdischer Greis in die Hände der Inquisition, er wird als Kuriosum dem Großinquisitor vorgeführt. Der Jude beantwortet keine Fragen, ob er stumm ist oder nicht, ist nicht auszumachen. Der Großinquisitor schweigt lange, starrt den Juden an, wie andächtig, macht eine unbestimmte Handbewegung, läßt ihn laufen als ohnehin dem Tode verfallen. Ob es sich in all diesen Berichten um Anan ben David handelt, wissen wir nicht, sicher ist nur, daß er durch die Welt irrt, ohne sich je wieder zu erkennen zu geben, daß er seinen Namen verschweigt. Er wandert von einem Land zum anderen, von einer Judengemeinde zur anderen und sagt kein Wort mehr. In den Synagogen hüllt er sich in einen alten zerschlissenen Gebetsmantel, so daß man den Uralten, wie der Großinquisitor, für taubstumm hält. Bald taucht er in diesem, bald in jenem Getto auf, kauert bald in diesem, bald in jenem Lehrhaus. Keiner kümmert sich um ihn, er ist eben der alte taubstumme Jude, der von irgendwoher gekommen ist, dem man das Notwendigste zuschiebt, den zwar jede Generation kennt, aber immer für jemand anderen hält, der einem anderen uralten, taubstummen Juden gleicht, den angeblich die ältere Generation gekannt haben soll. Er ist auch eigentlich so gut wie nichts, ein Schatten bloß, eine Erinnerung, eine Legende; was er braucht, etwas Brot, etwas Wasser, etwas Wein, etwas Schnaps, je nachdem, er nippt ja nur, starrt mit seinen großen Augen ins Leere, nickt nicht einmal zum Dank. Wahrscheinlich verblödet, altersschwach. Es ist ihm auch gleichgültig, was man von ihm denkt, gleichgültig, wo er sich befindet, die Verfolgungen, die Pogrome berühren ihn nicht, er ist nun so alt, daß sich auch niemand mehr von den Feinden seines Volkes gegen ihn wendet; der Großinquisitor war der letzte, der ihn beachtete. Anan ben David ist längst in Osteuropa untergetaucht, im Lehrhaus des großen Maggids von Mesritsch heizt er während Jahren im Winter den Ofen, wohl eine chassidische Sage; wo er sich sommers über aufhält, weiß niemand zu berichten. Im zweiten Weltkrieg endlich holt ihn ein Naziarzt aus einer langen Schlange nackter Juden, die sich einer der Gaskammern von Auschwitz zuwälzen; er hat mit dem kleinen Greis einige Experimente vor, friert ihn ein, fünf, zehn, fünfzehn Stunden minus hundert Grad, zwei Wochen, zwei Monate, der Jude lebt noch immer, denkt an irgend etwas, ist eigentlich nie da; der Arzt gibt es auf. Zurückschicken mag er ihn auch nicht, er läßt ihn in Ruhe, hin und wieder befiehlt er ihm, das Laboratorium zu säubern. Plötzlich ist der Jude verschwunden, und schon hat ihn der Nazi vergessen. Aber indem die Jahrhunderte versinken, werden für Anan ben David die Jahrhunderte, die er mit Abu Chanifa im Gefängnis zugebracht hat, in diesem elenden Verlies in Bagdad, immer bedeutender, gewaltiger, strahlender. Zwar hat er Abu Chanifa längst vergessen, er bildet sich ein, allein im finsteren Kerker gewesen zu sein, in den ihn al-Mansur hatte werfen lassen (auch an dessen Namen erinnert er sich nicht mehr), aber es scheint ihm nun, als habe er während all den endlosen Jahren mit Jahwe geredet, und nicht nur geredet, als habe er seinen Atem gespürt, ja sein unermeßliches Antlitz gesehen, so daß dieses erbärmliche Loch, das ihn gefangengehalten hatte, ihm immer mehr als das gelobte Land vorkommt und sich sein ganzes Denken, wie das Licht in einem Brennpunkt, auf diesen einen Ort konzentriert und zur übermächtigen Sehnsucht wird, dahin zurückzukehren, zurück an diesen heiligen Ort, ja, daß er nur noch lebt, weil diese Sehnsucht der Rückkehr in ihm ist und nichts anderes mehr, wobei er freilich längst vergessen hat, wo sich dieser heilige Ort nun eigentlich befindet, so wie er Abu Chanifa vergessen hat: Dieser indessen, immer noch in seinem Verlies kauernd, von den von Zeit zu Zeit herabfallenden Wassertropfen zu einer Art Stalagmit geworden, mit einem Funken Leben, hat Anan ben David ebenfalls seit Jahrhunderten vergessen, so wie auch der alte Sabier Abu Chanifa vergessen hat; er ist immer seltener gekommen und schließlich ganz ausgeblieben. Vielleicht daß der einäugige, verrostete Götze ihn erschlug, als er sich von der Wand löste. Dennoch bleibt die Schüssel von Abu Chanifa nicht leer, die Ratten, die einzigen Lebewesen, die sich in den über- und durcheinandergebauten Gefängnissen auskennen, schleppen ihm das Wenige herbei, das er zu seiner Nahrung braucht. Ihr Leben ist kurz, aber die Sorge für den vergessenen Gefangenen vererbt sich, er ist ihr Freund seit unzähligen Rattengenerationen, er teilte einst sein Essen mit ihnen, und nun teilen sie das ihre mit ihm. Er nimmt dennoch ihren Dienst wie selbstverständlich hin, kaum daß er hin und wieder ihre Pelze streichelt, immer seltener, je mehr er versteinert, sind doch seine Gedanken anderswo: Auch ihm kommt es vor, als habe er während Jahrhunderten mit Allah geredet, allein in diesem finsteren Kerker, und das elende Verlies, in welchem er kauert, ist für ihn längst kein Verlies mehr. Den Kalifen hat er längst vergessen, manchmal gibt er sich Mühe, sich an den Namen zu erinnern; die lächerliche Meinungsverschiedenheit, die ihn ins Gefängnis gebracht hat – er weiß nicht einmal mehr, worum es sich in diesem Streit gehandelt hat; auch ist es ihm nicht bewußt, daß er eigentlich schon längst den Kerker hätte verlassen können, daß niemand ihn hindern würde. Was ihn erfüllt, ist die Gewißheit, sich an einem heiligen Ort aufzuhalten, nur schwach hin und wieder erhellt, roh behauene Steinquader, schimmernd im Dunkeln, aber geheiligt durch den, der zu ihm gesprochen hat, durch Allah selbst; und was ihn am Leben erhält, ist die Aufgabe, diesen Ort durch sein Ausharren zu hüten als sein, Abu Chanifas Eigentum, ihm von Allah selbst übergeben. So wartet Abu Chanifa denn auf die Stunde, da Allah in seiner Barmherzigkeit wieder zu ihm sprechen, da er wieder seinen Atem spüren und sein unermeßliches Antlitz sehen würde. Er wartet mit der ganzen Sehnsucht seines Herzens, mit der glühenden Kraft seines Geistes auf diese Stunde, und sie kommt auf ihn zu, wenn auch anders als erwartet: Anan ben David ist auf seinen Irrfahrten nach Istanbul gekommen, zufällig, er weiß nicht einmal, daß er in Istanbul ist. Er hockt seit Wochen vor einer alten Synagoge, fast eins mit dem Gemäuer, grau und verwittert wie dessen Steine, bis ihn ein betrunkener Schweizer entdeckt, ein Bildhauer, der, wenn er nicht betrunken ist, gewaltige eiserne Geräte und Blöcke zusammenschweißt. Der Schweizer starrt den kleinen, uralten, zwerghaften Juden an, legt ihn über seine mächtigen Schultern und schleppt ihn zu einem verrosteten zusammengeflickten Volkswagenbus. Das heißt, in Istanbul ist der Schweizer noch nicht eigentlich betrunken, nur angesäuselt, aber dann durch Anatolien hindurch von Station zu Station berauschter, offenbar versucht er, in seinem Kleinbus Whisky zu schmuggeln, um sich Geld für seine Eisenplastiken zusammenzuverdienen, nicht ohne Geschick offenbar, wobei freilich der Whisky sich bedenklich vermindert und damit der Gewinn: Bei jedem Grenzposten, bei jeder Polizeistation, bei jeder Kontrolle zeigt er großzügig den Whisky vor, und ein unendliches Fest beginnt, mit dem Erfolg, daß die Grenzposten, die Polizeistationen und Kontrollen noch betrunkener sind als der Schweizer. Anan ben David hatte jedesmal bezeugt, indem er, wie immer sich stumm stellend, den Kopf schüttelte, daß der Whisky im Koran nicht verboten ist; dazu hat ihn der Schweizer auch mitgenommen, in der Meinung, das uralte Wesen sei ein Moslem, ein Zusammenhang, auf den Anan ben David, in Jahwe versenkt und in Erwartung seines Wiedertreffens mit ihm, nicht kommt. In Bagdad aber, ohne daß Anan ben David freilich weiß, daß er in Bagdad ist, glaubt er doch in Argentinien oder in Wladiwostok zu sein, so sehr sind ihm die Kontinente und die Erinnerungen durcheinandergeraten nach jahrhundertelangem Irren, in Bagdad aber saust der Schweizer in eine Verkehrsinsel, mit über hundertzwanzig Sachen auf dem Gashebel, wo man doch nur sechzig – die Verkehrsinsel, Verkehrspolizist, Bildhauer und Kleinbus stehen lichterloh in Benzin- und Whiskyflammen, alles explodiert, verpufft in einer gelben Rauchsäule Old Smuggler, samt einer der größten Kunsthoffnungen Helvetiens. Nur Anan ben David verschwindet in der Menschenmenge, die sich zusammenstaut, die tutenden Polizei- und Sanitätswagen am Herankommen hindert: Vom Schweizer ist nur noch eine schwörende Hand übrig, auf was sie schwor, ist nicht mehr auszumachen. Anan ben David eilt Luxusgeschäften entlang, biegt um ein Hochhaus, als er bemerkt, daß er von einem weißen Hund verfolgt wird. Der Hund ist hochbeinig und nackt, seine Haare sind ihm ausgefallen. Anan ben David flieht in eine Seitengasse, die Häuser sind uralt oder scheinen uralt, so verwahrlost sind sie, obgleich doch das Hochhaus ganz in der Nähe sein muß, auch wenn es nicht mehr sichtbar ist. Anan ben David erblickt den Hund nicht mehr, aber er weiß, daß dieser ihm folgt. Er öffnet die Tür eines alten baufälligen Hauses, betritt einen Hof voller Schutt, über den er klettert, im Boden findet er eine Öffnung, halb ein Brunnenschacht, halb eine Höhle. Eine Ratte starrt ihn bösartig an, verschwindet, in der Haustür erscheint der weiße nackte Hund, bleckt die Zähne. Anan ben David steigt in die Höhle hinab, ertastet Stufen, steigt hinunter, befindet sich in endlosen Gängen, die Finsternis ist vollkommen, aber er geht weiter. Er weiß, daß der nackte weiße Hund ihm nachschleicht, daß ihn die Ratten erwarten. Plötzlich fühlt er sich heimatlich, zu Hause, er bleibt stehen. Er weiß, ohne es zu sehen, daß vor ihm ein Abgrund ist, bückt sich, seine Hände sind im Leeren, fassen eine Leiter, er steigt hinab, furchtlos, gelangt auf festen Boden, ein neuer Abgrund, wieder tasten seine Hände im Nichts, wieder ist auf einmal eine neue Leiter da. Er steigt hinunter, die Leiter schwankt, oben kläfft der Hund. Jetzt weiß er den Weg, geht durch die niedrigen Gänge, findet die niedrige eiserne Türe, die Querbalken sind verfault, die Tür zerfällt in Staub, wie er sie berührt, so sehr ist sie verrostet, er kriecht in das gelobte Land: in seine Zelle, in sein Verlies, in sein Gefängnis, in seinen Kerker, in welchem er mit Jahwe geredet hat, an die unbehauenen rohen Quader, den feuchten Boden. Er läßt sich nieder. Ein unendlicher Friede senkt sich auf ihn, der Friede seines Gottes, der Friede Jahwes. Doch plötzlich schließen sich zwei Hände um seinen Hals. Abu Chanifa fällt ihn an, als sei Anan ben David ein wildes Tier, eine Bestie, die in sein, Abu Chanifas Reich gedrungen ist, das doch Allah gehört, und Abu Chanifa ist nur von der heiligen Pflicht beseelt, diesen Eindringling, der seine Freiheit bedroht, zu töten: denn seine Freiheit besteht nicht bloß darin, daß dieses erbärmliche Verlies sein Verlies ist, Abu Chanifas Verlies, sondern daß es von Allah als sein, Abu Chanifas Verlies geschaffen worden ist, während sich Anan ben David mit der gleichen Wut verteidigt: Der, welcher ihn angreift, hat von seinem, Anan ben Davids gelobtem Land Besitz ergriffen, vom Ort, wo Er, Jahwe, mit ihm, seinem unwürdigen Diener, gesprochen hat, wo er dessen Atem gespürt, dessen unermeßliches Antlitz geschaut hat. Der Kampf ist mörderisch, ohne Gnade; jeder verteidigt mit seiner Freiheit die Freiheit seines Gottes, einen Ort für den zu bestimmen, der an ihn glaubt. Und der Kampf ist um so schwerer für Anan ben David, als ihn unzählige Ratten überfallen, sich wütend, blutgierig in ihn verbeißen. Ermattet weichen die beiden Kämpfer voneinander, Anan ben David am Ende seiner Kraft, er weiß, einem neuen Angriff seines Gegners und der Ratten ist er nicht mehr gewachsen. Da schmiegen sich allmählich, zögernd zuerst, die Ratten, die Anan ben

David doch angegriffen haben, diese fürchterlichen Bestien, an ihn und lecken seine Wunden; sie haben ihn im vererbten Instinkt unzähliger Generationen wiedererkannt, und wie sie ihn lecken, spürt er die unmittelbare Nähe Jahwes, seines Gottes, er beugt sich unwillkürlich vor, um im ungewissen dämmerhaften Licht seinen Gegner zu erkennen, und sein Gegner beugt sich ihm entgegen, mühsam, den Kalksandstein zerbrechend, der ihn wie ein Panzer umgibt, doch schon zerbrochen, da vorhin sein Haß ihn aufbrach. Anan ben David starrt Abu Chanifa ins Gesicht und Abu Chanifa ins Gesicht Anan ben Davids: Jeder, uralt geworden durch die unzähligen Jahrhunderte, starrt sich selber an, ihre Gesichter sind sich gleich. Aber allmählich weicht in ihren fast blinden, steinernen Augen der Haß, sie starren sich an, wie sie auf ihren Gott gestarrt haben, auf Jahwe und Allah, und zum erstenmal formen ihre Lippen, die so lange geschwiegen haben, jahrtausendelang, das erste Wort, nicht einen Spruch des Korans, nicht ein Wort des Pentateuchs, nur das Wort: Du. Anan ben David erkennt Abu Chanifa, und Abu Chanifa erkennt Anan ben David. Jahwe ist Abu Chanifa und Allah Anan ben David gewesen, ihr Kampf um die Freiheit war eine Sinnlosigkeit. Abu Chanifas versteinerter Mund formt sich zu einem Lächeln, Anan ben David streicht zögernd durch das weiße Haar seines Freundes, fast scheu, als betaste er ein Heiligtum. Abu Chanifa begreift gegenüber dem uralten kleinen Juden, der da vor ihm hockt, und Anan ben David erkennt gegenüber dem Araber, der vor ihm auf den Fliesen des Kerkers kauert, daß beider Eigentum, das Gefängnis des Abu Chanifa und der Kerker des Anan ben David, die Freiheit des einen und die Freiheit des anderen ist.

Der Winterkrieg
in Tibet

Ich bin Söldner und stolz darauf, es zu sein. Ich kämpfe gegen den Feind, nicht nur im Namen der Verwaltung, sondern auch als ein – wenn auch bescheidenes – Vollzugsorgan ihrer Aufgabe, das heißt jenes Teils ihrer Aufgabe, der sie zwingt, gegen ihre Feinde zu kämpfen, denn sie ist nicht nur da, dem Bürger zu helfen, sondern ihn auch zu beschützen. Ich kämpfe im Winterkrieg in Tibet. Winterkrieg deshalb, weil an den Hängen des Chomo-Lungma, des Chooyu, des Makalu und des Manaslu ja immer Winter ist. Wir bekämpfen den Feind in phantastischen Höhen, in Gletschern und an Steilhängen, an Geröllhalden, Schründen und unter Überhängen, in einem Labyrinth von Schützengraben und Bunkern, dann wieder im grellsten Sonnenlicht, das uns erblinden läßt. Und der Kampf ist um so schwieriger, weil Freund und Feind die gleichen weißen Uniformen tragen. Dieser Krieg ist ein grausamer und unkontrollierbarer Nahkampf. Die Kälte auf den Gipfeln und an den Felshängen der Achttausender ist unmenschlich, unsere Ohren und Nasen sind abgefroren. Das Söldnerheer der Verwaltung setzt sich aus allen Rassen der Erde zusammen: Ein riesiger Kongo-Neger kämpft neben einem Malaien, ein blonder Skandinavier neben einem australischen Buschmann, und es sind nicht nur ehemalige Soldaten, die kämpfen, auch Mitglieder ehemaliger Untergrundorganisationen, Terroristen aller Ideologien sowie Berufskiller, Mafiosi und gewöhnliche Knastbrüder. Auch beim Feind ist es so. Sind wir nicht im Einsatz, verkriechen wir uns in die Eislöcher und in Felsen gesprengte Gänge und Schächte, die miteinander in Verbindung stehen und in den gewaltigen Massiven ein unübersichtliches Geäder bilden, so daß auch in ihnen die feindlichen Parteien unvermutet aufeinanderstoßen und sich niedermachen. Nirgends herrscht Sicherheit. Nicht einmal im Bordell unter dem Kangchendzönga, den ›fünf Schatzkammern des großen Schnees‹, mit Prostituierten aller Landstriche. Das primitive Etablissement wird auch vom Feind besucht, die Puffoffiziere beider Seiten haben sich verständigt. Ich mache der Verwaltung keinen Vorwurf: Beischlafen ist eine schwer kontrollierbare Notwendigkeit. Doch schon mancher meiner Kameraden ist, auf einer Hure liegend, erdolcht worden, so mein Kommandant, der schon im letzten Weltkrieg mein Kommandant gewesen war und der schon damals die Mannschaftspuffs den Offiziersbordellen vorgezogen hatte. Ich entsinne mich noch genau, wie ich ihn wiederfand.

Vor zwanzig, dreißig Jahren – wer zählt noch die Zeit – rückte ich mit dem Ausweis der Verwaltung in einer nepalesischen Kleinstadt ein. Ich wurde von einem weiblichen Armeeoffizier empfangen und fertiggemacht. Ich war schlapp wie ein Tattergreis, als sie eine rostige Eisentür aufschloß und wieder zusammensackte. Alles hatte sich in einem kahlen Raum abgespielt, an der Wand eine Matratze, am Boden lagen die Offiziersuniform der Frau und meine Zivilklamotten in Fetzen umher, die Tür war weit offen, alles war voller Gören. Zerkratzt wie ich war und durch die johlende Kinderschar verärgert, stieg ich über das nackte Gewaltsweib und taumelte durch die Tür, ohne zu bemerken, daß dahinter eine steile Treppe nach unten führte. Ich stürzte hinunter, überschlug mich, landete auf einem Betonboden, blieb blutend liegen, nicht ohnmächtig, aber froh, daß ich lag. Dann schaute ich mich vorsichtig um. Ich befand mich in einem rechteckigen Raum. An der Wand hingen weiße Uniformen, Maschinenpistolen und mit weißem Stoff bespannte Stahlhelme. Hinter einem Schreibtisch saß ein Söldner, sein Alter unbestimmbar, sein Gesicht wie aus Lehm modelliert, sein Mund zahnlos. Er war in einer weißen Uniform und trug einen Stahlhelm wie jene, die an der Wand hingen. Auf dem Schreibtisch lag eine Maschinenpistole, daneben ein Stapel Pornohefte, in denen der Söldner blätterte. Endlich nahm er von mir Kenntnis: »Da ist er also, der Neue«, sagte er, »schlappgemacht, wie es sich gehört.« Er zog eine Schublade auf, nahm ein Formular heraus, schloß die Schublade wieder, langsam, umständlich, spitzte mit einem Klappmesser mühsam einen Bleistiftstummel, schnitt sich dabei, fluchte, endlich konnte er schreiben, wobei das Formular ganz blutig wurde. »Steh auf«, sagte er. Ich stand auf. Ich fror. Erst jetzt wurde mir wieder bewußt, daß ich nackt war. Meine Nase und meine Hände waren aufgeschürft, meine Stirn blutete. »Du hast die Nummer FD 256323«, sagte er, ohne nach meinem Namen zu fragen. »Glaubst du an Gott?« »Nein«, sagte ich. »Glaubst du an eine unsterbliche Seele?« fragte er. »Nein«, sagte ich. »Ist auch nicht Vorschrift«, meinte er, »nur nicht so kommod, wenn man daran glaubt. Glaubst du an einen Feind?« – »Ja«, sagte ich. »Siehst du«, sagte er, »das ist Vorschrift. Zieh dir eine Uniform an, nimm einen Stahlhelm und eine Maschinenpistole. Sie sind geladen.« Ich gehorchte. Er schloß das Formular mit der gleichen Umständlichkeit ein und erhob sich. »Kannst du umgehen mit so einer MP?« fragte er. »Blöde Frage«, gab ich zurück. »Na ja«, sagte er, »es sind nicht alles alte Frontschweine wie du, Dreiundzwanzig.« »Wieso Dreiundzwanzig?« »Weil deine Nummer mit dreiundzwanzig endet«, sagte er, nahm seine Maschinenpistole vom Schreibtisch und öffnete ein niedriges, halbzerfallenes Holzgitter. Ich hinkte ihm nach. Wir drangen in einen schmalen nassen Stollen ein. Er war in den bloßen Felsen gehauen und nur notdürftig von kleinen, roten elektrischen Glühbirnen erhellt, deren Leitungen lose an den Wänden entlangliefen. Irgendwo toste ein Wasserfall. Irgendwo wurde geschossen, dann eine dumpfe Explosion. Der Söldner blieb stehen. »Wenn uns jemand entgegenkommt, schieß einfach«, sagte er, »es kann ein Feind sein, und wenn es keiner ist, dann ist es auch nicht schade.« Der Stollen schien sich zu senken, doch war ich mir dessen nicht sicher, da wir oft klettern mußten, so steil stieg er an, dann wieder seilten wir uns ab in ungewisse Tiefen. Bald war das Geäder von Stollen und Schächten ausgebaut, beförderten uns unübersichtliche Liftsysteme, bald war alles unsäglich primitiv, wie vor Urzeiten gebaut, dem Einsturz nahe: Sich vom Labyrinth, in dem wir Söldner leben, ein ›geographisches Bild‹ zu machen – und wenn es auch nur ein roher, ungefährer Plan wäre – ist wohl nie möglich. Meine Hände bluteten stark. In einer Höhle schliefen wir einige Stunden, wir hatten uns wie Tiere verkrochen. Das Labyrinth schien einfacher zu werden. Der Stollen verlief schnurgerade, doch war nicht auszumachen, in welche Richtung. Manchmal schritten wir kilometerweit durch eiskaltes Wasser, das uns bis zu den Knien reichte. Links und rechts zweigten nun wieder andere Stollen vom unsrigen ab. Überall tropfte es, doch manchmal war es totenstill, nur unsere Schritte waren zu hören. Der Söldner schritt auf

einmal vorsichtiger voran, die Maschinenpistole schuß-
bereit, und bei der Einmündung eines Stollens in den unsrigen pfiff es an meinem Kopf vorbei: ich war wieder im
Dritten Weltkrieg. Wir liefen geduckt zu einer Art Wendel-
treppe aus morschem Holz, von der aus der Söldner sinnlos
– es war niemand zu sehen – in den Stollen hineinschoß, bis
seine Maschinenpistole leer war. Nach kurzem Abstieg erreichten wir eine etwas besser beleuchtete Höhle, in die
weitere Wendeltreppen führten, einige von oben, wie die,
auf der wir heruntergekommen waren, einige von unten
her. Von der Höhle führte ein breiter Stollen zu einer Lift-
türe. Der Söldner drückte auf den Knopf. Wir warteten.
Etwa eine Viertelstunde. »Wenn wir rausgehen«, sagte der
Söldner, »wirf gleich die MP hinaus und nimm die Hände
hoch.« Die Türe öffnete sich, wir betraten den Aufzug. Er
war klein und schmal und seltsamerweise mit zerschlisse-
nem bordeauxroten Brokat tapeziert. Ich weiß nicht mehr,
ob der Lift nach oben oder nach unten fuhr. Er besaß zwei
Türen. Ich bemerkte es erst, als sich nach einer Viertelstunde die Türe hinter meinem Rücken öffnete.

Der Söldner warf seine Maschinenpistole hinaus, ich warf
meine nach. Ich trat mit erhobenen Armen hinaus, auch der
Söldner hatte seine hochgerissen. Ich blieb entsetzt stehen:
Vor mir in einem Rollstuhl saß ein beinloser Söldner. Statt
Arme hatte er Prothesen, die linke war eine Stahlstangen-
konstruktion, die in eine Maschinenpistole überging. Die
rechte endete in einer künstlichen Hand, die aus Zangen,
Schraubenziehern, Messern und einem Stahlgriffel bestand. Der untere Teil des Gesichts war ebenfalls aus Stahl,
an der Stelle des Mundes war ein Schlauch. Das Wesen rollte
von uns weg, machte mit der Maschinenpistole ein Zeichen,

wir sollten nähertreten. Wir ließen die Arme sinken. In der Mitte der Höhle hing ein nackter bärtiger Mann an den Händen, und man hatte ihm einen schweren Stein an die Füße gebunden. Der Mann hing bewegungslos, ab und zu röchelte er. An der Wand, direkt am Felsen, auf einer dürftigen Pritsche, mitten unter Haufen von Waffen und Munitionskisten, umgeben von Kognakflaschen, saß ein riesenhafter alter Offizier, mit geöffnetem Waffenrock, unter dem eine haarige weiße Brust schimmerte, naß vor Schweiß. Die Uniform war mir vertraut, ich kannte sie noch vom Krieg: Der Offizier war mein alter Kommandant. Er hob eine Flasche an den Mund und trank. »Jonathan, roll in die Ecke«, sagte er schwerfällig, mit Zungenschlag. Das Wesen rollte zur Höhlenwand, begann etwas auf den Felsen zu kritzeln. »Jonathan ist ein Denker«, erklärte der Kommandant und musterte mich. Plötzlich ging ihm ein Licht auf. »Hänschen«, lachte er heiser, »kennst du mich denn nicht mehr? Ich bin ich, dein alter Kommandant.« Er strahlte. »Ich schlug mich nach Bregenz durch. Komm her.« »Exzellenz«, stammelte ich. Ich ging zu ihm, er bettete meinen Kopf an seine feuchte Brust. »Da bist du ja«, fuhr die heisere Stimme über mir fort, »da bist du ja wieder, mein Hurensöhnchen.« Er packte mich an den Haaren und schüttelte meinen Kopf hin und her. »Hätte mich gewundert, wenn die Verwaltung mein Hänschen hätte zähmen können. Soldat bleibt Soldat«, und dann versetzte er mir mit seinem rechten angezogenen Knie einen solchen Stoß, daß ich, da er mich gleichzeitig losließ, gegen den Hängenden taumelte, der laut aufstöhnte und wie ein gewaltiger Glockenklöppel hin und her baumelte. Ich richtete mich wieder auf. Der Kommandant lachte. »Einen Stumpen, Dreckskerl!« rief er zum Söldner hinüber, der mich her-

gebracht hatte. »Ich habe meine Portion verraucht.« Der
Söldner reichte ihm schweigend eine Zigarre, zog ein No-
tizbuch, und notierend sagte er: »Sie schulden mir schon
sieben, Kommandant.« »Schön, schön«, brummte der
Kommandant und steckte die Zigarre an mit einem goldenen Feuerzeug, das seltsam von seiner verwahrlosten Uniform und der Dürftigkeit der Höhle abstach. Ich erinnerte
mich, dieses Feuerzeug schon im Kurhotel im Unterengadin bei ihm gesehen zu haben, was mich mit Genugtuung
erfüllte: Die guten alten Zeiten waren nicht ganz verschwunden. »Hau ab«, sagte der Kommandant zum Söldner, der salutierte, sich umdrehte und sich nach seiner Maschinenpistole bückte. In diesem Augenblick wurde er vom
Kommandanten mit einer Salve durchsiebt. Der Kommandant legte seine Maschinenpistole zufrieden auf die Pritsche
zurück. Jonathan rollte auf die Leiche zu und durchsuchte
sie mit der rechten Armprothese. »Hat er keine Zigarren
mehr?« wollte der Kommandant wissen. Jonathan schüttelte den Kopf. »Auch kein Pornoheft?« Jonathan schüttelte erneut den Kopf, befestigte die Leiche an einem Haken
seines Wagens und schleifte sie weg. »Jetzt weiß niemand
mehr den Weg zu mir«, sagte der Kommandant, »Außen-
posten sind gefährlich. Sie laufen gern zum Feind über. Das
Schwein ist auch übergelaufen, vorher brachte er mir immer
Pornohefte.« Dann starrte er den hängenden nackten Mann
an. »Hänschen«, sagte er und paffte eine Rauchschwade
von sich, »Hänschen, du scheinst dich zu wundern, so einen
bei uns hängen zu sehen. Die Armee, wirst du doch hoffent-
lich noch wissen, hatte nichts für Schinder übrig, und daß
dein alter Kommandant kein Schinder ist, wirst du auch
nicht vergessen haben. Ich liebte meine Soldaten wie meine
Kinder, und meine Söldner liebe ich auch wie meine Kin-

der.« »Jawohl, Exzellenz«, sagte ich. Er nickte mir zu, erhob sich, schwankte gegen die Höhlenwand neben Jonathan, der wieder hervorgerollt war und aufs neue etwas an die Felswand kritzelte. Der Kommandant pißte. »Wenn da einer nackt an einem Strick baumelt«, sagte er dabei, »wird das gegen meine Sentimentalität sein, nicht wahr, Hänschen, du bist ein anständiger Kerl, du weißt, daß ich mit dem Kerl Mitleid habe. Aus Sentimentalität. Und die Sentimentalität ist etwas Menschliches. Tiere sind nicht sentimental. Nimm Haltung an, wenn ich mit dir rede.« Ich nahm Haltung an: »Jawohl, Exzellenz.« Der Alte drehte sich um, knöpfte die Hose zu und schaute mich mit zusammengekniffenen Augen an. »Hänschen«, fragte er, »was meinst du denn zu diesem Hundsfott? Was glaubst du, warum hängt er hier?« Ich überlegte. »Er ist ein Gefangener, Exzellenz«, antwortete ich, immer noch in Achtungstellung, »ein Feind.« Der Kommandant stampfte auf den Boden. »Er ist einer aus meiner Kompanie«, sagte er, »ein Söldner. Du willst ja auch einer werden, Oberst.« Er musterte mich schweigend, fast feindselig, und ich antwortete unbeweglich: »Ich bin dazu entschlossen.« Der Kommandant nickte. »Ich sehe, du bist immer noch der gleiche brave Lumpenkerl«, sagte er, »brauchbar zu allem, wie damals im Kurhotel. Sieh nun gut zu, Kindchen, was ich jetzt mache.« Er wankte langsam gegen die Mitte der Höhle und drückte die brennende Zigarre auf dem Bauch des hängenden Söldners aus. »So, jetzt darfst du auch pissen«, sagte der Kommandant. Der Söldner stöhnte nur. »Der arme Kerl kann nicht mehr pissen«, sagte der Kommandant, »es ist ein Jammer«, und er schaukelte den Söldner. »Hänschen«, fragte der Kommandant. »Exzellenz?« »Der Hund baumelt seit zwölf Stunden«, sagte er und schaukelte weiter.

»Und er ist ein braver Hund, ein guter Söldner, ein Söhnlein, das ich liebhabe.« Er stellte sich vor mich hin. Der
greise Riese überragte mich um eine Kopflänge. »Weißt du,
wer diese Schweinerei angeordnet hat, Hänschen?« fragte
er drohend. »Nein, Exzellenz«, antwortete ich und schlug
die Absätze zusammen. Der Kommandant schwieg. »Ich,
Hänschen«, sagte er traurig. »Und weißt du, weshalb? Weil
mein Söhnlein sich einbildete, es gebe keine Feinde. Nimm
deine Maschinenpistole, Hänschen. Es ist für mein Söhnlein das beste.« Ich feuerte die Maschinenpistole leer. Am
Felsen hing nur noch eine blutige Masse Fleisch. »Hänschen«, sagte der Kommandant zärtlich, »gehen wir zum
Lift. Ich ersticke hier unten. Ich muß wieder an die Front.«
Wir benutzten mehr als einen Lift. Der erste war feudal.
Wir rekelten uns auf einem Kanapee, an der Wand gegenüber hing ein Bild: ein nacktes Mädchen bäuchlings auf
einem Kanapee. »Diesen Boucher habe ich aus der Alten
Pinakothek«, erklärte der Kommandant. »Ganz München
war ein einziger Schutthaufen. Ein Paradies für Plünderer.«
Die weiteren Aufzüge jedoch wurden immer schäbiger –
bald waren ihre Wände nur noch mit Seiten von Porno-
heften beklebt, und überall waren Zoten hingekritzelt , bis
es keine Aufzüge mehr gab. Wir kletterten in Masken und
mit den schweren Sauerstoffgeräten auf dem Rücken steile
Schächte hoch, doch der Kommandant ermüdete nicht, der
Riese wurde immer vitaler und, da er unzählige Verstecke
kannte, in denen Kognak gelagert war, auch immer übermütiger: bei den schwierigen Kletterpartien johlte und jo-
delte er vor Vergnügen. Wir krochen durch niedere Stollen
immer weiter hinan, wurden dann wieder in Förderkörben
hochgeseilt, bis wir wenige Meter unter dem Gosainthan
den Befehlsbunker des Kommandanten bezogen.

Ich schlief lange und traumlos. Ich war, indem ich den Söldner mit meiner Maschinenpistole durchlöchert hatte, selber ein Söldner geworden: Ich hatte zum ersten Mal im Dienst der Verwaltung eine Pflicht erfüllt. Die Frage nach dem Feind darf ein Söldner nicht aufkommen lassen, aus dem einfachen Grund, weil sie ihn umbringt. Stellt er den Feind in Frage – und sei es auch nur im Unbewußten –, kann er nicht kämpfen. Hat ihn die Frage gar so weit getrieben, daß er zu fragen wagt, ist er nicht mehr zu retten; dann gilt es für den Kommandanten und für die anderen Söldner, alles zu retten. Darum bin ich stolz, gefeuert zu haben, ich feuerte im Namen aller. Die Frage nach dem Feind wurde seitdem nie mehr gestellt. Der Winterkrieg erzieht den Söldner, Fragen zu stellen, die zwar auch nicht zu beantworten sind, die aber einen Sinn haben. Ihn interessiert nicht, wer der Feind ist, ihn interessiert, wofür er kämpft und wer befiehlt. Diese Fragen sind sinnvoll, während die Frage nach dem Feind die Versuchung in sich birgt, die Existenz des Feindes, den wir doch täglich bekämpfen, den es gibt, weil wir ihn töten, zu leugnen. Ein Krieg ohne Feind wäre sinnlos, *die* Sinnlosigkeit, darum stellt ein Söldner diese Frage auch nicht, oder er stellt sich selber der nächsten Maschinenpistole als Zielscheibe hin: die einzige Gewißheit, die ihm bleibt, es gibt keine andere. Phantastische Siege werden gemeldet, stets ist der Endsieg nahe, eigentlich schon errungen, dennoch geht der Winterkrieg weiter. Die Söldner wissen nicht, wofür sie kämpfen, wofür sie sterben, in primitiven Lazaretten amputiert, mit rohen Prothesen wieder an die höllische Front geschickt werden, manche mit Haken und Schrauben statt Händen, manche blind, das Gesicht nur noch eine rohe Fleischmasse, an eine Front, die überall ist. Sie wissen nur, daß sie gegen den Feind kämpfen. Sie begehen unmenschliche und unsinnige Heldentaten, ohne zu wissen warum; sie haben schon längst vergessen, daß sie sich freiwillig gemeldet hatten; sie beginnen, nach einem Sinn des Winterkriegs zu suchen, entwickeln phantastische Gedankensysteme – warum dieser Krieg notwendig sei, warum vielleicht das Schicksal der Menschheit von ihnen abhänge –, weil allein diese Fragen noch einen Sinn für sie haben. Die Hoffnung auf einen Sinn gibt ihnen die Kraft, die sie benötigen, sie ist der Prozeß, durch den das Gemetzel möglich und erträglich wird. Daß aus diesem Grund der Söldner nicht nur den Feind, sondern auch die Söldner in seinen eigenen Reihen bekämpft, ist verständlich. So kennt der Söldner nicht nur einen Feind, sondern auch einen Gegner, den Söldner, der den Sinn des Winterkriegs anders sieht als er; diesen Gegner haßt er, der Feind ist ihm gleichgültig; dem Gegner gegenüber ist er grausam, den mordet er, den Feind tötet er nur. Darum bilden die Söldner Sekten, laufen zu jenen über, die sie zwar für eine gegnerische Sekte halten, die ihnen aber erträglicher scheint als jene, mit der sie wohl in der Hauptsache einer Meinung sind, von der sie sich jedoch durch eine unwichtige Nebenmeinung oder durch die Variation einer Nebenmeinung getrennt sehen: Nuancen, die sie mit einem Male für wichtiger als die Hauptmeinung halten. Einige Sekten entwickeln die seltsamsten Theorien darüber, wer diese Kämpfe leite, in welchen Bergmassiven der feindliche Generalstab verborgen läge, unter dem Changtse oder unter dem Lhotse, während man den eigenen unter dem Annapurna oder unter dem Dhaulagiri wähnt. Eine – freilich seltene – Sekte, die von allen, auch vom Feind verfolgt wird, glaubt nur an *einen* Generalstab, und zwar im Innern des fernen dreigipfligen Broad Peak; ja, es soll eine Sekte gegeben haben – sie wurde ausgerottet –, die verkündete, es gebe nur einen einzigen Oberbefehlshaber, einen uralten blinden Generalfeldmarschall, der unter dem mächtigen KZ gleichsam gegen sich selbst Krieg führe, weil die beiden Mächte ihn zugleich bestochen hätten; und es soll immer noch eine Sekte geben, die glaubt, dieser Generalfeldmarschall sei zugleich irr. Diese verschiedenen Sekten bilden wiederum Fronten, die sich untereinander bekämpfen, die Fronten zerfallen ihrerseits in weitere Fronten und Gegenfronten. So ist denn die Disziplin der Söldner nicht die beste, sie gruppieren sich während der mörderischen Schlächtereien allzuoft um und mähen – statt die Feinde – einander nieder, sie werden von den eigenen Granatsplittern zerfetzt, von den eigenen Maschinengewehrsalven durchlöchert, von den eigenen Flammenwerfern verbrannt, sie erfrieren in Eisspalten, krepieren an Sauerstoffmangel in den phantastischen Höhen, wo sie sich verzweifelt eingegraben haben, da sie sich nicht mehr ins eigene Lager zurücktrauen, aus Angst, dort könnten sich inzwischen neue Gruppierungen gebildet haben, während immer neuer Nachschub aus allen Ländern und von allen Rassen in den Sog des Massakers stürzt. Aber dem Feind wird es nicht anders gehen, falls es diesen Feind überhaupt gibt – diese Frage darf ich mir nun stellen: Ich bin längst der Kommandant.

Als man ihn nackt und riesig von der Hure hob, als man seinen Leichnam wegschaffte, zog ich seine Uniform an und wurde von den Söldnern respektiert. Ich weiß, daß die Söldner wissen, daß ich ihn erdolchte; daß es sein Wunsch war, brauchen die Söldner nicht zu wissen. »Hänschen«, lachte er, bevor wir ins Bordell gingen, und stellte sich in seiner alten Höhle gegen die Felswand, wo zwei Jahre vorher der Söldner gehangen hatte, »Hänschen, durchlöchere mich mal. Daß es einen Feind gebe, ist Stumpfsinn. Na los, mein Söhnlein.« Ich schwieg und tat, als hätte ich ihn nicht verstanden, während Jonathan in seinem Rollstuhl etwas in die Wand des Hauptstollens ritzte. Dann machten wir uns auf, durch die endlosen Höhlen- und Stollensysteme die Bordelle zu erreichen. Als er auf seiner Hure aufstöhnte, stieß ich zu, mein Kommandant hatte einen guten Tod verdient. Die Hure schrie auf, andere Huren legten ihn auf den Boden, standen nackt und schwer um ihn. Ich wischte den Dolch an einem Laken ab. Ich sah, daß der Kommandant mir zuschaute. –»Hänschen«, flüsterte er, und ich mußte niederknien, um ihn zu verstehen, »Hänschen, hast du studiert?« »Philosophie«, sagte ich. »Promoviert?« »Über Platon«, antwortete ich, »vor der mündlichen Prüfung brach der Dritte Weltkrieg aus.« Der Kommandant röchelte. Ich begriff erst allmählich, daß er lachte. »Ich studierte Literatur, Hänschen, Hofmannsthal.« Ich erhob mich. »Er ist tot«, sagte eine Hure. Der Kommandant war ein großer Kommandant gewesen. Jetzt wäre er mir doppelt dankbar, daß ich ihn getötet habe: die Bordelle sind längst eingegangen, sie waren seine einzige Leidenschaft, der Kognak war nur eine seiner Gewohnheiten. Dafür haben weibliche Söldner in die Kämpfe eingegriffen. Ich gebe zu, daß sie an Tollkühnheit die Söldner übertreffen, und durch den Sex ist die Front noch höllischer geworden: man tötet und fickt um die Wette, Blut, Spermen, Gedärme, Fruchtwasser, Gekröse, Embryos, Kotze, schreiende Neugeborene, Gehirne, Augen, Mutterkuchen schießen in Strömen die riesigen Gletscher hinab, versickern in den abgrundtiefen Spalten.

Mich stört das nicht mehr. Ohne Beine sitze ich in einem Rollstuhl in der alten Höhle, auch meine Hände sind weg, mein linker Arm geht unmittelbar in eine Maschinenpistole über. Ich feuere auf jeden, der sich blicken läßt, die Stollen sind mit Leichen besät; zum Glück gibt es Ratten. Meine rechte Hand ist ein vielseitiges Instrumentarium: Zangen, Hammer, Schraubenzieher, Scheren, Griffel usw., alles aus Stahl. In einer der Nebenhöhlen ein riesiges Lager von Konserven und bestem Kognak – mein Vorgänger hatte vorgesorgt. Gewiß, es ist still geworden, meinen linken Maschinenpistolenarm benötige ich nicht mehr; vor Jahren bebte alles, vielleicht hatte die Verwaltung eine Bombe abgeworfen. Gleichgültig. Ich habe Zeit nachzudenken und Zeit, meine Gedanken in die Felswände zu ritzen mit dem Stahlgriffel an meiner rechten Prothese. Jonathan brachte mich auf die Idee, auch auf die Methode. Felswände gibt es genug, Hunderte von Kilometern, und sie sind stellenweise immer noch erleuchtet, wenn auch die Glühbirnen, die durchbrennen, nicht mehr ersetzt werden. Aber ich kann – muß es sein – auch im Finstern in den Fels ritzen: den Winterkrieg und wie ich ihn antrat, meine Begegnung mit dem Kommandanten und dessen Tod habe ich schon beschrieben, die Wände der Höhle sind mit meinen Inschriften bedeckt; nun beschreibe ich die Wände des großen Hauptstollens, der zu den Bordellen führte, eine Zeile zweihundert Meter lang, dann rolle ich zurück und schreibe wieder eine zweihundert Meter lange Zeile; so bringe ich es auf sieben zweihundert Meter lange Zeilen untereinander. Bin ich fertig, ritze ich in die gegenüberliegende Wand des Stollens; sind auch an dieser zweihundert Meter geschafft, schreibe ich an der ersten Wand weiter, wo ich aufgehört habe, wieder zweihundert Meter usw.; auf jeder Wand sieben zweihundert-Meter-zeilige Inschriften. Man wird dabei zum Stilisten.

[Längere unleserliche Strecke, entstanden, weil der Schreibende übersah, oder nicht sehen konnte, daß er seine Inschrift in eine schon beschriftete Wand kratzte, und zwar derart, daß beide Schriften unleserlich wurden. Nach einigen Metern unbeschriebener Wand fährt die Inschrift fort.]
... daß es nicht etwa ein mystisches Gleichnis ist, das ich hier aufzeichne, eine Art Beschreibung der irren Träume eines mühsam zusammengebastelten, kampfunfähigen Söldners – auch meine Schädeldecke besteht schließlich aus Chromstahl. Ich versuche hier nichts anderes, als das Wesen der Verwaltung darzustellen. Gewiß, es wäre einzuwenden, daß mir zur Darstellung dieser Realität die Distanz fehle, die uns befähigt, die Wirklichkeit zu beurteilen, in den Höhlen und Stollen ungeheurer Bergmassive könne ich unmöglich mehr eine Distanz besitzen. Dieser Einwand ist nicht zu widerlegen. Es wäre lächerlich, das zu versuchen, es sei denn, man ziehe in Betracht, daß mir auf meinem Rollstuhl nur meine Gedanken, meine stählerne Handprothese und endlose Felswände übrigbleiben: Ich bin zum apriorischen Denken gezwungen. Daß die Verwaltung aus dem Dritten Weltkrieg hervorging, war unumgänglich. Ich kann mir die Gesetze, denen die menschliche Gesellschaft unterworfen ist, nur als Naturgesetze vorstellen. Die Gesetze, die der Dialektische Materialismus entdeckt haben will, sind für mich Unsinn: als ob sich irgendein Naturgesetz mit der Hegelschen Logik darstellen ließe. Ebensowenig ist die Auffassung der Kausalität zu verteidigen: Die Gesamtheit der Vorgänge lasse sich in Paare aufteilen, die zueinander in der Beziehung von Ursache und Wir-

kung stünden; der Satz vom Grunde, daß nichts ohne Grund sei, ist eine Platitüde, kein Vorgang hat nur *einen* Grund, sondern unendlich viele; weist doch ein Vorgang nicht auf *einen* anderen Vorgang als dessen Ursache hin, er ist vielmehr mit allen Gründen, mit der ganzen Vergangenheit der Welt ›kausal‹ verknüpft. Aber auch die These, die ich bei einem alten vergessenen Schriftsteller gelesen habe, das Gesetz der großen Zahl bedinge das Primat der Gerechtigkeit, ist falsch: Von einem mathematischen Begriff kann nicht auf ethische Bereiche geschlossen werden, wobei ich Gerechtigkeit und Ungerechtigkeit für bloß ästhetische Begriffe halte – ob ich ohne Beine und mit zwei Armprothesen gerechterweise oder ungerechterweise die Felswände meines Labyrinths vollkritzle, ist gleichgültig, weil weder die Gerechtigkeit noch die Ungerechtigkeit meine Lage ändert; höchstens daß mich die Fragestellung erheitert – von einem mathematischen Begriff kann nur auf physikalische oder, im Humanen, auf Institutionen geschlossen werden: nur hier spielt das Gesetz der großen Zahl eine Rolle. Wie die thermodynamischen Gesetze erst dann auftreten, wenn ›sehr viele‹ Moleküle beteiligt sind, so treten die institutionellen Naturgesetze, sei es in der Wirtschaft, sei es im Staat, erst bei ›sehr vielen‹ Menschen auf, unabhängig von den Werten und Ideologien, an die diese Menschen glauben: sie entsprechen den thermodynamischen Naturgesetzen. Ein grausamer Satz. Ich darf ihn Tausende von Metern unter dem Gosainthan in die Wand ritzen. Von meiner Studienzeit – der Dritte Weltkrieg brach sie ab – ist mir nur noch die Loschmidtsche Konstante im Gedächtnis geblieben, obgleich sie mit meinem Fachgebiet nichts zu tun hatte, ich weiß nicht einmal mehr, wo ich sie aufgeschnappt habe: bei 0° Celsius und einer Atmosphäre Druck enthalten

22415 cm^3 eines idealen Gases 6.023 10^{23} Moleküle. Mit anderen Worten, die Loschmidtsche Konstante drückt genau das Verhältnis von Volumen, Masse, Druck und Temperatur eines Gases aus: Erhöht sich die Masse und bleibt das Volumen gleich, erhöhen sich Druck und Temperatur, erweitert sich das Volumen und bleibt die Masse gleich, verringern sich der Druck und die Temperatur. 6.023 10^{23} ist eine ›große Zahl‹. Sie ist jedoch klein gegenüber der Anzahl der Atome, die an einem Stern beteiligt sind; ich schätze auf eine Zahl von 10^{53}. Die Bewegung eines einzelnen Atoms ist unberechenbar, Sterne sind zu berechnen, sie sind Institutionen von Atomen. Diese Institutionen sind Gesetzen unterworfen, welche die Atome notwendigerweise deformieren. Ebenso notwendigerweise deformieren die Institutionen der Menschen den Menschen. Eine Institution von Menschen ist der Staat. Wenn ich daher im Innern des Himalaja über die Sterne nachdenke, denke ich über die Staaten nach. Nur so ist ein Nachdenken über den Menschen in meiner Lage noch möglich. Es gibt für mich keinen anderen Ansatzpunkt des Denkens mehr als jenen, den ich aus der Zeit vor dem Dritten Weltkrieg in meine Höhle herübergerettet habe, auch wenn mein Wissen nur noch eine ungefähre Erinnerung an einige ungefähre Hypothesen ist. Was ich widerlegen möchte, ist die Ansicht, der Dritte Weltkrieg sei ausgebrochen, weil es keine Verwaltung gegeben habe, die ihn hätte verhindern können. Er brach in Wirklichkeit aus, weil es noch keine Verwaltung geben konnte. Eine Ursonne, ein Protostern, langsam aus einem konfusen Gasnebel herauskondensiert – wie etwa jener im Orion –, ist von gewaltiger Ausdehnung, der Durchmesser beträgt ein Lichtjahr, die Dichte ist lächerlich (aber doch schon für sein späteres Schicksal entscheidend), beinahe ein

Vakuum, die Zusammensetzung der Gase: 80% Wasserstoff, 2% schwere Elemente, hineingeschossen aus einer Supernova-Explosion (fehlen die schweren Elemente, entstehen keine Planeten), 1% Kohlenstoff, Stickstoff, Sauerstoff, Neon, der Rest Helium; der Drehimpuls kaum 10 cm in der Sekunde, die Temperatur tief; das Gas ist ein Gemisch von kosmischem Staub, sogar ›organische‹ Moleküle aus Kohlenstoffverbindungen kommen vor. Die Gravitation läßt die ungeheure Ursonne zusammenschrumpfen, sie wird zu einem Roten Überriesen, ihr Durchmesser beträgt eine Lichtstunde, ihr Drehimpuls wird immer größer. Wenn sie sich etwa auf die Größe der Merkur-Bahn zusammengeballt hat, auf einen Durchmesser von drei Lichtminuten, schleudert die Sonne, durch ihre äquatoriale Rotationsgeschwindigkeit von 100 km pro Sekunde zu einer Scheibe geworden, Materie in den Weltraum. Der größte Teil dieser weggeschleuderten Materie, vor allem der Wasserstoff, entweicht der Anziehungskraft der Sonne für immer; Kohlenstoff, Stickstoff, Sauerstoff und Neon bilden die äußeren großen, Eisen, Magnesium, Silizium die inneren kleinen Planeten; die Sonne ist auf den zehnbillionsten Teil ihrer einstigen Größe zusammengefallen, sie ist ein Gelber Zwerg geworden, ihr Durchmesser beträgt nun eine Million Kilometer, ihre äquatoriale Rotationsgeschwindigkeit, durch das Wegschleudern von Materie gebremst, ist zwei Kilometer die Stunde, ihr Zustand ist stabil geworden. Zwar ist der Druck auf das Sonneninnere auf etwa 100 Milliarden Kilo pro Kubikzentimeter angewachsen – unter diesem Gewicht müßte sie zusammenstürzen –, aber die Temperatur des Sonneninnern beträgt 13 Millionen Grad, so daß ein Druckgleichgewicht zustande kommt. Bei einer so enormen Innentemperatur findet ein

Kernprozeß statt, der Wasserstoff in Helium umwandelt; die erzeugte Energie wird durch Lichtquanten abgestrahlt, doch das Sonneninnere ist vollkommen dunkel. Bei der ungeheuren Temperatur des Sonneninnern wird das Licht schon nach Bruchteilen von Zentimetern absorbiert, so daß die Lichtquanten in ständigen Abstrahlungs- und Einfangprozessen die Energie in die kühlere Konvektionszone schaffen, die wie ein Mantel das Sonneninnere umschließt; dieser Transport dauert 10 Millionen Jahre. In der Konvektionszone werden heiße mit kühleren Gasmassen durchmischt, doch gelingt es dem größten Teil der Lichtquanten nicht, die Konvektionszone zu durchschießen, ein Teil der Energie strahlt wieder ins Zentrum zurück, aber die in die Konvektionszone gelangte Energie bringt diese zum Brodeln: die äußeren konvektiven Zonen werden instabil, Sonnenflecke bilden sich, Protuberanzen steigen in die Sonnenatmosphäre, fallen wieder auf die Oberfläche zurück, die Lichtquanten werden endlich frei und gelangen durch die Photosphäre, die Chronosphäre und durch die Korona in den Weltraum. Zum Druckgleichgewicht im Innern sind das Oberflächen- und das Energiegleichgewicht gekommen, die Photosphäre strahlt soviel Energie in den Raum, wie sie von der konvektiven Zone zugeliefert bekommt: Der Energiehaushalt der Sonne ist geordnet – obgleich sie täglich 360 Milliarden Tonnen Materie verliert, eine Lappalie bei ihrer Größe. Doch kann dieser ideale Zustand nicht ewig währen; der Kernprozeß im Sonneninnern dringt in die Konvektionszone vor, die Sonnenoberfläche wird heißer: kaum ist auf der Erde noch zu leben. Die Sonne bläht sich auf, bis sie wieder die Merkur-Bahn erreicht: das Leben auf der Erde erlischt, die Atmosphäre, die Meere verdampfen. Die Sonnenoberfläche beginnt sich abzukühlen, die

Sonne schrumpft; damit nimmt die Oberflächentemperatur wieder zu. Die Sonne wird wieder so groß, wie sie heute ist, nur ungemein heller und heißer, sie wird ein Blauer Stern. Das Druckgleichgewicht hat sich zwar wiederhergestellt, doch schon verbrennt die Sonne das Helium ihres Innern und erhitzt den Wasserstoff, der das Sonneninnere umgibt. Der erhitzte Wasserstoff expandiert, doch ist er nicht schnell genug, um der Sonne entweichen zu können, nur ein hundertstel Prozent der Gesamtmasse der Sonne entkommt. Während der Expansion leuchtet die Sonne wochenlang hunderttausendmal so hell wie die heutige Sonne, sie ist eine Nova geworden. Nach tausend solcher Expansionen ist die Sonne vom Wasserstoff befreit, nun ein Weißer Zwerg, nicht größer als die Erde; das Gas ist entartet, nur noch wenige Elektronen bewegen sich frei, die Sonne hat ihre nuklearen Energievorräte erschöpft, sie ist zum Molekül geworden. Die Gravitation hat die Expansion besiegt, die Sonne erkaltet, sie wird zu einem erdgroßen Kristall, zu einem unsichtbaren Schwarzen Zwerg endlich, wenn auch die Zeit, die sie dazu braucht, größer als das Alter unseres Milchstraßensystems ist. Aber nicht alle Sonnen nehmen dieses Ende, Sterne, deren Masse kleiner ist als die der Sonne, die Roten Zwerge, konnten wahrscheinlich nie eine nennenswerte Konvektionszone entwickeln, sie wurden vorzeitig zu einer kleinen Nova, aber der übriggebliebene Kern hatte zu wenig Masse, um zu einem Weißen Zwerg zusammenzusacken. Sterne, deren Masse die der Sonne um das 1,44fache übertrifft, werden um so schneller instabil, je schwerer sie sind, weder das Druck- noch das Oberflächen- noch das Energiegleichgewicht wird auf längere Zeit erreicht, sie gehen mit ihrem Energiehaushalt zu verschwenderisch um, wie die Blauen Riesen etwa: Der immense Innendruck bewirkt im Kern Temperaturen von über 3 Milliarden Grad; in dieser Hölle wandeln sich alle Elemente in Helium um. Je übertriebener die Masse der Sonne ist, desto rapider wächst die Gefahr, daß sie zur Supernova wird: Eine ungeheuerliche Explosion fegt die Konvektionszone der Sonne in den Raum und strahlt mehr Licht ab als ein galaktisches System mit seinen hundert Milliarden Sonnen, während es dem Kern, liegt er über 1,44 Sonnenmassen – über der berüchtigten Grenze Chandrasekhars –, nicht mehr gelingt, den Gleichgewichtszustand eines Weißen Sterns zu erreichen; er sinkt unter seiner eigenen Schwere in sich zusammen, er wird eine winzige Sonne von grotesker Dichte, deren Durchmesser zehn Kilometer beträgt, die sich dreißigmal in einer Sekunde um sich selber dreht. Dieser Neutronenstern vermag nicht mehr zu explodieren, seine Atome sind zusammengebrochen, die Atomkerne durch das Zusammenquetschen von Elektronen und Protonen in Neutronen zerfallen, sie bilden ein entartetes Neutronengas. Ist der Kern noch schwerer, wird der Gravitationskollaps vollkommen; diese besonders massenreichen Sonnenkerne fallen aus Raum und Zeit, sie werden zu Schwarzen Löchern, die durch ihre Schwerkraft ihre Umgebung in sich saugen. Es entbehrt nicht der Ironie, daß ich in der totalen Dunkelheit, die mich umgibt, dieses Sonnenende in die Stollenwand ritze. *[Die Inschrift bricht ab, Fortsetzung in einem anderen Stollen.]*

Ich fand nicht mehr in die Haupthöhle zurück. Ich wußte nicht, durch welche Stollen ich rollte, in welche Wand ich meine Inschrift ritzte. Die Nahrungsmittel, die ich in der Finsternis durch Zufall auftrieb, Dosen einer billigen Kraftbrühe, stammen aus dem Lager einer Höhle, die viel kleiner ist als jene des Kommandanten. Ich fand einen Lift, auch er funktioniert nicht mehr, die Wände leer, kein Boucher. Die Kiste mit den Dosen befestigte ich in tagelanger Arbeit mit der rechten Prothese an meinem Rollwagen – es ist schwierig, mit der Prothese in der Dunkelheit etwas zu suchen –, und mein linker Maschinenpistolenarm ist sinnlos geworden. Ich versuchte immer wieder, ihn abzumontieren, bis jetzt vergeblich. Ich schleppte die Kiste mit den Suppendosen hinter mir her, ich wußte nicht, in welche Richtung, manchmal hielt ich an, Notizen zu meiner Inschrift in die Wand zu ritzen, Notizen, die ich zwar nicht lesen konnte, aber die einzuritzen nötig war: Ich bin weder Astronom noch Physiker, mein Wissen über die Sterne ist nur ein ungefähres. Ich las vor dem Dritten Weltkrieg einige Bücher darüber, die heute sicher veraltet sind. Ich versuchte, mich an sie zu erinnern und aus meiner Erinnerung die Entwicklung der Sterne zu rekonstruieren. Deshalb habe ich diese Inschrift in drei Versionen dargestellt. *[Es wurde bis jetzt nur eine gefunden, die sich aus den Inschriften vieler Stollen zusammensetzt; sie kann sich aber auch aus allen drei Inschriften zusammensetzen.]* Bei der Darstellung der letzten Version muß ich mich endgültig verirrt haben. Auch in die zweite Höhle fand ich nicht zurück. Es werden sich weitere finden. So rolle ich einfach dahin. Ich nehme an, daß ich mich immer noch in einem Stollen unter dem Chomo-Lungma befinde. Der Fels hier ist glatt, ich arbeite immer möglichst sorgfältig an meinen Inschriften. Nicht nur der Gedanke an ein Schwarzes Loch erheitert mich: Der Chomo-Lungma hieß früher Gaurisankar, so daß ich unter dem Gaurisankar über das Gesetz von Chandrasekhar nachdenke. Vielleicht mußte ich aus diesem Grund in den Winterkrieg geraten: ein Name hat mich verführt. Schicksale sind, nachträglich betrachtet, logisch. Das Eisen der Prothesen meines zusammengeflickten Rumpfes und der Riesenberg Gaurisankar entstammen beide jener Sonne, die Chandrasekhars Grenze mißachtete und zu jener Supernova wurde, die vor sechs Milliarden Jahren eine Protosonne verschmutzte und sie dadurch befähigte, unsere Erde zu gebären: das meiste an mir ist älter als die Erde. Mit Ehrfurcht ritze ich den Namen ›Chandrasekhar‹ in den Fels. Einige Beobachtungen weisen darauf hin, daß im Sonneninnern Veränderungen vor sich gegangen sind, die innerhalb der nächsten zehn Millionen Jahre die Erde für alle Zeiten unbewohnbar machen werden, doch besteht eine gewisse Chance, daß auf der mondartigen Erde das Himalaja-Gebirge erhalten bleibt, wie es ja auch auf dem Mond Gebirge gibt. Und es gibt eine, wenn auch lächerlich geringe Chance, daß in den vielen Milliarden Jahren, in denen die ausgebrannte Erde um den Weißen Zwerg kreisen wird, den wir jetzt unsere Sonne nennen, und in den unzähligen Milliarden Jahren, da sie sich um die zum Schwarzen Zwerg gewordene Sonne bewegen wird, Raumfahrer einer anderen zukünftigen Welt die Erde betreten. Und es gibt eine noch unsäglich geringere Chance, eine Chance, die eigentlich unwahrscheinlich ist, daß diese fremden Wesen das Höhlensystem im Himalaja entdecken und erforschen werden. Meine Inschrift wird das einzige sein, was sie von der Menschheit wissen werden. Auf diesen unwahrscheinlichen Fall hin habe ich geschrieben. In meiner Lage gibt es keine andere Aufgabe. Ich hatte eine Inschrift zu finden, aus der heraus das Schicksal der Menschheit zu lesen ist: Diese Inschrift kann nicht etwas Privates sein, etwas, was nur mich angeht, auch wenn ich zur Menschheit gehöre; ja, es darf nichts sein, was mit der

Menschheit zu tun hat. Die fremden Wesen, welche die Inschrift einmal lesen, in unzähligen Milliarden Jahren, würden nichts begreifen, denn sicher sind, falls die Unwahrscheinlichkeit eintritt, daß diese Inschrift gelesen wird, diejenigen, die sie lesen, keine Menschen: Die Natur, so stur sie ist, wird die Dummheit, Primaten zu schaffen, kaum wiederholen; der Zufall, der uns als Gattung schließlich schuf, wird kaum ein zweites Mal eintreten. Mit diesen Wesen läßt sich nicht über uns, sondern nur über etwas reden, das sie und uns gemeinsam angeht: über die Sterne. Sie werden zwar aus meinen Inschriften nichts über unsere Religionen, Ideologien, Kulturen, Künste, Gefühle usw. erfahren, ebensowenig darüber, wie wir uns ernähren und vermehren, jedoch werden sie aus meinen drei Inschriften auf unser Denken schließen, gleichgültig, welche Stümpereien meine Inschriften enthalten. Sie werden aus ihnen den Stand unseres Wissens erraten, aber auch, daß wir Atom- und Wasserstoffbomben besaßen und daß es zum Dritten Weltkrieg kommen mußte. Sie werden den Code meiner Inschriften erraten, denn der Mensch beschreibt, was immer er beschreibt, sich selber. Die fremden Wesen werden aus meinen Inschriften folgern, daß auf dem nackten, versengten Steinplaneten, den sie betreten haben, einmal mit Intelligenz begabte Wesen existierten, die in ihrer Gesamtheit die Grenze Chandrasekhars überschritten. Ist die Sonne eine Ansammlung von Wasserstoff, ist der Staat eine Ansammlung von Menschen. Beide sind den gleichen Gesetzen unterworfen. Beide sind stabil, wenn ein Druck-, Energie- und Oberflächengleichgewicht besteht. Bei beiden wirkt die Gravitation. Sie beginnt einen Kern und um ihn herum eine Konvektionszone zu bilden. Zuerst unmerklich: Der Kern und die Konvektionszone einer Protosonne sind noch kaum ausgebildet, sie sind mehr die Anlagen dazu. Auf den Staat bezogen: Die Konvektionszone stellt die Behörden, der Kern das Volk dar. Einst zog ein Kaiser mit seinem Kanzler auf einem Ochsenkarren von Kloster zu Kloster und von Reichsstadt zu Reichsstadt, um sich verköstigen zu lassen. Der Kaiser und sein Kanzler waren die Behörde: Ihr Heiliges Römisches Reich Deutscher Nation war mit einer Protosonne vergleichbar. Kaum fünfhundert Jahre später war diese Protosonne zu einer instabilen Sonne geworden: zum Dritten Reich. Doch brauchen nicht weitere historische und daher unverständliche Beispiele gegeben zu werden. Die Funktion des Staates bestand ursprünglich darin, Schutz nach außen, Schutz nach innen und Schutz gegen die Beschützer zu geben, um deren willen der Einzelne seine Macht an den Staat abtrat. Wird diese Funktion dem Druck-, Energie- und Oberflächengleichgewicht einer stabilen Sonne gleichgesetzt, so lassen sich in diesem das Verhältnis des Staates zu jedem Einzelnen sowie das Verhältnis der Einzelnen untereinander darstellen. Das Druckgleichgewicht eines stabilen Staates besteht darin, daß sich der Einzelne möglichst frei bewegt, so frei nämlich, wie es den anderen Einzelnen gegenüber möglich ist; je größer deren Masse, desto beschränkter wird die Freiheit des Einzelnen: der Druck auf den Einzelnen ist angestiegen und damit die Temperatur innerhalb der Masse; sie beginnt, den Staat zu spüren, Emotionen gegen den Staat werden frei usw. Das Energiegleichgewicht besteht bei der Sonne darin, daß sie nicht mehr Materie in Energie umsetzt, als sie auszustrahlen vermag, bei den Staaten, daß sie nicht mehr produzieren, als sie ausgeben. Das Energiegleichgewicht bricht zusammen, wenn der Druck nachläßt oder wenn er zunimmt. Bei einem Blauen Riesen wie S-Doradus, achtzigtausendmal heller als die Sonne, ist die Konvektionszone zu schwach; damit wird der Druck nach innen ungenügend, der Stern setzt die Materie seines Kerns ungehindert in Energie um, er zerstrahlt. Es gab auch solche Staaten. Bei den meisten freilich, vor dem Dritten Weltkrieg, siegte die Konvektionszone: die Behörde. Die Macht des Staates stieg an. Besonders die überschweren Staaten begannen weniger abzustrahlen, als sie umsetzten. Sie wurden die Gefangenen ihrer Behörde. Ein Energiegleichgewicht stellt sich dann ein, wenn sich das Angebot nach der Nachfrage richtet. Bei einem Blauen Riesen, einer Sonne mit einer schwachen Konvektionszone – obgleich diese, verglichen mit der Konvektionszone unserer Sonne, um vieles mächtiger ist –, übertrifft das Angebot die Nachfrage, ein Konkurrenzkampf ohnegleichen findet im Innern eines solchen Sterns statt. Das gleiche ließ sich vor dem Dritten Weltkrieg eine Zeitlang in den Industriestaaten beobachten. Bei einer überschweren Sonne dagegen beginnt die Nachfrage das Angebot zu übertreffen, sie setzt zwar ihre Materie in Energie um, aber diese wird von der Konvektionszone absorbiert. Ein solcher Staat wird von der Behörde mißbraucht. Diese benötigt Waffen, um sich gegen innen und außen abzusichern. Und nicht nur Waffen, sie benötigt auch eine Ideologie, sie baut gleichsam ein gewaltiges geistiges Kraftfeld auf. Die Konvektionszone duldet keine andere Ideologie als die ihre, wer anders denkt, wird für asozial oder für verrückt erklärt oder gar wie ein Landesverräter behandelt. Damit erhöht ein solcher Staat seine Dichte und damit seinen Druck nach innen. Der Kernprozeß, der im größten Teil seiner Bevölkerung vor sich geht, kommt nur dem Staat zugute, genauer: seiner Behörde, deren Machtpotential ständig zunimmt, nicht aus Böswilligkeit, sondern aus Hilflosigkeit. Überschwere Staaten sind durchgeplant. Ein Energiegleichgewicht ist damit an sich unmöglich, weil ihr Druck nur noch zunehmen und nicht abnehmen kann, so daß es zum Gravitationskollaps kommt. So waren die politischen Zustände vor dem Dritten Weltkrieg. Die überschweren Sterne wollten die Welt nicht erobern, aber sie erpreßten sie dank ihrer Schwere. Ihre Gravitation saugte gleichsam die zerstrahlte Materie der Blauen Riesen in sich auf. Dadurch schrumpften diese, und nun nahm auch ihr Druck zu; aus dem ökonomischen Gleichgewicht gebracht, ›sozialisierten‹ sie, wurden nun ihrerseits zu überschweren Sonnen – unabhängig von ihrer wirtschaftlichen, gesellschaftlichen und ideologischen Struktur –, denn auch ›freiheitliche‹ Staaten begannen nach innen durch Erlasse gegen Andersdenkende Druck auszuüben. Der Prozeß war irreversibel. Ein Wettrüsten setzte ein. Jeder Staat produzierte nun mehr, als er an Energie abgab. Der Innendruck jedes Staates stieg ins Unerträgliche. Der gewaltige Druck ließ im Sonneninnern jede Gesellschaft entarten: die Großfamilien krachten zu Kleinfamilien zusammen, selbst diese wurden unstabil und verklumpten zu Kommunen oder Wohngemeinschaften, die wieder zerstrahlten, eine ungeheure Hektik herrschte, ein Wahnsinnsbetrieb, ein unbarmherziger Lebenskampf, verbunden mit einem unstillbaren Lebenshunger. Die Gesellschaft zerfiel immer mehr in zwei Klassen, in jene, die in der Konvektionszone angesiedelt waren, sich abgesichert hatten, und in jene, die schutzlos dem Druck und der ebenso ungeheuren Temperatur des Sonneninnern ausgesetzt waren. Doch die gewaltige Energie des Sonneninnern, die aus dieser Hektik entstand, wurde auch hier von der Konvektionszone aufgesogen, von der Behörde, die immer höhere Steuern benötigte, um dem Sonneninnern standzuhalten. Die Politik spielte sich daher nur noch auf der Sonnenoberfläche ab, ohne auf die Kernprozesse des Sonneninnern einwirken zu können, sie wurde zur Phrase, und so geriet denn auch das Geschehen im Sonneninnern außer Kontrolle: der Druck wurde zu groß, immer häufiger wurde die Konvektionszone von innen durchstoßen, mächtige Wirtschaftsimperien stiegen auf, fielen wieder zurück, Krisen wüteten, Inflationen, phantastische Schiebereien, irrsinnige Terrorakte, die Kriminalität und die Katastrophenanfälligkeit nahmen explosionsartig zu – die Staaten wurden instabil. Diesen ungeheuren Protuberanzenausbrüchen gegenüber hilflos, wurde die Politik zynisch und damit wie eine tote Kirche kultisch, okkultisch endlich. Man predigte entweder Klassenkampf oder Liberalismus, ahnungslos, daß alles davon abhängt, wie sich Masse in Energie umwandelt; ohne daran zu denken, wie ein Volk sich verhält, wenn es zur Masse wird: unberechenbar. Man propagierte den sozialen Staat, den liberalen Staat, den Wohlfahrtsstaat, den christlichen, jüdischen, mohammedanischen, buddhistischen, kommunistischen, maoistischen Staat usw. ohne den leisesten Verdacht, ein überlasteter Staat könnte ein ebenso gefährliches Gebilde wie ein überschwerer Stern werden. Er wurde es auch: der Dritte Weltkrieg brach aus. Die nicht vorausgeahnte Wirkung von Wasserstoffbomben auf Ölfelder war nur noch ein gleichsam symbolischer Hinweis, daß es zu einer Supernova gekommen war, von der Wirkung der anderen Bomben ganz zu schweigen. Der Innendruck und damit die Innentemperatur waren zu gewaltig geworden, das Oberflächengleichgewicht gab nach, die riesigen Konvektionszonen – die von der Behörde unmäßig aufgerüsteten Armeen, die als Teil der Behörde diese längst kontrollierten – fegten in den Raum: um so katastrophaler, weil hier Sonne an Sonne grenzte, während im Weltraum eine durchschnittliche Distanz von dreieinhalb Lichtjahren die Sterne trennt. Nach der Supernova der Endzustand: die Menschheit als Neutronenstern. Der auf wenige bewohnbare und bewohnbar gemachte Landstriche zusammengepferchte Rest der Menschen – wie viele mögen allein beim Sahara-Projekt umgekommen sein – ist zu einer einzigen Konvektionszone geworden, astronomisch mit einem ›entarteten Neutronengas‹ zu vergleichen, zu einer total verwalteten Masse, zur ›Verwaltung‹ eben, wobei Verwalter und Verwaltete nicht mehr unterschieden werden können. Freilich blieb, wie bei einem Neutronenstern, auch der Menschheit vorerst ihr alter Drehimpuls, ihre Aggressivität, erhalten. Daß er abgebaut wird, dafür sorgt bei einem Neutronenstern die Zeit, bei der Menschheit der Winterkrieg im Gaurisankar: In ihm schlachten sich jene gegenseitig ab, deren Aggressivität ein Feindbild braucht, unter welchem Vorwand, ist gleichgültig. (Vor dem Dritten Weltkrieg waren die Vorwände der Terroristen am groteskesten, eine Art Selbsthypnose. Sie bildeten sich wirklich ein, sie kämpften für eine brüderliche Weltordnung: Hätte man sie in jene versetzt, wären sie in ihr vor Langeweile umgekommen.) Chandrasekhars Berechnung war aufgegangen.

Doch bevor ich fortfahre, muß ich an dieser Stelle einem Einwand begegnen, den vielleicht auch die fremden Wesen vorbringen werden, wenn sie einmal meine Inschriften lesen: Die Materie ist der Entropie unterworfen und strebt ihrem wahrscheinlichsten Zustand zu. Ihr Anfang, die Zusammenballung aller Materie in einem Raum von der

Größe der Neptun-Bahn: so viel Platz nahmen die Elementarteilchen des Universums ein, solange sie aneinandergedrängt waren. Dieser Zustand war der unwahrscheinlichste Zustand, den die Materie einnehmen konnte. Ihr wahrscheinlichster Zustand ist ihr Ende: die Materie zu fünfundneunzig Prozent zerstrahlt, die Trümmer der Sterne als schwarze Rote Zwerge, schwarze Weiße Zwerge, Schwarze Löcher, Haufen von toten Planeten, Asteroiden, Meteoren usw. Umgekehrt das Leben: Die Bedingungen, unter denen es entstand, waren zwar auch unwahrscheinlich, aber diese Unwahrscheinlichkeit erzeugte das Wahrscheinlichste, den Virus, darauf den Einzeller. Von ihm aus gesehen wird das Leben immer unwahrscheinlicher, ein denkendes Wesen ist das unwahrscheinlichste, weil komplizierteste Wesen des Weltalls. Dieses Wesen scheint dem Weltgesetz, der Entropie, zu widerstehen, um so mehr als es sich im Verlauf von drei Millionen Jahren aus einer seltenen Spezies zu einer Masse von sechs Milliarden entwickelt hatte. Doch der Schein trügt: Je unwahrscheinlicher das Leben ist, desto wahrscheinlicher ist sein Endzustand: der Tod. Ein Virus, ja ein Einzeller, vermag ›ewig‹ zu leben; die Tiere sterben zwar, haben aber kein Wissen davon. Indem der Mensch weiß, daß er sterben muß, wird sein Tod mehr als sein wahrscheinlichster Endzustand, er wird sein gewisser Endzustand. Der Tod und die Entropie sind das gleiche Weltgesetz, sie sind identisch; damit sind wir ›Menschen‹ (dieses Wort wird Euch nichts sagen) und Ihr, die Ihr diese Inschriften lesen werdet, identisch: denn auch Ihr werdet sterben.

[Die folgende Inschrift in einem anderen Stollen.] Der Verwaltung liegt das Gesetz homo homini lupus zugrunde: der

Mensch ist für den Menschen ein Wolf. Merkwürdigerweise dachte ich an den Taubstummen, während ich diesen Satz in den Felsen ritzte, und der Gedanke schoß mir durch den Kopf, der Taubstumme könnte Jonathan gewesen sein. Ein unsinniger Verdacht, der wahrscheinlich nur zustande kam, weil ich mich erst wieder an Jonathan erinnerte, als ich an den Taubstummen dachte: Jonathan war verschwunden, als ich mich in die Höhle des Kommandanten rollte. Vielleicht kratzt er wie ich irgendwo in die Stollenwände.

Den Taubstummen traf ich nach dem Dritten Weltkrieg in meiner alten Heimatstadt: Schon vor dessen Ausbruch hatten sich die Regierung, die Staatsbehörde und die beiden Parlamente in die großen Bunker unter der Blümlisalp zurückgezogen, schien doch eine gegen jeden Angriff geschützte Legislative und Exekutive die Vorbedingung jeder Landesverteidigung. Das Parlamentsgebäude der Hauptstadt war unter der Blümlisalp genau nachgebildet, samt der Geheimanlage darunter und den Funkanlagen. Sogar die gleiche Aussicht, Dekorateure vom Stadttheater hatten mit vergrößerten Fotografien und Scheinwerfern dafür gesorgt. Um die Anlage herum waren die Wohnungen, die Kinos, die Kapelle, die Bars, die Kegelbahnen, das Spital und das Fitness-Center in die Blümlisalp gebaut. Darum herum lagerten sich die drei ›Ringe‹: der Versorgungsring mit den Lebensmitteln und den Weinkellern (besonders Waadtländer), der innere und der äußere Verteidigungsring. Unter der ganzen Riesenanlage die Tresorräume mit den gehorteten Goldbarren der halben Welt, und unter diesen ein Atomkraftwerk. Die Regierung und das Parlament tagten in Permanenz. Die Behörden arbeiteten auf Hochtouren. Als ich meinen Geheimauftrag entgegengenommen hatte und mich abmeldete, um offiziell meine Funktion als Verbindungsoffizier beim Kommandanten aufzunehmen, hatten sie eben eine neue Landesverteidigungskonzeption verabschiedet und beschlossen, innerhalb der nächsten zehn Jahre hundert Gepard-9-Panzer und fünfzig Vampir-3-Bomber anzuschaffen. Ich salutierte, die Regierung und die beiden Parlamente hatten sich erhoben und sangen ›Trittst im Morgenrot daher‹. Die Stimmung war gedrückt. Zwar glaubte eigentlich niemand an den Ausbruch des Dritten Weltkriegs, wenn auch mobilisiert worden war, aber man hoffte, daß die Bomben es nicht dazu kommen lassen würden, und Bomben besaßen schließlich alle, auch wir. Trotz des erbitterten Widerstands der Progressiven, Atomkraftgegner, Dienstverweigerer, Pfarrer und noch anderer mieser Kreise hatten wir die Bombe hergestellt – sogar erst nach dem Fürstentum Liechtenstein –, jeder afrikanische Staat besaß sie längst! So waren wir denn überzeugt, es käme, wenn überhaupt, nur ein konventioneller Krieg in Frage, an den wir aber nicht glaubten, weil uns einerseits die Herstellung der Bomben so viel gekostet hatte, daß wir für einen konventionellen Krieg zu wenig gerüstet waren, und weil wir andrerseits die Bombe ja gerade gebaut hatten, um einen konventionellen Krieg zu verhindern. Was uns bedrückte, war die außenpolitische Misere. Immer wieder beteuerten wir den Standpunkt der politischen bewaffneten Neutralität, aber uns beschlich immer bedrohlicher die Ahnung, daß weder die eine noch die andere Seite an unser heiliges politisches Credo glaubte. Für die einen gehörten wir ihrem politischen und damit militärischen Lager an, für die anderen waren wir militärisch potentielle Feinde. So waren wir denn gezwungen, unser mobilisiertes Heer – immerhin achthunderttausend Mann – an die Ostgrenze zu verlegen;

die Westmächte wären sonst zu unberechenbar geworden, sie hätten in ihrer Front eine geschwächte Stelle vermutet. Auch läßt sich nicht verschweigen, daß die Bevölkerung der Regierung mißtraute und die Soldaten nur mitmachten, weil sie mußten: Seit einiger Zeit waren wir gezwungen, Dienstverweigerer zu lebenslänglichem Zuchthaus zu verurteilen; der Erschießung – wie das Militärdepartement sie forderte – entgingen sie nur durch Gnadenakte. Die Haltung der Bevölkerung gegenüber der Regierung war geradezu feindselig. Sie wußte die Regierung, die Behörden und das Parlament – fünftausend Leute – unter der Blümlisalp in Sicherheit, sich selber aber nicht; zum Glück konnte noch vor den allgemeinen Wahlen mobilisiert werden. Der Dritte Weltkrieg begann die ersten zwei Tage konventionell und für unsere Armee zum erstenmal seit 1512, als wir Mailand eroberten, durchaus ruhmvoll: Als die große Bombe auf die Blümlisalp fiel und die anderen großen Bomben auf die Regierungsbunker der anderen Länder – eine einzige Kettenreaktion von Schlägen und Gegenschlägen –, hatten wir die Russen bei Landeck aufgehalten, während sie in Oberitalien einfielen. Die Nachricht, daß die verbündeten und die feindlichen Armeen kapituliert hätten, erreichte den Kommandanten in einem Kurhotel im Unterengadin. Wir saßen in der großen Halle in bequemen Ohrensesseln, um uns der Stab. Getränke waren noch reichlich vorhanden. Eine Bombenstimmung. Der Kommandant frönte seiner musischen Neigung. Ein Quartett spielte Schubert: ›Der Tod und das Mädchen‹. Der Ordonnanzoffizier überreichte das Telegramm. »Da, Hänschen, lies den Wisch vor«, grinste der Kommandant, nachdem er ihn überflogen hatte. Draußen Freudengeschrei, der Funker hatte den Inhalt des Telegramms schon verkündet. Der Kommandant ergriff die Maschinenpistole. Ich erhob mich. Das Quartett verstummte. Ich las das Telegramm vor. Die Wirkung war ungemein. Das Quartett fiedelte eine Ungarische Rhapsodie von Liszt. Die Offiziere jubelten und lagen sich in den Armen. Die Maschinenpistole des Kommandanten mähte sie nieder. Er ließ drei Magazine durch. Der Saal bot ein unbeschreibliches Durcheinander von Leichen, zerfetzten Sesseln, Glasscherben, zerschmetterten Champagner-, Whisky-, Kognak-, Gin- und Rotweinflaschen; das Quartett spielte auf Leben und Tod das Andante con moto des Schubert-Quartetts, die Variationen über ›Sei guten Muts. Ich bin nicht wild, sollst sanft in meinen Armen schlafen‹. Im Jeep sagte der Kommandant: »Alles Hosenscheißer und Landesverräter.« Dann kehrte er noch einmal zurück und schoß das Quartett über den Haufen. In Scuol nahmen wir voneinander Abschied. Der Kommandant setzte sich Richtung Innsbruck ab, ich fuhr ins Oberengadin. Vor Zernez zählte ich am Straßenrand, schön aneinandergereiht, über dreihundert Offiziere, vom Korpskommandanten bis zum Leutnant, alle von ihren Soldaten erschossen. Ich salutierte im Vorbeifahren. In Sankt Moritz wurde geplündert, die Luxushotels brannten lichterloh, das Chalet des Stardirigenten zischte in die Wolken. Ich kleidete mich zivil ein, in einer piekfeinen Herrenboutique für den Jet-set, ich wählte einen Jeans-Anzug, das Preisschild hing noch daran: 3000; in einem Discount-Geschäft hätte er keine 300 gekostet, vom Personal ließ sich niemand blicken. Treibstoff war nicht mehr aufzutreiben. Ich ließ meinen Jeep stehen und meine zwei Maschinenpistolen liegen, lud meinen Revolver, fand ein Velo und radelte über den Maloja. Nach der Paßhöhe die erste klare Nacht, die dunkle Seite des Halbmonds von einem bösartigen Rot: auf der Erde mußten unermeßliche Brände wüten. Vor der ehemaligen Grenze suchte ich in einem kleinen Dorf Unterkunft. Es lag im Halbschatten, die gegenüberliegende Talseite leuchtete wie Zinnober. Ich schlich mich zu einem Gebäude, das ich für eine unbewohnte Scheune hielt. Ich fand hinter dem Gebäude eine Treppe, die nach oben führte. Die Türe ließ sich leicht öffnen. Das Innere war dunkel, ich leuchtete mit einer Taschenlampe herum. Ich befand mich im Atelier eines Malers. An einer Wand stand ein Bild: verschiedene Personen, alle wie hingeworfen, die Leere des Bildes war gespenstisch, die lose aufgespannte, kaum grundierte Leinwand wirkte wie ein Netz, in dem sich Menschen verfangen hatten. Das Bild an der anderen Wand stellte einen Friedhof dar: weiße Grabmonumente, in die das überlebensgroße Porträt eines Menschen hineingesetzt war, unsinnig, als ob durch einen hintergründigen Protest der Maler sein Bild absichtlich hätte zerstören wollen: Der Untergang der Welt schien sich in diesem Atelier schon abgespielt zu haben. In der Mitte des Ateliers stand ein scheußliches Eisenbett mit einer gestreiften Matratze, aus der überall Roßhaar herausquoll. Neben dem Bett stand ein uralter, farbverklebter, zerfetzter Ledersessel. Im Hintergrund unter einem Fenster stand das Bild einer krepierenden Hündin, verloren in einer Unendlichkeit von Ocker. Dann tauchte das Porträt eines Menschen auf, der dem Kommandanten glich. Er lag nackt und dick auf einem Bett, sein Bart quoll wirr auf die Brust, die vom geblähten Bauch hochgedrückt wurde, die Leber war geschwollen, die Beine gespreizt, sein Blick stolz und irr. Ich fror. Ich schnitt das Bild aus dem Rahmen, legte mich aufs Bett und benutzte die nach Ölfarbe stinkende Leinwand als Decke. Im schmutzigen Licht des Morgens wachte ich auf. Ich griff nach meinem Revolver. Vor dem leeren Holzrahmen, dessen Leinwand ich herausgeschnitten hatte, stand in klobigen Schuhen ein schwarzgekleidetes altes Weib mit einer spitzen Nase und nach hinten geknoteten weißen Haaren. In den Händen hielt sie eine große bauchige Tasse. Sie schaute mich mit unbeweglichen rotunterlaufenen Augen an. »Wer bist du?« fragte ich. Sie antwortete nicht. »Chi sei?« fragte ich auf italienisch. »Antonia«, antwortete die Alte. Sie kam feierlich auf mich zu und reichte mir die Tasse. Sie war mit Milch gefüllt. Ich trank und rollte mich aus der Leinwand. Sie starrte darauf, lachte, »l'attore«, und als ich an ihr vorbeiging, sagte sie feierlich: »Non andare nelle montagne. Tu sei il nemico.« Wie viele, war sie verrückt geworden. Ich ging aus dem Atelier. Mein Fahrrad war gestohlen, das Dorf verlassen, die Grenze unbewacht. Das Städtchen Chiavenna wurde von türkischen Offizieren geplündert, die sich vor ihrer Mannschaft zu retten versuchten. In einer Garage nahm ich ein Motorrad, der Besitzer sah mir gleichgültig zu, man hatte seine Frau und seine zwei Töchter vergewaltigt und erschlagen. Auf dem Splügen warf ich einen russischen Offizier in den Stausee, das Motorrad versank ebenfalls. Er hatte mich überfallen, als ich angehalten hatte, den Atompilz zu bewundern, der am westlichen Himmel stand. Ich sah den Pilz zum ersten Mal. Etwas später stieß ich auf einen zerschellten Helikopter. Ich durchsuchte ihn und fand Papiere, die dem Offizier gehört hatten. Seinen Namen habe ich vergessen, ich erinnere mich nur noch, daß er aus Irkutsk stammte. Thusis war verwüstet. Ich begann zu begreifen, was sich in unserem Lande abspielte. Daß ich zwei Jahre brauchte, um mein Ziel zu erreichen, sagt alles. Meine Wanderung durch das Inferno dieser Zeit braucht deshalb nur angedeutet zu werden: Die Menschen, welche die

Bombe überlebt hatten – wenn es überhaupt ein Überleben gab –, machten die gesamte Technik und die Bildung für den Dritten Weltkrieg verantwortlich. Nicht nur die Atomkraftwerke, auch die Staudämme und die Elektrizitätswerke wurden zerstört, Aberhunderttausende kamen in den Fluten um und in den Giftgaswolken der brennenden Chemiewerke, vor denen die Wut der Bevölkerung nicht haltgemacht hatte. Überall explodierten Tankstellen, brennende Autos; die sinnlos gewordenen Rundfunk- und Fernsehgeräte, die Plattenspieler, die Waschmaschinen, die Schreibmaschinen, die Computer wurden zertrümmert; die Museen, die Bibliotheken, die Spitäler wurden vernichtet. Es war wie der Selbstmord eines ganzen Landes. Chur zum Beispiel war ein Tollhaus. In Glarus verbrannte man »Hexen«: Stenotypistinnen und Laborantinnen. Die Appenzeller verwüsteten das Kloster St. Gallen unter dem Vorwand, das Christentum hätte die Wissenschaft hervorgebracht. Die kostbare Bibliothek mit dem Nibelungenlied ging in Flammen auf. Im riesigen Schutthaufen, der einst Zürich gewesen war, übernahmen Rocker die Macht. Sie ersäuften in der Limmat die Progressiven und die Sozis sowie die Professoren und die Assistenten beider Hochschulen. In der Ruine des Schauspielhauses versammelte sich eine Sekte. Sie glaubte an die Hohlwelt-Theorie. Ihre Priesterinnen waren schwanger. Sie brachten scheußliche Mißgeburten zur Welt, die auf der Bühne geboren und geschlachtet wurden. Der Gottesdienst war eine Orgie. Die Gläubigen fielen übereinander her in der Hoffnung, noch fürchterlichere Mißgeburten zu zeugen. In Olten waren an großen Gerüsten Tausende von Primar- und Sekundarlehrern aufgeknüpft. Man hatte sie aus dem ganzen Land zusammengetrieben. Das »große Sterben« dagegen hatte schon in Graubünden eingesetzt. Gaben sich die Menschen zuerst unbeschreiblichen Ausschweifungen hin, plünderten, zertrümmerten, vernichteten, was ihnen in die Hände fiel, entfachten ungeheure Brände und legten jeden Verkehr lahm, wurden sie später apathisch. Sie wurden von einer bleiernen Müdigkeit befallen. Sie saßen vor den Ruinen ihrer Häuser, die sie selber zerstört hatten, und stierten vor sich hin, blieben irgendwo liegen, starben. Allmählich ließen die Zerstörungen nach. Es gab keine Autos, keine Bahnen mehr, nur Ruinen, ungeheure Ansammlungen von Lebensmitteln, gedacht für ein Acht-Millionen-Volk, das nun nicht einmal mehr hunderttausend zählte. Mit den Menschen starben auch die Tiere. Auf den Feldern lag Kadaver an Kadaver. Nur die Vögel hatten sich ins Unermeßliche vermehrt. Die Menschen beerdigten die Toten feierlich. Särge wurden gezimmert, aber man hatte nie genug Särge, man plünderte die alten Friedhöfe, scharrte heraus, was noch an Särgen vorhanden war, oder beerdigte die Leichen in Schränken. Endlose feierliche Leichenzüge; in der enormen Hitze, die auch im Herbst nicht abnahm, schritten alle schwarzgekleidet den Särgen nach oder zogen mit langen Seilen die Karren, auf denen die Särge geschichtet waren. Gewaltige Beerdigungsessen wurden abgehalten, die für die meisten die letzte Mahlzeit waren, dann wurden auch sie begraben, und die Leichenzüge, kleiner geworden, zogen aufs neue den Totenäckern entgegen. Es war, als ob das Volk sich selbst begrübe. Dann muß sich unser N-Bombenlager in der Schratten-Ruh von selbst entzündet haben. Im Emmental ging ich durch ein Dorf mit einer großen Milchsiederei. Es war sauber, gepflegt, die Geranien vor den Fenstern von einem feurigen Rot, doch die Straßen menschenleer. Ich hatte Hunger. Ich betrat einen Gasthof

›Zum Kreuze‹. In der Gaststube war niemand. In der Küche lag der tote Wirt, ein friedlicher Koloß, mit dem Gesicht in einer Eisbombe. Ich betrat den Speisesaal. Etwa hundert Menschen saßen an feierlich gedeckten Tischen, Männer, Frauen jeden Alters, auch Mädchen und Knaben. Am langen Tisch in der Mitte saßen Braut und Bräutigam. Die Braut im weißen Brautkleid, neben dem Bräutigam eine mächtige Frau in Berner Tracht. Alle waren tot und überaus friedlich in ihren sonntäglichen Gewändern. Ihre Teller halb leergegessen, sie mußten nachgefüllt worden sein. Zwischen den Tischen lagen die Leichen der Serviertöchter. Auf den Tischen standen mächtige ›Bernerplatten‹: Bauernschinken, Schweinerippchen, Siedfleisch, Speck, Zungenwurst, Bohnen, Sauerkraut, Salzkartoffeln. Neben der Braut war ein Sessel zur Seite geschoben, am Boden lag ein älterer Mann, sein mächtiger Bart wie ein Schleier über seine Brust ausgebreitet. In der rechten Hand hielt er ein Blatt Papier, ich schaute hin, ein Gedicht. Ich nahm seinen Sessel, setzte mich neben die Braut, häufte von der Bernerplatte auf meinen Teller, das Essen war noch warm.

Doch ritze ich diese Erinnerungen nur zögernd in die Stollenwände: sie sind mir in vielem unglaubhaft geworden. So ist mir vor allem, als ob die Hitze auch den ganzen Winter über nicht nachgelassen hätte: denke ich zurück, sehe ich immer wieder gewaltige Überschwemmungen. Zu meiner Heimatstadt gelangte ich auf der leeren Autobahn wandernd. Je mehr ich mich ihr näherte, desto menschenleerer wurde das Land. Kilometerlang war die Autobahn schon von Gras überwuchert, es hatte den Beton gesprengt, auch kam ich an Autoschlangen vorbei, die von Efeu überwuchert waren. Einmal glaubte ich, am Himmel ein Flugzeug zu erspähen, es flog so hoch, daß es nicht zu hören war. Als ich die Stadt erreichte, waren ihre Vorstädte Ruinen: sinnlos gewordene Einkaufszentren, ausgebrannte Hochhäuser. Ich verließ die Autobahn. In der Abendsonne sah ich dann die Altstadt vor mir. Sie lag scheinbar unberührt auf dem Felsrücken über dem Fluß. Das Licht durchbrach die Mauern wie warmes Gold. Die Stadt schien von einer so wunderbaren Schönheit, daß in der Erinnerung an sie sogar der Anblick des Makalu und des Chomo-Lungma verblaßt. Doch die Brücken zu ihr hinüber waren zerstört. Ich kehrte zur Autobahn zurück, auf ihren Ruinen ließ sich der Fluß überqueren. Der Atompilz stand nun im Süden. Er wurde zu einer strahlenden Glocke, die sich über die Alpen stülpte und den nächtlichen Himmel erhellte, als ich in den Wald eindrang. Die Bunker waren unberührt, die Betten sauber bezogen. Ich wartete. Bürki kam nicht. Ich schlief ein. Am Morgen machte ich mich auf den Weg zur Innenstadt. Die Universität war eine Ruine, der Raum des Philosophischen Seminars verkohlt, die Fensterseite eingestürzt, die Bücher der Bibliothek eine schwarze zusammengepappte Masse. Der Tisch, an dem wir gesessen hatten, war zusammengebrochen. Nur die Wandtafel war unversehrt. Vor ihr stand ein Mann. Er kehrte mir den Rücken zu und hatte seine Hände in einem zerschlissenen Soldatenmantel vergraben. »Hallo«, sagte ich. Der Mann regte sich nicht. »He!« rief ich. Der Mann schien mich nicht zu hören. Ich ging zu ihm hin und berührte seine Schulter. Er kehrte mir sein Gesicht zu. Es war strahlenverbrannt und ausdruckslos. Er nahm ein Stück Kreide, das unter der Wandtafel lag, und schrieb: »Kopfschuß. Taubstumm. Lippen lesen. Langsam sprechen.« Dann wandte er sich mir zu. »Wer bist du?« fragte ich langsam. Er zuckte die Achseln. »Wo ist die Soldatenfürsorge?« fragte ich. Er nahm die Kreide und schrieb auf die Wandtafel. »Tibet. Krieg.« Er schaute mich an. »Die Soldatenfürsorge«, sagte ich langsam, jede Silbe betonend, »wo befindet sie sich?« Er schrieb 60231023, eine sinnlose Zahl, die ich behalten habe, nur weil ich als Offizier gewohnt bin, mir Nummern einzuprägen: sechzig, dreiundzwanzig, zehn, dreiundzwanzig. Er schaute mich an. Sein verbrannter Mund verzog sich. Es war nicht auszumachen, ob er lächelte oder grinste. Ich tippte an meine Stirn. Der Taubstumme schrieb: »Denken genügt«, und betrachtete mich wieder. Ich nahm ihm die Kreide aus der Hand, strich durch, was er geschrieben hatte, schrieb »Quatsch« darunter, warf die Kreide auf den Boden, zertrat sie und verließ die Ruine der Universität. Vor der ausgebrannten Mensa kam mir ein kleiner Mann entgegen. Auf seiner rechten Wange war ein großes schwarzes Geschwür. Er schob einen Handkarren mit Büchern vor sich her. Er komme vom Deutschen Seminar, sagte er und wies in die Richtung der Ruinenfelder hinter der Universität. Die Bücher habe er noch gefunden. Ich nahm ein Buch aus dem Handkarren, *Emilia Galotti* »Ich bin Buchbinder«, erklärte der Mann, »und ein Buchdrucker, nun, der arbeitet auch mit. Und jetzt geben wir ein Buch heraus, hundert Stück und dann noch einmal hundert Stück. Die Leute lesen wieder, richtige Leseratten werden die Leute noch. Ein Bombengeschäft.« Er strahlte. »Ich sterbe nämlich nicht. Ich habe es überstanden. Auf meiner Backe ist nur ein Melanom.« Ich meinte, Lessing sei eine etwas schwierige Lektüre. Der Mann fragte, wer Lessing sei. Ich zeigte ihm das Buch. »Das da?« wunderte sich der Mann, »das ist doch nicht zum Lesen, das ist zum Verbrennen. Ich drucke *Heidi*. Von der Johanna Spyri. Merken Sie sich den Namen: Johanna Spyri.

Ein Klassiker.« Dann wurde er argwöhnisch. »Bist du Soldat gewesen?« Ich nickte. »Offizier?« fragte er drohend. Ich schüttelte den Kopf. »Und vorher?« fragte er. »Student«, sagte ich. Er blickte auf seinen Handkarren. »Solche Bücher gelesen?« fragte er finster. »Auch«, sagte ich. »Einen Riesenmist habt ihr gebaut mit eurer Bildung«, brummte er. »Ihr mit diesen Scheißbüchern.« Ich erkundigte mich nach der Soldatenfürsorge. »Beim Rathaus«, antwortete er. »Vielleicht bist du doch Offizier gewesen.« Er trottete mit seinem Handkarren davon.

Ich ging in die Ruinen zurück. Sie waren überwuchert. Der Wald, der im Norden der Stadt lag, war in sie hineingewachsen. Im zerstörten Seminar fand ich nur noch Teile einer *Tragischen Literaturgeschichte* und einige Seiten einer Einleitung, die von *Grundbegriffen der Poetik* handelte. Der Bahnhof unter der Universität war ein einziger Schutthaufen. Die Häuser, die Spital- und die Marktgasse waren verwahrlost, die Fenster der leeren Geschäfte eingeschlagen. Das Münster stand noch. Ich ging zum Hauptportal, das ›Jüngste Gericht‹ war zertrümmert. Als ich am Mittelschiff vorbeikam, prasselte ein Wasserspeier hinter mir aufs Pflaster. Am Eingang der Kreuzgasse lehnte sich ein zerlumpter Mann gegen eine Hausmauer. »Macht Lebensgefahr Spaß?« fragte er. Ich erkundigte mich, wer das ›Jüngste Gericht‹ zerschlagen habe. »Ich«, sagte der Mann. »Wir brauchen kein ›Jüngstes Gericht‹ mehr.« Die Soldatenfürsorge befand sich nicht weit vom Rathaus und mußte einmal eine Kapelle gewesen sein, wie ich mich zu erinnern glaubte. An den Mauern entlang lagen einige Matratzen und ein Stapel Wolldecken. Um den Taufstein drei Stühle und auf ihm ein Teller mit einem Stück Torte. An den Wänden waren die blassen Überreste eines Freskos, doch es war nicht mehr zu erkennen, was es einmal dargestellt hatte. Die Kapelle war leer. Ich ging einige Male hin und her. Es kam niemand. Ich öffnete eine Tür seitlich des Taufsteins. Ich betrat die Sakristei. Hinter einem Tisch saß eine dicke alte Frau mit einer Nickelbrille und aß Torte. Auf meine Frage, ob hier die Soldatenfürsorge sei, antwortete die Frau mampfend: »Ich bin die Soldatenfürsorge«, und nachdem sie den Bissen hinuntergeschluckt hatte, fragte sie: »Wer bist du denn?« Ich nannte meinen Decknamen: »Rückhardt.« Die dicke Frau dachte nach. »Von einem Rückhardt hat mein Vater ein Buch gehabt«, sagte sie dann, »›Brahms Weisheiten‹.« *Die Weisheit des Brahmanen* von Friedrich Rückert«, korrigierte ich sie. »Möglich«, sagte die dicke Frau und schnitt sich ein Stück Torte ab. »Rüeblitorte«, erklärte sie. »Wo ist der Stadtkommandant?« fragte ich. Sie aß. »Die Armee hat kapituliert«, sagte sie. »Es gibt keinen Stadtkommandanten mehr. Es gibt nur noch die Verwaltung.« Das war das erste Mal, daß ich von ihr hörte. »Was meinen Sie damit?« fragte ich. Die Frau leckte ihre Finger ab. »Womit?« fragte sie. »Mit der Verwaltung«, sagte ich. »Die Verwaltung ist die Verwaltung«, erklärte sie. Ich schaute zu, wie sie die Rüeblitorte verschlang. Auf meine Frage, wie viele Soldaten sie betreue, antwortete sie: »Einen Blinden.« »Bürki?« fragte ich vorsichtig. Die Frau aß und aß. »Stauffer«, sagte sie endlich. »Der Blinde heißt Stauffer. Vorher hatte ich noch mehrere Soldaten. Sie sind alle gestorben. Sie waren alle blind. Du kannst auch hier wohnen, du bist ja auch Soldat gewesen, sonst wärst du nicht hierhergekommen.« »Ich wohne anderswo«, sagte ich. »Das ist deine Sache«, antwortete sie und schob den Rest der Torte in den Mund. »Wir essen Punkt zwölf mittags und Punkt acht abends Rüeblitorte.« Ich ging. In der Kapelle saß ein alter Mann am Taufstein. Ich setzte mich ihm gegenüber. »Ich bin blind«, sagte er. »Wie hat es dich erwischt?« fragte ich. »Ich habe den Blitz gesehen«, sagte er. »Die andern haben auch den Blitz gesehen. Sie sind alle tot.« Er schob den Teller von sich. »Ich mag keine Rüeblitorte. Nur die Alte mag Rüeblitorte.« »Stauffer?« fragte ich. »Nein«, antwortete er, »Hadorn. Ich heiße Hadorn. Stauffer ist tot. Heißt du Rüeger?« »Ich heiße Rückhardt«, sagte ich. »Schade«, sagte er, »wenn du Rüeger wärest, hätte ich etwas für dich.« »Was denn?« »Etwas von Stauffer.« »Der ist doch tot.« »Er hatte es auch von einem Toten.« »Von welchem Toten denn?« »Von Zaugg.« »Kenn ich nicht.« »Der hatte es noch von einem anderen Toten.« Ich überlegte. »Von Bürki?« fragte ich. Er dachte nach. »Nein«, entschied er dann, »Burger.« Ich gab nicht nach. »Vielleicht doch Bürki.« Er dachte wieder nach. »Ich habe ein schlechtes Namengedächtnis«, meinte er dann. »Ich heiße nämlich doch Rüeger«, sagte ich. »Dann hast du eben auch ein schlechtes Namengedächtnis«, sagte er, »vorher hast du gesagt, du bist nicht Rüeger. Aber es ist mir egal, wer du bist.« Er schob mir etwas zu. Es war Bürkis Schlüssel. »Wer ist die Verwaltung?« fragte ich. »Edinger«, antwortete der Blinde. »Wer ist Edinger?« fragte ich. »Ich weiß es nicht«, antwortete der Blinde. Ich erhob mich und steckte den Schlüssel in meine Manteltasche. »Ich gehe«, sagte ich. »Ich bleibe«, sagte er, »ich muß ohnehin bald sterben.« Die Metzgergasse war ein Schutthaufen, der Zytgloggeturm zusammengebrochen. Es war Nacht, als ich das Regierungsgebäude erreichte, aber so hell, als schiene der Vollmond. Den beiden Statuen neben dem Haupteingang fehlte der Kopf. Die Kuppel war eingebrochen, das große Treppenhaus nur mit

Gefahr passierbar, doch der Saal der Großen Kammer war erstaunlich unbeschädigt, sogar das scheußliche Riesenfresko war erhalten, die Bänke der Abgeordneten dagegen waren weg. Der Saal war statt dessen mit zerschlissenen Sofas ausgestattet, auf denen in ebenso zerschlissenen Morgenröcken Frauen saßen, einige barbusig, alle von einigen Petroleumlampen nur spärlich beleuchtet. Die Zuschauerlogen waren mit Vorhängen zugedeckt. Die Rednertribüne war erhalten. Auf dem Platz des Parlamentspräsidenten saß eine Frau mit einem runden, energischen Gesicht. Sie trug die Uniform eines Heilsarmee-Offiziers. Es roch nach Zwiebeln. Ich blieb unschlüssig in der Eingangstüre stehen. »Komm her«, befahl die Salutistin, »such dir eine aus.« »Ich habe kein Geld«, antwortete ich. Die Frau starrte mich an. »Mein Sohn«, sagte sie, »woher kommst du denn?« »Von der Front.« Sie staunte. »Da mußt du aber lange gewandert sein. Hast du einen Radiergummi?« »Wofür denn?« »Für ein Mädchen natürlich«, sagte sie. »Wir nehmen, was wir nötig haben. Noch besser wäre ein Bleistiftspitzer.« »Ich besitze bloß einen Revolver«, sagte ich. »Mein Sohn«, sagte die Frau, »her damit, sonst muß ich dich der Verwaltung melden.« »Edinger?« fragte ich. »Wem denn sonst?« antwortete die Frau. »Wo ist die Verwaltung?« fragte ich. »Am Eigerplatz«, antwortete die Frau. »Ließ Edinger diesen Puff –« »Dieses Etablissement, mein Sohn!« – »– dieses Etablissement einrichten?« »Natürlich«, antwortete sie. »Wir sind von der Bombe verseucht, mein Sohn. Wir müssen sterben. Jede Freude, die ein Mensch dem Menschen gewährt, ist ein göttlicher Liebesdienst. Ich bin Major. Ich bin stolz, daß meine Brigade es begriffen hat.« Sie wies auf die Frauen auf den zerschlissenen Sofas. »Dem Tode geweiht, zur Liebe bereit.« »Ich suche Nora«, sagte ich. Die

Majorin ergriff die Glocke, läutete. »Nora«, rief sie. Oben in der Diplomatenloge öffnete sich ein Vorhang, Noras Kopf wurde sichtbar. »Was ist?« fragte Nora. »Ein Kunde«, sagte die Majorin. »Ich hab noch zu tun«, antwortete Nora, verschwand wieder. »Sie ist noch im Dienst«, stellte die Majorin fest. »Ich warte«, sagte ich. Die Majorin nannte den Preis: »Für den Revolver.« Ich gab ihr den Revolver. »Setz dich, mein Sohn«, sagte sie, »und warte.« Ich setzte mich zwischen zwei Frauen auf eines der zerschlissenen Sofas. Die Majorin nahm eine Gitarre hinter ihrem Präsidentensitz hervor, stimmte an, und alle sangen:

»Nichts kann unsre Reinheit nehmen,
wenn im Herz die Liebe haust.
Alle Qualen sind nur Schemen,
wenn des Todes Sense saust.
Daß Gott einst am Kreuz gehangen,
war für den nicht allzu schwer.
Seit die Bombe losgegangen,
sind wir schlimmer dran als er.«

Nora kam. Zuerst glaubte ich, sie trage einen Knaben, aber es war ein etwa sechzigjähriger Beinloser mit einem zerknitterten Kindergesicht. »So, mein Hopser«, sagte Nora und setzte ihn auf ein Sofa. »Jetzt geht es dir seelisch besser.« »Nora«, sagte die Majorin, »dein nächster Kunde.« Nora schaute mich an und tat, als kenne sie mich nicht. Sie war nackt unter ihrem Morgenrock. »Dann rauf mit uns beiden, mein Bester«, sagte sie und ging durch die Türe, die zum Wandelgang führte. Ich folgte ihr. Die Majorin begann wieder Gitarre zu spielen, und die Brigade sang:

»Schwestern öffnet eure Mieder,
gebt euch hin und spendet Freud.
Wer so tief fiel, legt sich nieder,
will die Lust der Ewigkeit.«

»Hast du den Schlüssel?« fragte Nora. Ich nickte. »Gehen wir«, sagte sie. Wir gingen vorsichtig durch die zerstörte Kuppelhalle und durch die Passage zum Ostflügel. Wir drangen in den Korridor ein und blieben unwillkürlich stehen. »Ich sehe nichts«, sagte ich. »Wir müssen uns an die Dunkelheit gewöhnen«, antwortete sie, »etwas sieht man immer.« Wir standen unbeweglich. »Wie konntest du nur!« sagte ich. »Was?« fragte sie. »Du weißt schon, was ich meine«, sagte ich. Sie schwieg. Die Finsternis vor uns war undurchdringlich. »Die Stellung hier mußte behauptet werden«, antwortete sie. »Hat Edinger dich gezwungen?« Sie lachte. »Aber nein. Aber es hätte sonst keinen Grund für mich gegeben, hier zu wohnen. Siehst du jetzt etwas?« Ich log: »Etwas.« »Gehen wir.« Wir gingen vorsichtig in den Korridor hinein. Ich kam mir wie ein Blinder vor. »Warum bist du vorhin wütend gewesen?« fragte Nora. »Ich trieb es doch vorher auch mit euch allen ziemlich tüchtig.« Ich tappte mich weiter in die Dunkelheit hinein. »Ja, aber mit uns«, sagte ich verärgert. »Mein Lieber«, sagte Nora, »ich glaube, eure Zeit ist ganz schön vorbei.« Wir stiegen in den Keller hinunter. »Hier«, sagte sie, »paß auf, die Treppe, zweiundzwanzig Stufen.« Ich zählte sie im Hinabsteigen. Sie blieb stehen. Ich hörte ihr Atmen. »Jetzt rechts«, sagte sie, »in dieser Mauer.« Ich tastete die getäfelte Wand ab, fand die Stelle, sie schnappte auf. Ich tastete nach dem Schlüsselloch, der Schlüssel paßte. »Schließ die Augen«, sagte ich. Die Bunkertüre öffnete sich. Wir spürten, daß es hell wurde. Wir tasteten uns hinein, die Türe schloß sich hinter uns. Wir öffneten die Augen und standen im Computer-Raum. Nora überprüfte die Instrumente. »Die Generatoren sind in Ordnung«, sagte sie. Wir gingen zur Funkanlage. Nora stellte sie ein, und zu unserer Überraschung ertönte ›Trittst im Morgenrot daher‹ mit einer solchen Lautstärke, daß wir zusammenfuhren. »Die Blümlisalp«, schrie Nora. »Die automatische Funkanlage«, beruhigte ich sie, »es ist unmöglich, daß dort noch jemand lebt.« Aber dann ertönte eine Stimme. Es war Hosmann, der populäre Sprecher der Nachtsendung mit leichter Musik, Anekdoten und Interviews: ›Aus den Hosen, jetzt kommt Hosmann‹. »Meine lieben Hörerinnen und Hörer«, sagte die Stimme, »es ist jetzt zweiundzwanzig Uhr.« Dann nannte Hosmann das Datum und kündigte die Wiederholung einer patriotischen Sendung an. »Sie leben noch«, schrie Nora, »sie leben noch. Das Datum ist von heute.« Und dann ertönte im Lautsprecher die Stimme des Vorstehers des Militär-Departements. »Mein Chef!« Nora war außer sich. Der Vorsteher hielt mit seiner sonoren Stimme eine Rede an das Volk. Er erklärte, daß sie alle, Regierung, Parlament, Behörde, viertausend im ganzen, Frauen und Männer, wenn auch hauptsächlich Männer, dazu tausend Stenotypistinnen, unter der Blümlisalp heil davongekommen seien, ohne Strahlenschäden, mit Lebensmitteln noch für zwei, drei Generationen, daß das Atomkraftwerk arbeite, ihnen Licht und Luft spende – womit die Einwände der Atomkraftgegner wohl ein für allemal widerlegt worden seien –, daß die Regierung, das Parlament und die Behörde daher imstande seien, das Land weiter zu regieren und dem Volk weiter zu dienen, wenn es auch unmöglich sei, die Blümlisalp zu verlassen, weil doch der Feind so heimtückisch gewesen sei, gerade auf die Blümlisalp eine Bombe zu werfen; doch hätten sie nicht zu klagen, die Exekutive, die Legislative und die Staatsverwaltung hätten sich zu opfern und nicht das Volk, und so hätten sie sich denn geopfert. Und während der Vorsteher des Militärdepartements weiterredete, starrte ich Nora an. Sie stand da, ihr Morgenrock hatte sich geöffnet, und sie hörte ihrem Chef atemlos zu. Ich fiel über sie her, riß sie nieder, riß ihre Schenkel auf, eine Ewigkeit hatte ich keine Frau gehabt. Und der Chef redete, daß er mit großer Freude vom Sieg über den heimtückischen Feind in Landeck gehört habe, und er sei überzeugt, daß die Armee mit ihren tapferen Alliierten schon tief in den Steppen Asiens dem Endsieg entgegeneile, ja ihn wahrscheinlich schon errungen habe, daß er aber leider samt der übrigen Regierung noch nichts von der Außenwelt gehört habe, weil die überaus starke Radioaktivität der Blümlisalp offenbar jeden Funkempfang verhindere. Er redete und redete. Nora hörte ihm immer noch zu. Ich keuchte, stöhnte, sie preßte ihre rechte Hand auf meinen Mund, um ihren Chef zu hören, kein Wort von ihm zu verlieren. Ich war auf ihr, auf und ab, unersättlicher, weil sie nur dieser Stimme im Lautsprecher zuhörte, während ihr Leib alles mit sich geschehen ließ. Natürlich sei es möglich, erklärte der Chef in nicht überhörbarer Besorgnis, natürlich sei es nicht ganz ausgeschlossen, wenn auch unwahrscheinlich, daß der Krieg einen anderen Verlauf genommen habe als vorausgesehen, daß bei der numerischen und in den klassischen Waffensystemen geradezu gigantischen Überlegenheit des Feindes dieser obsiegt, der das Land erobert habe, aber eben nur das Land und nicht das Volk, das unbezwingbar sei, wie in den Tagen von Morgarten, Sempach und Murten. Ich raste, tobte auf Noras Leib, immer wütender, weil sie immer noch zuhörte, weil ich ihr immer noch gleichgültig war. Gerade diese Tatsache müsse dem Feind nun wohl allmählich klargeworden sein, nicht allein durch den heldenhaften Widerstand, den das Volk immer noch leiste – wer zweifle daran –, sondern vor allem deshalb, weil die rechtmäßige, vom Volk gewählte Regierung, Parlament und Behörde des Landes, unter der Blümlisalp frei ihrer Pflicht nachgehe, Tag und Nacht; sie regiere, sie verordne, sie beschließe Gesetze, sie sei das eigentlich wahre Volk und niemand anders, und damit allein befugt, mit dem Feind zu verhandeln, nicht als Besiegte, sondern als Siegerin, denn möge das Land noch so verwüstet sein – dieser unwahrscheinliche Fall einmal angenommen –, ja möge das Land keinen Widerstand mehr leisten, oder – auch das sei leider denkbar – existiere es gar nicht mehr, seine intakte Regierung, sein von ihm gewähltes Parlament und seine perfekte Behörde existierten. Diese kapitulierten nie. Im Gegenteil, sie seien bereit, im Interesse des Weltfriedens erneut ihre Unabhängigkeit, gestützt auf ihre ewigwährende bewaffnete Neutralität, zu bekräftigen.

Eigentlich sind es nur Wortfetzen, an die ich mich erinnere, die ich zusammenfüge, es kam mir, wie es mir noch nie gekommen war, mir war, als ob es nie aufhöre, und als ich von Nora ließ, tönte aus dem Lautsprecher wieder ›Trittst im Morgenrot daher‹. Wir erhoben uns. Ich war schweißüberströmt. Wir gingen ins Labor, beide nackt. Sie entnahm mir Blut und untersuchte es. »Du bleibst am Leben«, sagte sie. »Und du?« fragte ich. »Die Verwaltung hat mich untersucht«, sagte sie. »Ich hatte auch Glück. Wie du.« Ich warf mich noch einmal auf sie, riß sie neben dem Labortisch auf den Boden, aber wieder wurde ich wütend, weil sie, während ich sie zu nehmen versuchte, mit kalter, sachlicher Stimme sagte: »Eine intakte Regierung ohne Volk ist für die Regierung doch eigentlich ideal«, und dann lachte sie und hörte nicht auf zu lachen, und ich ließ sie los. »Wie viele arbeiten in der Verwaltung?« fragte ich, nachdem sie sich beruhigt hatte. »Zwanzig, dreißig Leute, mehr nicht«, antwortete sie, erhob sich und blieb vor mir stehen. »Wo wohnt denn Edinger?« fragte ich, immer noch auf dem Boden sitzend, nackt, erschöpft. Sie schaute mich nachdenklich an. »Warum willst du das wissen?« »Nur so«, antwortete ich. »In Bethlehem. In einem Penthouse«, sagte sie endlich. »Weißt du seinen Vornamen?« Sie zögerte. »Jeremias«, sagte sie dann. Ich ging zum Computer. Nur wenige Edinger waren gespeichert, darunter auch Jeremias Edinger. Ich überflog die Fakten: Philosophiestudium ohne Abschluß. Umweltschützler. Dienstverweigerer, zum Tode verurteilt, vom Parlament zu lebenslänglichem Zuchthaus begnadigt. Ich ging noch einmal in den Funkraum, schloß die Tür, der Code lag im Geheimfach. Ich kehrte zu Nora zurück, kleidete mich an. Sie war wieder im Morgenrock. Ich ging ins Arsenal, wählte eine Pistole mit Schalldämpfer, sagte ihr, sie solle den Schlüssel behalten und abschließen, ich hätte etwas vor, das nicht ungefährlich sein könnte. Nora schwieg. Ich verließ das Regierungsgebäude durch eine Tür im Ostflügel.

In Bethlehem stand nur noch ein Hochhaus, wenn auch mehr einem gespenstischen Gerüst ähnlich. Ich betrat das Gebäude, unten war alles ausgebrannt, die Liftschächte leer. Endlich fand ich eine Treppe. Die Stockwerke bestanden nur noch aus Eisenträgern, die eine Betondecke trugen. Das oberste Stockwerk war leer, nur vom überaus hellen Nachthimmel beleuchtet. Ich glaubte schon, ich hätte mich getäuscht, das Hochhaus sei unbewohnt, als ich eine Leiter entdeckte. Ich kletterte hoch und stand auf dem Flachdach unmittelbar vor der dunklen Fläche eines Penthouses, durch dessen Türritzen ein Lichtschein fiel. Ich klopfte. Ich hörte im Penthouse Schritte, dann öffnete sich die Türe, und in der hellen, bläulichen Fläche stand eine Silhouette. »Ist Jeremias Edinger hier?« fragte ich. »Mein Papa ist noch im Büro«, antwortete eine Mädchenstimme. »Ich warte unten auf ihn«, sagte ich. »Wart doch bei mir«, sagte das Mädchen. »Komm herein. Mein Muetti ist auch noch nicht gekommen.« Das Mädchen ging ins Penthouse, und ich folgte ihm, die Hände in den Jackentaschen. Der Tür gegenüber war eine riesige Glaswand, und ich begriff, warum das Innere des Penthouses erleuchtet schien. Hinter der Glaswand stand die helle Nacht, aber sie war nicht so blausilbern durchscheinend, weil der Mond schien, sondern weil die Berge gleichsam phosphoreszierten, die Blümlisalp leuchtete so stark, daß sie Schatten warf. Ich schaute das Mädchen an. Es sah im Licht gespenstisch aus, es war schmal, die Augen sehr groß und die Haare vom gleichen Weiß wie die Blümlisalp, die in den Raum hineinleuchtete. An der einen Wand waren zwei Betten, in der Mitte des Raumes ein Tisch mit drei Stühlen. Auf dem Tisch lagen zwei Bücher, *Heidi* und Schweglers *Geschichte der Philosophie im Umriß – Ein Leitfaden zur Übersicht*. An der anderen Wand stand ein Kochherd und an der Glaswand ein Schaukelstuhl. Das Mädchen zündete einen Leuchter mit drei Kerzen an. Das warme Licht verwandelte den Raum. An den Wänden waren farbige Kinderzeichnungen. Das Mädchen war in einem roten Trainingsanzug, seine Augen waren groß und fröhlich, sein Haar weißblond, es mußte etwa zehn Jahre alt sein. »Du bist erschrocken«, sagte es, »weil die Blümlisalp so leuchtet.« »Na ja«, sagte ich, »etwas bin ich schon erschrocken.« »In den letzten Wochen hat das Leuchten zugenommen. Papa ist besorgt«, sagte das Mädchen. »Papa glaubt, ich müsse mit Muetti fortgehen.« Ich schaute nach den Zeichnungen. »*Heidi*«, sagte das Mädchen. »Ich habe das ganze *Heidi* gezeichnet, das ist der Alp-Öhi, und das ist der Geißen-Peter. Willst du dich nicht setzen?« fragte das Mädchen. »In den Schaukelstuhl, der ist für die Gäste da.« Ich ging zur Glaswand, schaute nach der Blümlisalp und setzte mich in den Schaukelstuhl. Das Mädchen las am Tisch *Heidi*. Es mußte gegen drei Uhr morgens sein, als ich Schritte hörte. In der Tür erschien ein großer, dicker Mann. Er schaute mich flüchtig an, wandte sich dem Mädchen zu. »Du solltest längst im Bett sein, Gloria«, sagte er. »Marsch, in die Federn.« Das Mädchen schloß das Buch. »Ich kann nicht schlafen, bevor du kommst, Papa«, sagte es. »Und Muetti ist auch noch nicht gekommen.« »Es kommt gleich, dein Muetti«, sagte der große, schwerfällige Mann und kam zu mir. »Mein Büro befindet sich am Eigerplatz«, sagte er. »Ich möchte Sie persönlich sprechen, Edinger«, sagte ich. »Wollen Sie sich nicht vorstellen?« fragte er. Ich schaukelte. »Mein Name tut nichts zur Sache«, antwortete ich. »Schön«, sagte er, »trinken wir einen Kognak.« Er ging zur Kochstelle, bückte sich, holte eine Flasche hervor und zwei Kognakgläser. Er kehrte wieder in den Raum zurück, strich dem Mädchen, das schon im Bett lag, über das Haar, blies die Kerzen aus, öffnete die Türe, winkte mir, und wir traten beide auf das Flachdach hinaus, das im gespenstischen Licht der phosphoreszierenden Berge wie eine von Trümmern, Gestrüpp und kleinen Bäumen übersäte Ebene vor uns lag. Wir setzten uns auf die Trümmer eines Kamins, unter uns das verwüstete Bethlehem. Hinter einem der niedergesackten Hochhäuser in der Ferne nur ahnbar die Stadt mit der hochgereckten, schmalen Silhouette des Münsters. »Soldat gewesen?« Ich sei noch Soldat, antwortete ich. Er gab mir ein Glas, schenkte mir ein, dann sich. »Von der französischen Botschaft«, sagte er. »Auch die Gläser. Kristall.« Ob die noch existiere, fragte ich. »Nur der Keller«, antwortete er, die Verwaltung habe auch ihre Geheimnisse. Wir tranken. Was ich vorher gewesen sei, fragte er. »Student, beim alten Katzbach«, antwortete ich. »Ich war dabei, eine Dissertation zu schreiben.« »So«, sagte er. »Über Platon.« Und dann fragte er: »Über was denn bei Platon?« »Über den *Staat*«, antwortete ich, »über das Siebente Buch.« Er habe auch bei Katzbach studiert, meinte er. »Ich weiß«, sagte ich. Ich sei über ihn im Bilde, stellte er fest, doch ohne sich zu verwundern, und trank. »Was ist aus Katzbach geworden?« fragte ich. Als die Bombe gefallen sei, habe seine Wohnung Feuer gefangen, berichtete er und schwenkte den Kognak im Glas, »zu viele Manuskripte.« Philosophenpech, sagte ich, vom Seminar sei auch nichts übriggeblieben. Nur der Schwegler, sagte er, das einzige, was er noch gefunden habe. »Ich hab ihn auf Ihrem Tisch gesehen«, antwortete ich. Wir schwiegen, starrten nach der Blümlisalp. »Kommen Sie morgen zur Untersuchung«, sagte Edinger, »Eigerplatz.« »Ich werde leben«, antwortete ich, »schon untersucht.« Er fragte nicht, wer mich denn untersucht habe, schenkte mir wieder Kognak ein und sich auch. »Wo ist die Armee, Edinger?« fragte ich. »Wir haben achthunderttausend Mann mobilisiert.« »Die Armee«, sagte er, »die Armee.« Er trank. »Auf Innsbruck fiel eine Bombe.« Er trank wieder. »Ein Spätzünder. Sie kommen von der Armee. Dann hatten Sie Glück.« Wir schwiegen, starrten auf die Stadt, tranken. Dieses Land müsse man wahrscheinlich aufgeben, sagte Edinger. Überhaupt Europa. Auch was im mittleren und südlichen Afrika geschehen sei, ließe sich nicht beschreiben. Von den anderen Kontinenten nicht zu reden. Von den Vereinigten Staaten hätte man bis jetzt noch kein Lebenszeichen. Es gäbe auf der Erde kaum noch hundert Millionen Menschen. Und vorher seien es zehn Milliarden gewesen. Ich schaute zur Blümlisalp hinüber. Sie war heller als der Vollmond. »Wir haben eine Weltverwaltung gegründet«, sagte er. Ich schwenkte den Kognak im Glase. »Wir?« fragte ich. Er antwortete nicht gleich. »Du bist ein Dienstverweigerer gewesen, Edinger«, sagte ich und hielt mein Glas gegen die Blümlisalp. Es leuchtete gespenstisch auf. »Du lebst, weil die Zuchthausmauern dich schützten. Ein Witz. Hätte das Parlament etwas Courage gehabt, wärst du längst erschossen.« »Du hättest wohl die Courage gehabt«, meinte er. Ich nickte. »Darauf kannst du zählen, Edinger.« Ich trank einen Schluck, genoß ihn. Von der Stadt her war eine dumpfe Explosion zu hören. Die Silhouette des Münsters neigte sich, dann ein fernes Donnern, und eine bläuliche Staubwolke erhob sich, senkte sich, vom Münster war nichts mehr zu sehen. »Die Münsterterrasse ist eingestürzt und hat das Münster mit sich gerissen«, sagte er gleichgültig. »Wir haben das längst erwartet. Im übrigen hast du recht, Oberst«, fuhr er fort. »Wir Dienstverweigerer haben hier die Verwaltung gegründet, anderswo sind es die Dissidenten oder die Opfer der Radikalenerlasse.« Edinger hatte sich verraten. Er wußte, wer ich war. Aber das war vorerst nicht wichtig. Wichtiger war, etwas über die Verwaltung zu erfahren. »Anderswo gibt es also auch Zweigstellen eurer Weltverwaltung«, sagte ich, »darum bist du informiert, Edinger.« »Durch Funk«, sagte er. »Es gibt keine Elektrizität mehr«, warf ich ein. »Einige von uns sind Bastler«, antwortete er. Sein Gesicht war geisterhaft im Licht der Nacht, und irgend etwas Unerklärliches ging von ihm aus, etwas merkwürdig Starres. »Einmal glaubte ich, ein Flugzeug zu sehen«, berichtete ich. Er trank. »Von der Zentralverwaltung in Nepal«, sagte er. Sie besitze eines zur Überprüfung der Radioaktivität. Ich überlegte. Etwas stimmte nicht an der Geschichte. »Du weißt, wer ich bin, Edinger«, stellte ich fest. »Ich wußte, daß du kommen würdest, Oberst«, antwortete er. »Bürki bereitete mich vor.« Wir schwiegen. »Gab er dir auch den Schlüssel?« fragte ich. »Auch«, sagte er. »Nora?« fragte ich. Die wisse nichts davon, antwortete er. Der Bunker unter dem Ostflügel sei leicht zu finden gewesen. Er hätte sich einige Reden der Regierung angehört, dann den Schlüssel Bürki zurückgegeben. Der sei gestorben, und über Zaugg, Stauffer, Rüeger und Hadorn sei der Schlüssel zu mir gekommen. »Du bist im Bilde«, sagte ich. Er trank seinen Kognak aus. »Die Verwaltung ist im Bilde«, antwortete er. Ich deutete auf die glühende Blümlisalp. »Dort ist die Verwaltung, Edinger«, sagte ich, »eine intakte Regierung, ein intaktes Parlament, eine intakte Behörde. Wenn wir die befreien, haben wir eine bessere Verwaltung als eure Weltverwaltung von Dienstverweigerern und Dissidenten. Die wird gewaltig zusammenimprovisiert sein. Schenk mir noch einmal ein, Edinger.« Er schenkte mir ein. »Vor allem sollte dir eines langsam klar sein, Edinger«, fuhr ich fort, »von uns beiden bin ich der Stärkere.« »Du meinst, weil du eine Waffe hast?« fragte er und trank. »Meinen Revolver gab ich der von deiner Verwaltung eingesetzten Puffmutter im Regierungsgebäude«, sagte ich. Er lachte. »Oberst, im Bunker unter dem Ostflügel stand dir ein Waffenlager zur Verfügung. Und der Code.« Ich stutzte. »Was weißt du vom Code?« Er antwortete nicht gleich. Er starrte auf die Blümlisalp, und sein großes, schweres Gesicht hatte wieder etwas sonderbar Starres. Bürki habe ihm den Code im Geheimfach unter dem Ostflügel gezeigt, erzählte er, und dann hätten sie zusammen einige Geheimbotschaften entziffert, welche die Regierung von der Blümlisalp gesendet habe. Übrigens sei das nur möglich, weil das unterirdische Kabel intakt sei, der Radiosender in der Blümlisalp sei durch die Radioaktivität außer Betrieb gesetzt, die Regierung sei nur noch vom Ostflügel des Regierungsgebäudes zu erreichen. Die Regierung sei verzweifelt. Sie habe vergeblich versucht, mit mir in Kontakt zu kommen, und habe den Versuch jetzt aufgegeben. Sie hätte gehofft, daß ich sie befreie, und nun richte sie diese Bitte an die, von denen sie überzeugt sei, daß sie gewonnen hätten, an die Feinde, ahnungslos, daß es keine Sieger, sondern nur Besiegte gebe; daß sich die Soldaten aller Armeen geweigert hätten weiterzukämpfen und ihre Offiziere erschossen hätten, daß die Weltverwaltung die Macht übernommen habe und daß diejenigen Soldaten, welche die Katastrophe überlebt hätten, nun versuchten, die Sahara fruchtbar zu machen: Vielleicht sei es so für die Menschheit möglich, doch noch davonzukommen. Er schwieg. Ich hatte mir seinen Bericht angehört und überlegte. »Was schlägst du mir vor?« fragte ich. Er trank sein Glas leer. »Die Menschen in der Sahara arbeiten, um zu überleben«, sagte er. Die Möglichkeit, daß die Radioaktivität auch dorthin vordringe, sei nicht auszuschließen. Die Menschen versuchten, die Wüste mit unglaublich primitiven Mitteln zu bewässern. Sie arbeiteten wie Urmenschen. Sie haßten die Technik. Sie haßten alles, was sie an die alte Welt erinnere. Sie lebten unter einem Schock. Diesen Schock müßten wir überwinden. Ich hätte wie er Philosophie studiert. Er besitze den Schwegler. Wir hätten einmal über diese *Philosophie im Umriß* gelacht, aber vielleicht könne ich den Menschen in der Sahara beibringen, daß Denken nicht nur etwas Gefährliches sei. Er schwieg. Der Vorschlag war grotesk. »Denken lernen anhand des Schwegler«, lachte ich. »Wir haben nichts anderes«, sagte er. »Eine andere Möglichkeit hast du mir wohl nicht anzubieten?« fragte ich. Er zögerte. »Doch«, antwortete er endlich, »aber ich biete dir diese Möglichkeit nur ungern an.« »Die wäre?« fragte ich. »Macht«, sagte er. Ich betrachtete Edinger nachdenklich, er verschwieg mir irgend etwas. »Du willst mich in die Verwaltung aufnehmen, Edinger?« fragte ich. »Nein«, antwortete er, »in die Verwaltung kannst du nicht aufgenommen werden, Oberst.« Er kehrte mir sein schweres Gesicht zu. »Die Verwaltung ist ein Schiedsgericht, sonst nichts. Es steht jedem Einzelnen frei zu entscheiden, ob er die Ohnmacht will oder die Macht, ob er ein Bürger sein will oder ein Söldner. Auch du kannst wählen. Deine Wahl muß von der Verwaltung angenommen werden.« Ich überlegte. »Worin besteht die Macht eines Söldners?« fragte ich mißtrauisch. »Worin jede Macht besteht«, antwortete er, »in Macht über Menschen.« »Über welche Menschen?« forschte ich weiter. »Über Menschen, die den Söldnern ausgeliefert werden«, antwortete Edinger undurchsichtig. »Red nicht um den Brei herum, Edinger«, sagte ich. »Du hast keine Übersicht, Oberst«, antwortete er. »Der Dritte Weltkrieg ist noch nicht zu Ende.« »Ach«, sagte ich, »wo geht er denn noch weiter?« Er zögerte wieder, starrte aufs neue in sein Glas. »In Tibet«, antwortete er endlich, »dort kämpft man weiter.« »Wer?« fragte ich. »Die Söldner.« Die Angelegenheit kam mir unglaubwürdig vor. »Wer greift die Söldner an?« fragte ich. »Der Feind«, antwortete Edinger. »Wer ist dieser Feind?« wollte ich wissen.

»Angelegenheit der Söldner«, antwortete er ausweichend.
»Die Verwaltung mischt sich nicht in ihre Angelegenheiten.« Unser Gespräch drehte sich im Kreise. Entweder
mußte der Feind mächtiger sein, als Edinger zugeben
wollte, oder der Krieg in Tibet war eine Falle. Ich durfte
nichts riskieren. »Edinger«, sagte ich, »ich bin der Verbindungsoffizier unserer Armee beim Kommandanten gewesen. Als die Alliierten kapitulierten und der Stab diese Kapitulation feierte, erschoß der Kommandant eigenhändig
seinen Stab.« »Und?« fragte Edinger. Ich schaute ihn an.
»Edinger«, sagte ich, »am Straßenrand vor Zernez lagen über
dreihundert Offiziere. Von unseren Soldaten erschossen.«
Edinger trank sein Glas aus. »Unsere Soldaten wollten nicht
mehr kämpfen«, sagte er. Ich zog die Pistole mit dem Schalldämpfer. »Schenk dir noch einmal ein, Edinger«, sagte ich.
»Die Söldner in Tibet gehen mich nichts an, und deine Verwaltung auch nicht. Mich geht nur die Regierung etwas an,
der Blümlisalp. Das Land ist voller Sterbender. Mit ihnen,
die ohnehin sterben, werde ich die Regierung retten.« Edinger füllte sein Glas, schwenkte es. »Du wirst trotzdem nach
Tibet gehen, Oberst«, sagte er ruhig und stellte die Flasche
neben sich aufs Flachdach, kostete den Kognak. »Steh auf«,
befahl ich, »geh an den Rand des Flachdachs. Du bist ein
Dienstverweigerer und ein Landesverräter.« Edinger gehorchte, wandte sich am Rand des Flachdaches noch einmal
mir zu, eine Silhouette gegen die leuchtende Blümlisalp.
»Die Blümlisalp«, sagte er, lachte und fragte mich: »Weißt
du, woran ich denken muß, Oberst, wenn ich die Blümlisalp so leuchten sehe?« Ich schüttelte den Kopf. »Daran«,
sagte er, »daß ich bei meinem Prozeß, als man mich zum
Tod verurteilte, vorschlug, mit dem Geld, das man sparen
könnte, würde man die Armee abschaffen, etwas Verrück-

tes zu tun: Man solle auf der Blümlisalp die größte Sternwarte der Welt errichten.« Er lachte. Er winkte mir zu. Dann leerte er das Glas, warf es hinter sich in die Ruinen, kehrte mir den Rücken zu. »Im Namen meiner Regierung«, sagte ich und schoß dreimal in die Silhouette. Sie versank. Der helle Nachthimmel vor mir war leer. Ich hörte, wie Edinger tief unten aufschlug. Mir begann etwas zu fehlen. Ich nahm die Flasche, warf sie ihm nach.

Ich spürte, daß jemand hinter mir stand. Ich fuhr herum, die Pistole in der Hand. Es war Nora. Sie trug einen Overall, wie ihn Arbeiter tragen. Ihr Haar fiel ihr über die Schultern. Es schien in der Nachthelle ebenso weiß wie jenes des Mädchens im Penthouse. »Nora«, sagte ich, »ich habe den Landesverräter Edinger getötet. Es war nicht nötig, daß du mir folgst.« Sie sagte nichts. Ich ging einige Schritte zum Rande des Flachdachs, kehrte um. »Nora«, sagte ich verwirrt, »mir fehlt etwas, und ich weiß nicht, was mir fehlt.« »Ich bin schon lange hier«, antwortete sie. »Ich habe euch zugehört. Gloria ist mein Kind, und Edinger war mein Mann.« Ich starrte sie an. »Davon stand nichts im Computer«, sagte ich. »Hätte es im Computer gestanden, wäre ich nicht im Regierungsdienst gewesen«, antwortete sie, ging an mir vorbei bis an den Rand des Flachdaches und schaute hinunter. »Ich bin froh, daß du ihn getötet hast. Als die Bombe fiel, arbeitete er mit anderen Häftlingen auf dem Großen Moos. Er war nicht mehr zu retten. Seine Schmerzen waren schlimm. Er mußte durch eine Hölle.« Sie wandte sich um und kam auf mich zu. »Ich weiß, was du jetzt denkst, weil du nur in einer Kategorie zu denken vermagst.« Sie blieb vor mir stehen, eine dunkle Gestalt vor dem immer heller werdenden Himmel. »Aber ich bin keine Verräterin. Edinger war mein Mann und nicht mehr. Ein Mann. Aber ich dachte, er sei ein Narr. Ich glaubte an den ganzen Unsinn der Landesverteidigung. Ich war schwanger, als er acht Jahre vor Kriegsausbruch als Dienstverweigerer zum Tod und dann zu lebenslänglichem Zuchthaus verurteilt wurde. Ich hatte ihm das Studium ermöglicht. Er nannte mich im Scherz seine Xanthippe. Diese Frau, sagte er, habe mehr für die Philosophie getan als alle anderen Frauen. Er wurde Dienstverweigerer, weil es ihm die denkerische Redlichkeit vorschrieb: was einer denke, müsse er vollziehen. Es gebe keine Gewissensnotwendigkeit, sondern eine Denknotwendigkeit. Gewissen und Denken seien eins. Er liebte unser Land, aber er warf ihm vor, es drücke sich vor dem Denken. Er haßte niemanden. Aber ich fühlte mich von ihm im Stich gelassen. Ich hatte Angst. Mein Instinkt sagte mir, daß wir die Landesverteidigung brauchten. Er sagte mir, daß sich die Regierung, das Parlament und die Staatsverwaltung als einzige retten würden. Er sah alles voraus, was dann geschah. Ich glaubte ihm nicht. Als er ins Zuchthaus kam, begann ich mich zu rächen: ich ging mit jedem von euch ins Bett.« Es war so hell geworden, daß ich nun ihr Gesicht erkennen konnte. Es war steinern und von einer vollkommenen Ruhe. »Und weil ich mich an dem Manne rächte, den ich liebte, und weil ich mit jedem von euch von der höheren Militärverwaltung ins Bett ging, wurde ich eine Patriotin, und ich bin eine geblieben, auch als alles eintraf, was Edinger vorausgesagt hatte.« Sie lächelte, und auf einmal bekam ihr Gesicht etwas Zartes, das ich ihr nie zugetraut hätte. »Ich blieb so sehr Patriotin, daß ich im Bordell mitmachte, welches er im Regierungsgebäude einrichten ließ, auch das aus reiner Logik: weil die Sterbenden ein Bordell brauchten. Er war es auch, der die Heilsarmee überzeugte.« Sie lachte. »Und so wurde ich eine Dirne, um auf dich zu warten und auf deinen Auftrag. Ich dachte, Edinger wisse nichts davon, aber nun weiß ich, daß er doch davon wußte.« »Du bist ihm gleichgültig gewesen«, sagte ich. Sie schaute mich an. »Jede Nacht um diese Zeit kam ich hierher. Er konnte vor Schmerzen nicht mehr schlafen, aber nie hatte ich eine schönere Zeit mit einem Menschen als diese Stunden vor dem Morgengrauen. Wir sprachen miteinander, und wenn er zum Buch griff, das er in den Ruinen der Universität gefunden hatte, wußte ich, daß er nun weiterdenken wollte, und ich schlief ein. Er habe die ganze Philosophie in sich wiederaufgebaut, sagte er mir einmal, aus einem lächerlichen Lehrbuch. Manchmal kam ein Taubstummer in der Nacht zu ihm. Sie bauten zusammen die Mathematik, die Physik und die Astronomie wieder auf. Alles sei wiederaufbaubar, sagte er, weil kein Gedanke verlorengehen könne.« Ich trat an den Rand des Flachdachs und schaute hinunter. Tief unten lag Edinger, ob auf dem Rücken, war nicht auszumachen, die Arme ausgebreitet, die Beine gespreizt. Ob Edinger ein Genie gewesen sei, hin oder her, sagte ich, indem ich zu Nora zurückkehrte, darum hätten wir uns jetzt nicht zu kümmern. »Du willst die Sterbenden organisieren«, sagte sie. Es gelte, meinen Auftrag zu erfüllen, antwortete ich, darum wolle ich so schnell als möglich die Regierung in der Blümlisalp informieren, bevor mich die Verwaltung daran hindere. »Das kannst du nicht mehr«, sagte sie ruhig. »Nachdem du den Bunker unter dem Ostflügel verlassen hast, stellte ich die automatische Sprenganlage ein und folgte dir. Ich sah dich ins Penthouse gehen. Ich wartete draußen. Auch Edinger sah mich nicht. Ich stand hinter euch, als die Explosion erfolgte. Der Rest der Kuppel blieb stehen. Aber das Münster versank. Es gibt keine Verbindung mehr mit der Regierung.« Ich starrte sie entsetzt an. Ich begriff nichts mehr. Nora war verrückt geworden. Sie schaute nach der Blümlisalp. »Als wir im Funkraum waren und plötzlich die Stimme des Rundfunksprechers hörten und dann diese Rede unseres Chefs, begriff ich plötzlich, daß Edinger recht hatte«, sagte sie. »Ich habe dich genommen«, schrie ich. Sie trat auf mich zu und blieb vor mir stehen. »Oberst«, sagte sie ruhig, »hast du denn nicht begriffen, was der Chef sagte?« »Ich habe dich genommen«, schrie ich sie an. »Kann sein«, antwortete sie. »Es ist mir egal, was du mit mir angestellt hast. Aber ich habe auf die Rede gehört und mit einem Schlag begriffen, was man mit uns angestellt hat: Eine Regierung, ein Parlament, eine Behörde, die sich für das Volk halten, für die das Volk nur eine Ausrede ist, sich in Sicherheit zu bringen, das ist doch alles saukomisch; Oberst, die sollen doch in alle Ewigkeit in ihrer Blümlisalp sitzen! Und nun kommst du mit deiner idiotischen Idee, diese Regierung ohne Volk mit Sterbenden aus ihrem selbstgeschaufelten Grab zu kratzen. Kapierst du eigentlich immer noch nicht, daß jeder Patriotismus lächerlich ist? Wozu ist diese Regierung überhaupt noch da? Und meinst du, es sei die einzige Regierung, die in ihrer Blümlisalp sitzt? Die Regierungen der ganzen Welt sind in ihren Bunkern gefangen, behauptete Edinger, Regierungen wie die unsrige, Regierungen ohne Volk und ohne Feinde.« Plötzlich begriff ich, was mir fehlte, seit ich Edinger getötet hatte. »Der Feind«, sagte ich langsam. »Ich habe keinen Feind mehr.« Ich war plötzlich unsäglich müde und ohne Hoffnung. Es war taghell geworden, die Blümlisalp verschwamm. Der Morgen war da. Das Mädchen huschte an mir vorbei, schmiegte sich an seine Mutter, die vor mir stand, stolz und schön. »Geh nach Tibet«, sagte sie, »in den Winterkrieg...«

[Hier bricht die Inschrift ab. Teile der Fortsetzung sind in einem weit entlegenen Stollen gefunden worden.] ... bin ich seit einiger Zeit (Monaten, Jahren?) verwirrt. Nicht etwa, weil ich in völliger Dunkelheit lebe, ich kenne mich aus und finde immer wieder zu meiner Munition und zu meinen Konserven zurück. Gewiß, für den Feind ist es möglich, in das Stollensystem vorzudringen, das ich unter Kontrolle hatte, als die Beleuchtung funktionierte – vielleicht ist er schon eingedrungen –, aber dafür schwieriger, mich zu finden. Auch Schreiben macht mir Mühe: Ich muß mit dem winzigen Teil meines rechten Oberarms, der noch nicht Prothese ist, oder manchmal mit meinen Wangen an der Felswand nachspüren, ob ich sie schon beschrieben habe. Ich schreibe Zeilen von zwei Kilometer Länge, wie ich an den Drehungen meines Rollstuhls abschätze, und schreibe nur noch zwei Zeilen untereinander. Doch beunruhigen mich weder die Möglichkeiten eines feindlichen Überfalls noch die persönlichen Beschwerlichkeiten. Ich habe mich mit meiner Lage abgefunden. Sie erfüllt mich mit Stolz, habe ich doch Edingers Position übernommen: Ich bin in diesem Labyrinth unter dem Chomo-Lungma der einzige Verteidiger der Verwaltung. Ich sühne Edingers Tod; auch wenn es nur der Gnadenschuß war, den ich ihm gab. Sein Vorschlag, jenen, die die Sahara bewässern, Philosophie beizubringen, ist verständlich. Er versuchte die Philosophie zu rekonstruieren. Doch Nora hatte recht: Der Verwaltung bin ich im Winterkrieg durch meine Funktion und durch mein Schicksal nützlicher. Mag dies auch

grausam sein, es ist sinnvoll. Ich erinnere mich an jene Nacht unter dem Gipfel des Gosainthan im Befehlsstand des Kommandanten, als wir das ›Trittst im Morgenrot daher‹ vernahmen. Auf Kurzwellen. Zufällig mußte der Sender auf der Blümlisalp die Radioaktivität durchbrochen haben. Wir hörten auch eine Rede des Regierungspräsidenten: er sei bereit, mit dem Feind ehrenvoll zu verhandeln. Der Gedanke, dieser Regierung gedient zu haben, war mir peinlich. Bisweilen hörten wir auch andere Landeshymnen und andere Regierungschefs, die sich zum Frieden bereit erklärten, endlos redete einmal einer verzweifelt in russischer Sprache, aber wir verstanden kein Russisch. Am Schluß bot er in allen Sprachen die Kapitulation an. Die Verwaltung, der ich jetzt diene, kennt solche Erwägungen nicht. Sie wird sich nie dem Feind ergeben. Was mich jedoch verwirrt, ist ein Ereignis, das ich nicht begreife. Daß der Winterkrieg eine für die Verwaltung fatale Wendung genommen hat, ist jedoch auszuschließen. Ich glaube an den Endsieg. Das ist selbstverständlich. Aber als ich letzthin mit meinen Inschriften bis an eine Stelle vorgerückt war, die nicht weit vom Bordell sein konnte, das schon lange geschlossen ist, bemerkte ich von ferne einen Lichtschein. Es konnte der Feind sein, der sich seit Jahren nicht mehr bemerkbar gemacht hatte. Vielleicht war er zur Generaloffensive angetreten. Ich rollte mich vorsichtig vorwärts, fand die große Bordellhalle taghell erleuchtet und voller Menschen: Männer, Frauen, ganze Familien, viele fotografierten, und andere, uniformierte Männer, erläuterten die Anlagen. Ich war so überrascht, daß ich mitten unter die Masse rollte, vom Licht geblendet, hätte ich beinahe geschossen, erkannte jedoch noch, daß ich mich nicht unter feindlichen Söldnern, sondern unter Reisenden befand. Ich gab eine Warnsalve ab aus meiner Maschinenpistole: Die Reisenden waren in Gefahr, sie konnten vom Feind angegriffen werden. Es war leichtsinnig, diesen Besuch des alten Bordells zu erlauben und zu organisieren. Die Reisenden schrien entsetzt auf und rannten durch einen großen Stollen davon. Ich rollte ihnen nach, es war möglich, daß es sich um Feinde handelte, die sich als Reisende getarnt hatten. Der Stollen war wie das Bordell erleuchtet, der Boden asphaltiert. Plötzlich gelangte ich ins Freie. Aus einer Gletscherhöhle starrten mir Söldner mit Sauerstoffmasken und Maschinenpistolen entgegen. Ich schoß. Glas splitterte: die Söldner waren Wachsfiguren, ausgestellt hinter einer Glasscheibe und kunstvoll beleuchtet. Ich befand mich in einer großen Ausstellungshalle, hinter weiteren Glasscheiben waren mit Wachsfiguren immer neue Szenen aus dem Winterkrieg dargestellt. Ich erschrak, als ich hinter einer Glasscheibe den Kommandanten und mich erkannte; unser Gefechtsstand im Gipfel des Gosainthan war täuschend genau dargestellt. Ich war in ein Museum geraten. Wütend schoß ich in die Schaufenster hinein. Schattenhaft sah ich Menschen in Uniformen flüchten, es waren Museumsdiener. Ich rollte ihnen nach und befand mich plötzlich dem Ausgang gegenüber. Draußen ein Park voll Rhododendron, ein blauer, wolkenloser Himmel, ein Mann in einem weißen Kittel, kahlköpfig, bebrillt, ein weißes Tuch schwenkend, als sei er Arzt. Ich schoß ihn nieder und rollte durch das Museum zurück in den Stollen und in das verlassene Bordell. Ich hob mit der Greifzange meiner rechten Handprothese einen Prospekt vom Boden auf. Es war ein ›Führer durch das Söldnerbordell im Gasherbrum III‹, der ›Leuchtenden Wand‹. Ich griff weitere Prospekte auf, alle mit dem gleichen Titel. Erst nach Tagen erreichte ich die alte Höhle.

In undurchdringlicher Finsternis ritze ich diese Inschrift in einen neuen Stollen. Ich bin nicht durch das Vordringen des Feindes verwirrt. Ich bin irritiert, weil ich seit jeher angenommen habe, das Bordell sei unter dem Kangchendzönga, in den ›fünf Schatzkammern des großen Schnees‹, im östlichen Himalaja; der Gasherbrum jedoch, von dem die Prospekte behaupteten, daß sich unter ihm das Bordell befinde, liegt im Karakorum-Gebirge, über tausend Kilometer entfernt in nordwestlicher Richtung. Es kann natürlich auch sein, daß diese Prospekte vom Feind absichtlich gefälscht wurden. Wie dem auch sei, mein alter Aufenthalt ist nicht mehr sicher. Ich erinnere mich an eine Höhle, wo ich als Leutnant meinen ersten Stoßtrupp zusammenstellte, eine grausame Auswahl: kaum ein Drittel der Söldner übersteht. Ich beschließe, dieses Übungslager aufzusuchen, vielleicht finde ich meine Truppe wieder, wenn auch die Gefahr besteht, daß das Lager vom Feind besetzt worden ist, eine Möglichkeit, mit der ich nun zu rechnen habe. Zwar weist der Umstand, daß Reisende das Bordell besuchen, wie man früher Ausgrabungen besuchte, darauf hin, daß die Kämpfe nun weit westlicher toben, aber der Feind kann auch schon weite Teile des von der Verwaltung regierten Gebiets erobert haben, was ich freilich nicht glaube. Dennoch: Den Mann im weißen Kittel erschoß ich, obwohl er wahrscheinlich der Verwaltung angehörte. Er war vielleicht doch ein Feind. Ich beende die Inschrift in diesem Stollen. *[Ende der Inschrift.]* Ich rollte vorsichtig in das Stollensystem hinein, das zum Ausbildungslager führt, mit Proviant für mehrere Tage ausgerüstet. Ich hatte den Weg noch genau in Erinnerung – ohne ein vollkommenes Gedächtnis ist dieser Krieg nicht zu überstehen. Bei einer Kreuzung zweier Stollen, die sich durch die fast unmerkliche Zugluft bemerkbar machte, die bei jeder Kreuzung entsteht, schien es mir, als höre ich in einem Nebenstollen ein Kratzen. Es tönte, als ritze jemand in die Felswand. Ich rollte langsam in den Stollen hinein, Zentimeter um Zentimeter, hielt an, das Kratzen war nicht mehr zu vernehmen. Dagegen war es, als rolle mir etwas entgegen. Dann Stille. Ich rollte vorsichtig vorwärts, wieder Zentimeter um Zentimeter, hielt an, horchte: Wieder rollte es mir entgegen, wieder Stille. Ich rollte weiter, hielt an, horchte. Das Einander-näher-Rollen dauerte Stunden. Plötzlich atmete jemand dicht vor mir, ich blieb unbeweglich, hielt den Atem an. Es atmete wieder. Da sich noch mehrere Feinde in der Nähe befinden konnten, war es besser, die Maschinenpistole nicht zu verwenden. Ich holte mit meiner rechten Greifprothese aus, schlug zu und ins Leere, rollte vor, schlug wieder zu, es klang, als ob Stahl gegen Stahl pralle. Ich schlug weiter zu, fiel aus meinem Rollstuhl, wälzte mich mit etwas anderem auf dem Boden herum, schlug immer wieder zu, bald auf Metall, bald in etwas Weiches. Dann war das andere unbeweglich. Ich suchte meinen Rollstuhl. Es war ein Durcheinander von Stahl. Ich kroch auf meinen Stümpfen, suchte, fiel in einen Schacht, prallte irgendwo mit dem Gesicht auf, wälzte mich herum und fiel in einen weiteren Schacht. Ich muß lange ohnmächtig gelegen haben. Als ich wieder zu mir kam, lag ich in etwas Klebrigem, das mein Gesicht bedeckte. Ich wollte losschießen – ich konnte mitten unter die Feinde gestürzt sein –, aber meine linke Armprothese fehlte. Ich war waffenlos.

Ich bin es noch. Ich befinde mich offenbar in einer Höhle. Ich spüre, daß mein Gesicht eine blutige Masse ist. Der Boden ist Geröll. Ich schleppe mich mühsam der Höhlenwand entlang, die Höhle muß unermeßlich sein. Manchmal ist die Zugluft eisig, manchmal herrscht unerträgliche Hitze: Wahrscheinlich liegen in der Nähe die gewaltigen Werkstätten, wo die Waffen hergestellt werden; ob die unsrigen oder die des Feindes, weiß ich nicht. Meine Lage ist hoffnungslos. Jetzt nur noch auf mich angewiesen, der Wand der ungeheuren Höhle nachkriechend, die oft die seltsamsten Windungen macht, darf ich mir aber die Frage stellen, die ich mir während des Kämpfens nie gestattet habe: Wer ist der Feind? Die Frage vermag mich nicht mehr zu lähmen, und auch die Antwort nicht. Ich habe nichts mehr zu verlieren. Das ist meine Stärke. Ich bin unüberwindlich geworden. Ich habe das Rätsel des Winterkriegs gelöst. Zwar habe ich keinen Rollstuhl mehr, meine Maschinenpistolen-Armprothese liegt irgendwo hinter mir in einem der Stollen, aber mit dem Stahlgriffel ritze ich mit winziger Schrift meine Erkenntnis in den Fels, nicht damit sie gelesen wird, sondern damit ich meine Gedanken besser formen kann. Denn indem ich sie in den Fels grabe, grabe ich sie in mein Hirn: Der Weg, der zur Erkenntnis führt, ist schwer zu begehen, schwerer noch als die Wege, die ich zurückgelegt habe, seit ich in einer nepalesischen Kleinstadt nackt eine schmierige Treppe hinuntergestürzt bin. Ohne das Wagnis von Fiktionen ist der Weg zur Erkenntnis nicht begehbar. So stelle ich mir im absoluten Dunkel, das um mich herrscht, ein Licht vor; nicht das absolute Licht, sondern ein Licht, das meiner Lage entspricht: Ich stelle mir nämlich Menschen in einer Höhle vor, Menschen, die von Jugend auf an Schenkeln und Hals in Fesseln eingeschmiedet sind, so daß sie unbeweglich sitzen bleiben und nur vorwärts, auf die Wand der Höhle, zu schauen vermögen. In den Händen halten sie Maschinenpistolen. Über ihnen scheint ein

Feuer. Zwischen dem Feuer und den Gefesselten ist ein Querweg. Längs diesem stelle ich mir eine kleine Mauer vor. Auf dieser Mauer würden von mächtigen Gefängniswärtern Menschen vorgeführt, die ebenfalls gefesselt wären und ebenfalls Maschinenpistolen in den Händen hätten. Aber dann, über das Geröll des Höhlenbodens weiterrutschend und meine Inschrift weitergrabend, frage ich mich, ob ich wohl von mir und von anderen je etwas anderes zu sehen bekomme als die Schatten, die das Feuer auf die Höhlenwand wirft, die meinem Gesicht gegenüberliegt, und ob ich wohl nichts anderes als die Schatten jener Gestalten für wahr halte. Ja, und wenn eine Stimme von irgendwoher mir zuriefe, diese Schatten, die ja auch die Schatten von Maschinenpistolen aufweisen, seien meine Feinde, ob ich da nicht auf die Schatten auf der Wand der Höhle vor mir schießen und auf diese Weise, weil die Kugeln von der Wand zurückprallten, gewissermaßen jene töten würde, die wie ich an Schenkeln und Hals gefesselt wären; und ob nicht die, weil sie ja das gleiche glaubten und handelten wie ich, mich auch töten würden. Wenn ich aber entfesselt und genötigt würde, plötzlich aufzustehen, den Kopf zu drehen, herumzugehen, in das Licht zu sehen, und wenn ich dabei Schmerzen empfände und wegen des grellen Lichts nicht jene Menschen anschauen könnte, deren Schatten ich vorher zu sehen pflegte, Menschen in der gleichen Lage wie ich: wäre ich da nicht der Meinung, die vorher geschauten Schattengestalten hätten mehr Realität als die, welche ich jetzt gezeigt bekomme? Und wenn man mich zwänge, in das Licht selbst zu sehen, so würde ich vor Schmerzen davonlaufen und mich wieder jenen Schattenmenschen zuwenden, die ich ansehen konnte; und ich bliebe dabei, diese seien wirklich deutlicher als die, welche ich gezeigt bekommen habe, denn diese seien meine Feinde; und würde ich nicht wieder zu schießen beginnen, um sie wieder zu töten und mich von ihnen immer wieder töten zu lassen? Ich brauche mir keine weiteren Antworten zu geben. Irgendeinmal schlug ich mich schon mit diesem Gleichnis herum; vielleicht las ich es irgendwo, oder ich erdachte es, ich weiß es nicht mehr. Wahrscheinlich erfand ich es, während ich es in den Fels ritzte. Das Feuer, das die Schatten wirft, muß vor Urzeiten entstanden sein, nicht umsonst fürchtet sich jedes Tier vor dem Feuer, das Feuer ist etwas Feindliches, und des Menschen Feind ist sein Schatten. Darum habe ich Edinger und den in der Höhle hängenden Mann erschossen, den Kommandanten getötet: sie glaubten nicht mehr, daß die Schatten Feinde sind; sie glaubten, sie seien Gefesselte wie ich einer bin. Und jetzt, da ich dies denke, begreife ich plötzlich die Verwaltung: indem sie aus den drei Weltkriegen als Sieger hervorging, verwaltet sie eine Menschheit, die, dadurch, daß sie verwaltet wird, ihren Sinn verlor: Das Tier Mensch hat keinen Sinn, sein Dasein auf Erden hat kein Ziel mehr. Wozu Mensch überhaupt? ist eine Frage ohne Antwort. Der Wille für Mensch und Erde fehlt. Der Mensch leidet auch sonst, er ist in der Hauptsache ein krankhaftes Tier; aber nicht das Leiden selbst ist sein Problem, sondern daß die Antwort fehlt auf den Schrei der Frage ›wozu leiden‹? Der Mensch, das tapferste und leidgewohnteste Tier, verneint das Leiden an sich nicht; er will es, er sucht es selbst, vorausgesetzt, man zeigt ihm einen Sinn dafür, einen Sinn des Leidens. Die Sinnlosigkeit des Leidens, nicht das Leiden, ist der Fluch, den die Verwaltung nicht vom Menschen nehmen konnte, es sei denn, sie gäbe ihm den alten Sinn wieder, von dem sie ihn, grotesk genug, befreit hatte: den Feind. Der Mensch ist nur als Raubtier möglich. Auch wenn kein schwereres Los zu ersinnen ist als das des Raubtiers, welches von der nagendsten Qual durch das Stollengenist unter dem Chomo-Lungma, dem Chooyu, dem Makalu und dem Manaslu oder dem Gosainthan gejagt wird, selten befriedigt, und auch dies nur so, daß die Befriedigung zur Pein wird, im zerfleischenden Kampf mit anderen Raubtieren oder durch ekelhafte Gier und Übersättigung in den unterirdischen Bordellen. So blind und toll am Leben zu hängen, um keinen höheren Preis; fern davon zu wissen, daß und warum man so gestraft wird, sondern gerade nach dieser Strafe wie nach einem Glück zu lechzen – das heißt Raubtier sein; und wenn die gesamte Natur sich zum Rauben hindrängt, so gibt sie dadurch zu verstehen, daß dies zu ihrer Erlösung vom Fluche des Lebens nötig ist und daß endlich in ihm das Dasein sich einen Spiegel vorhält, auf dessen Grund das Leben nicht mehr sinnlos, sondern in seiner metaphysischen Bedeutsamkeit erscheint. Doch überlege man wohl: Wo hört das Raubtier, dieser grausame, blutige Raubaffe auf, der sich Mensch nennt, wo fängt der Übermensch an? Bei dem, der die Hölle der Höhle übersieht, in die er verbannt ist; der der Täuschung nicht erliegt, die Schatten seien die seiner Feinde und nicht sein eigener Schatten; der auch diesen raffiniertesten Schleier vor der Wahrheit zerreißt, hinter dem sie sich versteckt: Das Ziel des Menschen ist, sich Feind zu sein – der Mensch und sein Schatten sind eins. Wer diese Wahrheit begreift, dem fällt die Welt zu, der gibt der Verwaltung den Sinn zurück. Der Herr der Welt bin ich. Im übergrellen Licht sehe ich mich in meinem Rollwagen aus einem Stollen in eine Höhle gelangen; und aus dem Stollen mir gegenüber rolle ich mir entgegen, beide haben wir nun je zwei Maschinenpistolen-Prothesen, in die Wand zu ritzen gibt es nichts mehr, wir richten unsere vier Maschinenpistolen auf uns und feuern gleichzeitig.

[Der Leichnam des Söldners wurde von Bergsteigern am Fuße des Gasherbrum III, 7952 m, im Karahorum-Gebiet, auf einer Geröllhalde gefunden. Der Söldner hatte sich den Felsen entlang etwa 150 m weitergeschleppt und mit seiner rechten Prothese die Inschrift in die Wand und auf größere Steine geritzt, die er offenbar auch für die hier sehr steile Wand des Gasherbrum III oder eines anderen Berges hielt. Sein Gesicht war eine blutige Masse. Er muß blind gewesen sein. Im übrigen war die Leiche von einem Aasfresser (Geier, Schakal?) angefallen, dann aber in Ruhe gelassen worden. Die Inschrift war insofern schwer zu entziffern, als sie sehr bald auch in den Stollen des Gasherbrum III fast ausschließlich von rechts nach links geschrieben war statt von links nach rechts, ebenso auf der gegenüberliegenden Wand, wahrscheinlich durch den Rollwagen bedingt: weil es dem Söldner in der Finsternis leichter fiel, so zu schreiben. Draußen, auf der Geröllhalde, am Fuße des Gasherbrum III, muß er weitergeritzt haben, ein 150 m langes Band von rechts nach links, von sehr kleinen, oft fast nicht entzifferbaren Buchstaben, ohne Lücke zwischen den Wörtern und ohne Interpunktion. Der Schlußtext bestätigt seine früheren Philosophiestudien, sie sind offenbar Reminiszenzen, eine Collage von Platon (Staat, Höhlengleichnis) und Nietzsche (Genealogie der Moral, Schopenhauer als Erzieher). Kaum noch fähig, selbst zu denken, sind ihm Zitate geblieben. Er baute, ohne zu wollen, zwar nicht die Philosophie, sondern seine Philosophie auf. Jedenfalls müssen wir das annehmen, seit wir in Jamestown (Australien) zufällig die Bibliothek, offenbar eines Philosophen, gefunden

haben, unsere wichtigste Ergänzung zum Schwegler. (Außer Platons Staat und Nietzsches Gesammelten Werken enthielt die Bibliothek noch den Mythos des zwanzigsten Jahrhunderts von Rosenberg. Da weder Nietzsche noch Rosenberg bei Schwegler vorkommen, werden sie von der heutigen Forschung als philosophische Fiktionen betrachtet.) Doch ist diese Inschrift widersprüchlich. Die schwierige Lage, in der sich die Menschheit nach dem Dritten Weltkrieg immer noch befindet, erlaubte es der Verwaltung nicht, mehr als eine Forschergruppe für das Gasherbrum-Massiv zu finanzieren. Kurz nach Abschluß ihrer Arbeit brach das Massiv in sich zusammen, die Söldner müssen es zu sehr ausgehöhlt haben. Warum sie glaubten, sich im Himalaya zu befinden, ist unerfindlich. Von der Inschrift existiert nur eine Abschrift. Verschiedene Forscher glauben, die Inschrift sei von zwei ›Ichs‹ geschrieben. Die Zahl $6023 \cdot 10^{23}$, welche der Taubstumme auf die Wandtafel schrieb, kann auch als identisch mit der Loschmidtschen Konstanten $6.023 \cdot 10^{23}$ gelesen werden. Übrigens verdanken wir die Wiederentdeckung dieser Konstanten der Inschrift. Das andere ›Ich‹ wäre dann der Taubstumme. Knührböhl, Hoppler und Arthur Poll glauben, dieser Taubstumme sei Jonathan. Auch dieser habe in den Fels geritzt. Es sei auffällig, daß er später nicht mehr vorkomme. Nora erzähle dem »Oberst«, Edinger habe mit dem Taubstummen die Mathematik, die Physik und die Astronomie wiederaufgebaut, den »Oberst« beschäftige die Frage nach dem Feind, ein Teil der Inschrift beschäftige sich aber mit dem Schicksal der Menschheit und verbinde diese Frage mit den »Sonnen«; es sei unmöglich, daß dieser Teil der Inschrift auch vom »Oberst« stamme. Andere, wie Stirnknall, de la Poudre und Theilhard von Zähl, weisen daraufhin, daß im Archiv der

Verwaltung ein »Edinger« nicht vorkomme, die Inschrift sei eine Art Traum, den der Oberst erfunden habe, indem er sich in seiner hoffnungslosen Lage gleichsam aufgeteilt hätte in einen handelnden und in einen denkenden Söldner. Zu all dem ist zu bemerken, daß wir vom untergegangenen Europa eigentlich nichts Konkretes wissen. Nur seine Musik ist erhalten. Sie war die Leistung dieses Kontinents. Auch die Melodie ›Trittst im Morgenrot daher‹ gibt es. Daß sie allerdings letzthin ein Radiobastler auf Kurzwelle gehört haben will, bezweifeln wir: der Mann ist ein notorischer Säufer.]

Mondfinsternis

Tief im Winter, kurz vor Neujahr, fährt ein immenser Cadillac durchs Dorf Flötigen am Ausgang des Flötenbachtals, pflügt sich mühsam durch die verschneite Dorfstraße, hält an einer Garage. Walt Lotcher, ein fast zwei Meter großer Koloß, der sich samt dem Cadillac mit einem gecharterten Flugzeug aus Kanada nach Kloten transportieren ließ, quält sich aus dem Wagen, ein brutales Muskelpaket, etwa fünfundsechzig, krauses graues Haar, struppiger grauer Bart mit schwarzen Strähnen, Pelzmantel, Pelzstiefel. »Schneeketten«, befiehlt er dem Garagisten und fragt ihn, ob er Willu Grabers seiner sei. Er sei sein Jüngster, antwortet der Garagist, verdutzt, daß der Riese Berndeutsch redet und dazu noch im Flötenbacher Dialekt, Graber sei seit mehr als dreißig Jahren tot. Ob er seinen Vater denn gekannt habe? »Als Velohändler«, entgegnet Lotcher. Der Garagist schaut ihn mißtrauisch an. Wohin er denn wolle, fragt er endlich. »Ins Tal hinauf«, sagt Lotcher. Da hinauf komme er auch mit Ketten nicht, brummt der Garagist, die Wilderer da oben weigerten sich, einen Schneepflug anzuschaffen, nicht einmal das Postauto fahre. »Mach sie trotzdem dran«, sagt Lotcher, stapft im Schnee herum, während der Garagist arbeitet. Er zahlt, steigt ein und fährt ins Tal hinauf, an schlittelnden Kindern vorbei und läßt schon arg schleudernd die letzten Bauernhäuser hinter sich. Wie die Straße flacher wird, gibt er Gas, prallt seitlich an eine Telefonstange, die knickt ab, aber der Cadillac kommt wieder auf die Straße, die steigt, führt in den Wald, in einer Kurve rutscht der Wagen trotz der Schneeketten ab, halb eine steile Böschung hinunter, und bleibt im metertiefen Schnee stecken. Lotcher zwängt sich aus dem Wagen, im tiefen Schnee läßt sich die Türe kaum öffnen, Lotcher steht bis zum Bauch im Schnee, arbeitet sich zur Straße hinauf, rutscht wieder herunter, arbeitet sich wieder hinauf, steht auf der Straße, schüttelt sich, Schnee fällt von seinem Pelz. Er stampft weiter. Die Straße ist manchmal kaum zu erkennen. Die weißen Tannen mit den schwer hängenden Ästen wachsen zu einer unförmigen Schneemasse zusammen. Lotcher stapft wie durch eine Gletscherspalte. Der Himmel über ihm gleißendes Silber. Er stolpert über etwas, fällt hin, steht auf, reißt hoch, worüber er gestolpert ist, hält eine Leiche in den Fäusten, schüttelt sie: ein alter Mann mit weißen Bartstoppeln im schneebedeckten Gesicht starrt ihn an. Lotcher läßt die Leiche fallen, stapft weiter, kommt zu einer Lichtung, auf den Tannenwipfeln blutiges Licht, die Sonne sinkt hinter einen schwarzen Bergrücken, doch der Himmel blendet immer noch, nur zwischen den Tannen ist es blaudunkel. Ein Reh überquert die Straße, auch es hat Mühe im Schnee, dann ein zweites, glotzt ihn mit Augen voll Todesangst an, fast ist Lotcher bei ihm, da taucht es in den Wald zurück. Vom Schnee niedergedrücktes Unterholz versperrt ihm den Weg, Lotcher zwängt sich durch, steht als ungeheurer Schneemann da und schüttelt die Schneemassen von sich, die auf ihn geprasselt sind. Alles in einem verschwimmenden Zwielicht, der Schnee auf den Tannen, der Himmel, zuerst gläsern gleißend, jetzt rasch zudunkelnd, einmal rutscht Lotcher einen Hang hinunter, kracht gegen eine Tanne, aufs neue prasselt Schnee auf ihn herab, es dauert mehr als eine halbe Stunde, bis Lotcher wieder den Weg erreicht. Lotcher streckt sich, er spürt, wie sein Atem dampft, die Finsternis ist nun vollkommen, er bricht durch Schneemassen, die er nicht mehr sieht, ist plötzlich frei. Die Tannen weichen zurück, vom Himmel brennen Sterne, fast im Zenith Capella, Orion halb von einem gezackten Grat verdeckt, Lotcher kennt sich in den Sternen aus. Vor ihm wächst in unbestimmten Umrissen ein Felsblock auf, hausgroß, er tastet vorsichtig um ihn herum, erreicht den Weg wieder, Lichter tauchen auf, eine Straßenlaterne, drei, vier erleuchtete Fenster. Auf einmal ist die Straße frei von Schnee, gesalzen. Lotcher betritt den Hotel-Gasthof ›Bären‹, geht durch den schmalen Korridor, öffnet die Türe mit der Aufschrift ›Gaststube‹, steht auf der Schwelle, sieht sich um, am Tisch neben der Reihe kleiner Fenster sitzen Bergbauern, ein dicker Polizist und der Bärenwirt, am Tischende unter dem Foto General Guisans jassen vier. Lotcher setzt sich an den Tisch neben der Standuhr, ohne den Pelzmantel auszuziehen, sagt, ein Toter liege im Schnee auf der Straße im Flötenbachwald. – »Das ist der alte Aebiger«, sagt der Bärenwirt und zündet sich einen Stumpen an. Lotcher bestellt einen Liter Bäzi. Die Serviertochter schaut fragend zum langen Tisch hinüber, der Bärenwirt, ein dicker, untersetzter Mann, erhebt sich, sein Hemd hat keinen Kragen und die Weste ist offen. Er geht zu Lotcher. Einen Liter Bäzi gebe es hier nicht, sagt er, nur einen Zweier. Lotcher betrachtet ihn. »Schlaginhaufens Seppu ist also der neue Bärenwirt. Wohl auch Gemeindepräsident, he?« »Denk wohl«, antwortet der Bärenwirt. »Kennt Ihr mich denn?« »Denk mal nach«, sagt Lotcher. »Mein Gott«, geht dem Bärenwirt ein Licht auf, »bist du nicht Lochers Wauti?« »Du bist immer langsam im Denken gewesen«, meint Lotcher, »kommt jetzt der Liter Bäzi oder

kommt er nicht?« Auf einen Wink des Bärenwirts bringt die
Serviertochter das Verlangte, schenkt ein. Lotcher, immer
noch in seinem nassen, verschneiten Pelzmantel, stürzt ein
Glas Schnaps hinunter und schenkt sich darauf selber ein.
»Wo, zum Teufel, kommst du denn her?« fragt der Bärenwirt. »Aus Kanada«, antwortet Lotcher, schenkt sich wieder ein und dann noch einmal. Der Bärenwirt zündet sich
einen Stumpen an. »Da wird sich Kläri wundern«, sagt er.
»Welche Kläri?« fragt Lotcher. »He, Zurbrüggens Kläri«,
antwortet der Bärenwirt. »Die dir damals vom Döufu Mani
ausgespannt worden ist.« »Ach so«, sagt Lotcher und
schenkt sich wieder ein, »Zurbrüggens Kläri ist jetzt Döufu
Manis Frau. Das habe ich ganz vergessen.« »Trotzdem die
Kläri damals von dir schwanger war«, stellt der Bärenwirt
fest, »ist sie Frau Mani geworden.« Lotcher stutzt einen
Augenblick, trinkt dann. »Was hat's denn gegeben?« fragt
er darauf. »Einen Buben. Auch schon vierzig. Er jaßt dort
unter dem General Guisan.« Lotcher schaut nicht einmal
hin. »Was ist denn in Kanada aus dir geworden?« fragt der
Bärenwirt stumpenrauchend. »Der Walt Lotcher bin ich
geworden«, antwortet der andere. »Wout Laatscher«, sagt
der Bärenwirt erstaunt. »Ein kurliger Name.« »So spricht
man eben Locher drüben aus«, sagt Lotcher. »Und warum
bist du zurückgekommen?« fragt der Bärenwirt und wird
auf einmal mißtrauisch, er weiß nicht warum. »Euch geht's
immer noch dreckig«, grinst Lotcher und schwitzt nicht
einmal in seinem Pelzmantel, obgleich er Bäzi wie Wasser
trinkt. He nun, in diesem Regen- und Schneeloch sei es halt
so, meint der Bärenwirt. Das Tal habe den Anschluß an die
modernen Zeiten verpaßt, die meisten seien ins Unterland
gezogen, und eigentlich seien bloß die Dümmeren geblieben, denen es gleichgültig sei, arm wie Kirchenmäuse zu

bleiben. Ihm selber sei es auch nicht besonders gegangen. Abgesehen davon, daß es keine Ehre sei, Gemeindepräsident der jämmerlichsten Gemeinde des Oberlandes sein zu müssen, habe er auch persönlich Pech gehabt, seine erste Frau sei Ochsenblutts Emmi gewesen, die sei und sei nicht schwanger geworden, erst ein Wunderdoktor im Appenzell habe geholfen, sie habe Sämu geboren, aber sie sei offenbar schon zu alt gewesen und daran gestorben. Dann habe er ein Jahr später eine Junge geheiratet aus Flötigen, von der habe er Änni, die sei gerade konfirmiert, aber ihre Mutter sei erst zweiunddreißig und er zu alt für so ein Donnersweib, er müsse höllisch aufpassen. Lotcher trinkt unterdessen Schnaps, und es ist nicht festzustellen, ob ihn das Gerede des Bärenwirts interessiert. »In Kanada«, bemerkt er trocken, »besitze ich ein Gebiet, größer als das Berner Oberland. Uran, Öl, Eisen.« Und dann fragt er den Bärenwirt: »Wie viele Haushalte seid ihr denn hier oben noch?« »Sechzehn«, antwortet der, »die andern sind alle abgewandert.« »Woher kommen der Lehrer und der Polizist?« fragt Lotcher. »Die Lehrerin kommt aus der Hauptstadt und der Polizist aus Konigen«, antwortet der Bärenwirt. »Er ist auch Wildhüter.« »Die Lehrerin und der Polizist zählen nicht«, entgegnet Lotcher. »Das macht vierzehn Familien. Ich vermache euch vierzehn Millionen.« »Vierzehn Millionen?« staunt der Bärenwirt, und dann lacht er: »Das kannst du dir gar nicht leisten.« »Ich kann mir noch viel mehr leisten«, antwortet Lotcher. Dem Bärenwirt wird es ungemütlich. »Vierzehn Millionen? Einfach so?« fragt er. »Nein«, sagt Lotcher, »ihr müßt mir dafür Döufu Mani umbringen.« »Döufu Mani?« Der Bärenwirt traut seinen Ohren nicht. »Döufu Mani«, wiederholt Lotcher. »Totschlagen?« fragt der Bärenwirt. »Den?« und weiß nicht, was er denken soll. »Glotz nicht so blöd«, sagt Lotcher. »Ich habe einst geschworen, mich zu rächen, ich erinnere mich jetzt auf einmal, und den Schwur halte ich.« Der Bärenwirt starrt Lotcher an. »Du spinnst.« »Wieso?« sagt Lotcher. »Du hast einfach zuviel gesoffen«, meint der Bärenwirt und friert plötzlich. »Ich saufe nie zuviel«, sagt Lotcher und gießt sich wieder Bäzi ein. »Kläri Mani ist ein altes Fraueli«, meint der Bärenwirt nachdenklich. »Schwur ist Schwur«, sagt Lotcher. »Du bist einfach verrückt, Wout Laatscher«, stellt der Bärenwirt fest und holt sich auch einen Bäzi, setzt sich wieder. »Einfach übergeschnappt.« »Auch das kann ich mir leisten«, sagt Lotcher. »An wem willst du dich eigentlich rächen?« fragt der Bärenwirt, dem langsam aufgeht, daß es dem andern ernst ist, »am Kläri oder am Döufu?« Lotcher denkt nach. »Vergessen«, antwortet er endlich, »nur daß ich mich rächen muß, weil ich es geschworen habe, habe ich nicht vergessen.« »Toll, das ist einfach toll«, sagt der Bärenwirt und schüttelt den Kopf. »Möglich«, sagt Lotcher. Der Bärenwirt schweigt, trinkt. »Dreißig Millionen«, schlägt er endlich zögernd vor. »Vierzehn«, beharrt Lotcher und trinkt. »Mit denen wißt ihr sowieso nichts Gescheites anzufangen.« »Wann?« fragt der Bärenwirt. »In zehn Tagen«, antwortet Lotcher. »Ich rufe morgen die Gemeindeversammlung zusammen«, schlägt der Bärenwirt vor, »ohne den Polizist.« »Tu das«, sagt Lotcher. »Sie wird ablehnen«, behauptet der Bärenwirt. Lotcher lacht. »Sie wird annehmen. Auch Döufu Mani, ich kenne den Tschumpel.« Dann steht er auf. »Bring mir die Flasche aufs Zimmer.« »Frieda, richte Nummer vierzehn her«, befiehlt der Bärenwirt. Die Serviertochter flitzt die Treppe hinauf, Lotcher sieht ihr nach. »Eine gute Serviertochter, Binggu Koblers Älteste«, meint der Bärenwirt.

»Hauptsache, sie ist gut gewachsen«, sagt Lotcher und steigt die Treppe hoch. Der Bärenwirt folgt ihm. »Hast du denn kein Gepäck?« fragt er. »Im Wagen«, antwortet Lotcher, »er liegt bei Flötigen am Waldrand im Schnee, unten an der Böschung. Samt den vierzehn Millionen. In Tausenderscheinen.« Sie betreten das Zimmer, wo Frieda das Bett herrichtet. Lotcher wirft den Mantel in die Ecke, öffnet eines der zwei kleinen Fenster, Schnee weht ins Zimmer, er steht in einem Trainingsanzug da, dunkelblau mit gelben Doppelstreifen. Lotcher zieht die Stiefel aus. In der Türe erscheint ein junger Mann, groß, aber etwas zu dick für sein Alter. »Das ist mein Sohn Sämu, achtzehnjährig«, stellt ihn der Bärenwirt vor. Lotcher zieht den blauen Trainingsanzug aus, unter dem er einen roten mit weißen Doppelstreifen trägt, und zieht auch den roten Trainingsanzug aus, geht nackt zum Nachttischchen mit der Schnapsflasche, dreht sie auf, trinkt, Schnee weht wieder durchs Fenster. Lotcher ist riesig, ohne Fett, braungebrannt, nur die Haare sind grau, wuchern überall. In der Türe steht der Bärenwirt, Sämu glotzt, Frieda deckt gesenkten Hauptes das frisch gemachte Bett auf. »Frieda, zieh dich aus«, befiehlt Lotcher, »ich schlafe nie ohne Frau.« »Aber«, sagt Sämu. »Hau ab!« herrscht ihn der Bärenwirt an und schließt die Türe. »Komm!« Er poltert die Treppe hinunter. »Du Trottel«, sagt er zu seinem Sohn. »Spann die Rosse vor den Schlitten und sag Ochsenblutts Mäxu, er soll auch mit seinen zwei kommen. Wir müssen Wauti Lochers Wagen heraufschleppen. Du hast keine Ahnung, was wir sonst für eine Chance verpassen. Ewig wird es dich sonst reuen, daß du ihn mit deiner Frieda nicht hast schlafen lassen.« Sie schaffen es mit den vier Rossen, zwar rutscht, saust und poltert eines von Ochsenblutts Tieren die Flötenbachschlucht hinunter, aber am Morgen steht der Cadillac im Hof des ›Bären‹. Blauer Himmel, stechende Sonne, in der Küche sitzt die Bärenwirtin mit ihrer Tochter Änni, und auch Frieda sitzt am Tisch, übernächtigt. Sie trinken Milchkaffee, der Bärenwirt schenkt sich eine Tasse ein. Es solle wieder eine zu ihm hinauf, sagt Frieda und streicht sich Butter aufs Brot. Sie habe heute frei, meint der Bärenwirt. Seine Frau könne servieren. Er wolle aber eine neue, insistiert Frieda und beißt in die Butterschnitte. Der Bärenwirt trinkt Milchkaffee. Übrigens nenne Locher sich jetzt Laatscher, Wout Laatscher, bemerkt er. Die Frauen schweigen. Was denn eigentlich los sei, fragt die Bärenwirtin. Die Chance sei gekommen, die Riesenchance, schreit der Bärenwirt, erhebt sich und poltert die Treppe hinauf, öffnet die Türe. Das Fenster ist zu, im Bett ißt Lotcher Spiegeleier mit Schinken, trinkt aus einer großen Tasse Milchkaffee, die Schnapsflasche ist leer. Den Wagen hätten sie heraufgeschleppt, meldet der Bärenwirt. Was mit dem Toten sei, fragt Lotcher. Den hätten sie auch mitgebracht, es sei der alte Aebiger gewesen, sagt der Bärenwirt, warum er sich denn für den Toten so interessiere? Man könne nie wissen, antwortet Lotcher. Ob der Zündschlüssel noch im Anlasser stecke? Ein ganzes Bündel von Schlüsseln, sagt der Bärenwirt. Der Zündschlüssel passe auch für den Kofferraum, sagt Lotcher, er solle den Koffer drin heraufbringen, und im übrigen wisse der Bärenwirt, was er noch herbeizuschaffen habe. Der Bärenwirt hopst im Zimmer herum, stürmt die Treppe hinunter, hastet zum Wagen, kommt nach einer Weile mit einem großen alten Koffer, stürmt die Treppe wieder hinauf, legt den Koffer bei Lotcher auf den Tisch unter dem kleinen Fenster, dem Bettende gegenüber, öffnet ihn und starrt auf lauter Bündel von Tausendernoten. Wieviel da drin sei, keucht er. Exakt vierzehn Millionen, sagt Lotcher. Er habe also über sie im Dorf Bescheid gewußt, geht dem Bärenwirt ein Licht auf. Er sei eben immer informiert, meint Lotcher. Der Bärenwirt öffnet die Türe, schreit »Änni, Änni«, vielleicht zehnmal. Änni erscheint unten an der Türe mit großen Augen, was er denn wolle. Sie solle heraufkommen. Und wie sie heraufkommt, stößt er sie in Lotchers Zimmer. »Da, da«, schreit er, zeigt auf die Tausender, das sei die Chance, sie solle sich ausziehen und sich zu ›Laatscher‹ legen. Sie sei doch erst konfirmiert, protestiert Änni. »Ach was«, fährt ihr der Bärenwirt über den Mund, mit Hinterchrachens Chrigu habe sie auch schon geschlafen, und ihre Mutter habe es noch vor der Konfirmation getrieben. Änni zieht sich aus, und der Bärenwirt beginnt, mit dem Rücken gegen das Bett, die Tausendernoten zu zählen. Hinter ihm schreit Änni auf. Der Bärenwirt zählt und zählt, alles Bündel von zehn Tausendernoten, die Sonne scheint ihm durch die Scheiben des Fensters direkt ins Gesicht, er zählt und zählt, Änni hinter ihm keucht. Er sieht im Fenster, dessen unterer Teil dank dem Dach des Nachbarhauses wie ein Spiegel wirkt, Ännis nackten Rücken auf und ab tanzen, er zählt, fünfhunderttausend hat er schon geschafft, er will es genau wissen, jetzt wölbt sich hinter ihm der gewaltige Leib Lotchers, schiebt sich nach vorne, schiebt sich zurück, wie eine rangierende Dampfmaschine aus Fleisch. Er zählt, er zählt, Änni schreit, er zählt, eine Million endlich, noch dreizehn Millionen, jeden Tausender muß er sehen. Er wolle jetzt wieder Frieda, kommandiert Lotcher. Sie habe noch nicht genug, keucht Änni. Dann werde er es ihr zeigen, lacht Lotcher. Das Bett fährt hin und her, steht schräg im Zimmer, der Bärenwirt zählt und zählt, die Sonne ist jetzt aus dem Fenster verschwunden, die Scheiben werden immer mehr zum Spiegel, zwei Millionen. Sie könne nicht mehr, schreit Änni. Frieda herbei, befiehlt jetzt der Bärenwirt, und Änni solle auch Ochsenblutts Eusi herbeischaffen. Und Schnaps müsse er auch wieder haben, reklamiert Lotcher, und der Bärenwirt zählt und zählt, und dann fängt es hinter ihm wieder an, zuerst langsam und dann immer schneller, und nicht nur Frieda ist dabei, auch Änni. Ob denn Ochsenblutts Eusi komme, fragt der Bärenwirt, zählend, eine Tausendernote um die andere. Die Mutter hole sie, keucht Änni, in Pausen, stöhnend, und die Mutter hole auch Hakkers Züsi, er zählt und zählt, die Finger zittern ihm immer mehr, und wenn er glaubt, er habe sich verzählt, fängt er beim Bündel wieder von vorne an. Stunden sind vergangen, der Himmel verdunkelt sich, er macht Licht, um besser zählen zu können, seit Stunden ist es hinter ihm ruhig geworden, kein Keuchen, Knarren, Hin- und Herrücken und Auf-und-ab-Tanzen mehr, er zählt und zählt. Auf einmal tanzt in der Fensterscheibe wieder ein nackter Rücken auf und ab, Ochsenblutts Eusi oder Hackers Züsi, er zählt und zählt, die Nacht ist draußen hereingebrochen, immer gewaltiger stöhnt, keucht, röchelt, brüllt es wieder hinter ihm. Plötzlich springt der Bärenwirt auf, »exakt vierzehn Millionen«, schreit er, »exakt«, und rennt aus dem Zimmer, die Treppe hinunter, in der Gaststube sind die Bauern schon versammelt, der Bärenwirt ist bachnaß, »exakt vierzehn Millionen, genau«, er habe sie nachgezählt, keucht er, stolpert fast über drei, die auf der zweituntersten Stufe der Treppe sitzen, und begibt sich hinter den langen Tisch, neben Hegu Hinterkrachen, den Gemeindeschreiber, überall sitzen die Bauern, an allen Tischen. Ob er protokollieren solle, fragt Hegu. Ob er verrückt sei, regt sich der Bärenwirt auf, hier gebe es nichts zu schreiben, und dann fragt er seinen Sohn, der unten am langen Tisch mit Manis Jöggu, Ochsenblutts Mäxu und Hackers Miggu wie am Abend vorher jaßt, ob er das mit dem Polizisten erledigt habe? Einen Korb Roten habe er ihm gebracht, antwortet Sämu, und nun sei er stockbesoffen und schlafe. Ob man eigentlich zur Sache kommen könne, fragt Hermännli Zurbrüggen, es gehe schließlich um diesen »Uhung«, um den Mann seiner Schwester, um Döufu Mani, er sei immer gegen diese Heirat gewesen, man solle ihn am besten gleich hinter dem ›Bären‹ erschlagen und auf dem Flötenbachbödeli begraben, vierzehn Millionen seien vierzehn Millionen, inzwischen könne ja einer zur Lehrerin, damit sie nicht zufällig erscheine, um die Bärenwirtin zu besuchen, zum Beispiel Manis Jöggu, den habe sie doch ganz gern, und Jöggu solle sie bitten, ihm etwas von ihren Reimen vorzulesen, die reime doch immer. Wo die Lehrerin denn sei, fragt der Bärenwirt. Die orgele in der Kapelle, das dauere mindestens noch zwei Stunden, sagt Ochsenblutts Röufu, Ochsenblutts Mäxus Bruder. Schön, dann könne man ja beginnen, überlegt der Bärenwirt, aber er glaube, vor allem habe Döufu Mani das Recht zu reden, sie seien schließlich eine Demokratie. Er habe gar nicht zu reden, sagt Mani, ein hagerer, leicht gebuckter Bauer, überhaupt etwas schief, als er sich erhebt, er habe wie alle im Dorf das Geld nötig, er sei nicht so blöd, das nicht einzusehen, auch wenn es ihn das Leben koste, das Leben mache ihm sowieso längst keinen Spaß mehr, sie sollten nur zuschlagen, am besten wie Hermännli Zurbrüggen es vorgeschlagen habe, gerade jetzt. Mani setzt sich wieder. Die Bauern trinken ihren Roten und schweigen. Das mit dem ›Uhung‹ nehme er zurück, meint Zurbrüggen, Mani habe sehr anständig, ungemein anständig gesprochen, nun müsse man einfach wählen, wer ihn hinter dem ›Bären‹ mit dem Beil erschlage. Aber da sagt eine Mädchenstimme von der Treppe her, Woult Laatscher lasse ausrichten, es dürfe dann erst in der nächsten Vollmondnacht geschehen. Es ist Hinterkrachens Mariannli, splitternackt steht es auf der Treppe; die vor ihm sitzen, wenden sich verblüfft um, aber schon verschwindet es nach oben. Ein gutgewachsenes Töchterchen habe er aber, meint Miggu Hacker zum Gemeindeschreiber und mischt die Karten. Er solle das Maul halten, entgegnet der Gemeindeschreiber, sich eine Brissago anzündend, Miggu seine sei auch oben gewesen. Und Sämu sagt, die Karten in seiner Hand ordnend, seine Braut wolle gar nicht mehr aus Wauti Lochers Zimmer, so heiße der schließlich, nicht ›Laatscher‹. Im Dorf gehe es plötzlich wie in den deutschen Illustrierten zu, die man am Kiosk kaufen könne, und dann sagt er, seine Karten betrachtend, Schaufel. Vor der nächsten Vollmondnacht gehe es nicht, überlegt der Bärenwirt bedächtig, sonst hätten sie einen Toten, und der Locher zahle keinen Rappen. Was denn das für ein Tag sei, der nächste Vollmond, fragt ein mickriger steinalter Bauer mit weißem strähnigem Haar, bartlos, und mit einem verwitterten Gesicht, als sei er über hundert. Er wisse es nicht, antwortet der Bärenwirt, zuerst habe Locher in zehn Tagen gesagt, und jetzt sage er, es müsse am nächsten Vollmond sein. Kurlig. Weil am nächsten Vollmond ein Sonntag sei, und zwar der übernächste Sonntag, in genau zehn Tagen, sagt der Bauer und trinkt seinen Roten, da würden sie nur ihre Seelen verspielen. Wauti Locher wisse eben, wann Vollmond sei, und noch der erste im Jahr, aber er wisse das auch, ihn führe Wauti nicht hinters Licht. Hermännli Zurbrüggen schnellt hoch. Das wisse er auch, daß Nobi Geißgraser immer alles besser wisse und hinter allem den Teufel und seine Schwiegermutter vermute, aber ihm sei das scheißegal. Er nehme nichts vom Geld, antwortet der Alte, keinen Zehner. »Um so besser, Vater«, schreit Geißgrasers Ludi, sein Sohn, auch schon gegen die siebzig, dem Alten entgegen, dann nehme er alles, und er könne verrecken, wie er ja immer gewünscht habe, daß er, sein Sohn, und seine Enkel verreckten, und vom Tisch mit allen acht Geißgrasers kommt's wie im Chor, alles nähmen sie. Schweigen. Da werde er doch wohl noch etwas zu bemerken haben, gibt der Alte seinem Sohn zurück. Aber der lacht nur, nichts habe er zu bemerken, das Maul habe er zu halten, sonst gehe er zum Statthalter in Oberlottikofen und erzähle ihm, von wem seine Schwester ihre zwei unehelichen Idioten habe und von wem seine jüngste Tochter, Bäbi, schwanger sei; wenn einer ein alter Sünder sei, dann sei es Nobi, der alte Geißbock, während sie, wenn sie Mani töteten, es nur tun würden, weil sie eine Million nötig hätten. Ob noch jemand etwas zu sagen habe, fragt der Bärenwirt und wischt sich den Schweiß ab. »Henusode«, sagt Mani und geht zur Türe, sich zwischen den Bauern hindurchzwängend, »so lebt recht wohl.« Er geht hinaus. Schweigen. Jemand müsse Mani bewachen, damit er nicht abhaue, noch besser zwei, am besten, man wechsle ab, sagt Ochsenblutts Mäxu. Das müsse man eben organisieren, meint der Gemeindeschreiber. Wieder Schweigen. Oben auf der Treppe erscheint Frieda, nackt wie Mariannli, und verlangt keuchend und strahlend Schnaps. Sämu solle Bäzi holen, befiehlt der Bärenwirt und setzt sich zufrieden unter den Glasschrank mit dem Silberbecher vom Schwingverein, der schon längst eingegangen ist, schwingt doch der letzte Schwinger des Dorfes, Ochsenblutts Röufu, beim Schwingverein Flötigen. Binggu Kobler murmelt, indem er Frieda anstarrt, das sei doch seine Tochter. Aber wie Sämu seiner splitternackten Verlobten den Schnaps bringt und sich dabei galant verbeugt, klatschen alle in die Hände. Sämu habe etwas für das Gemeinwohl getan. Sie schwankt nach oben. Nur Res Stierer sinnt vor sich hin, ein dicker Bauer mit einem roten Schnauz und Metzgerhänden, verkündet plötzlich in die Stille hinein, die wieder hereingebrochen ist, es müsse wie ein Unfall aussehen. Mani müsse unter einer Tanne sitzen, und dann müsse man die umschlagen. »Unter einer Buche«, schlägt der Gemeindeschreiber vor und wird sachlich, geschäftsmäßig. Am besten unter der Blüttlibuche. Man habe dem Pfarrer schon längst neue Balken fürs Kirchlein versprochen. Buchige machten sich besser. Dann müsse die Blüttlibuche aber jemand ansägen, meint der Bärenwirt, sonst müßten sie zu lange warten. Das mache er schon mit seinem Bruder Mäxu, meldet sich Ochsenblutts Röufu. Wer denn mit dem Beil schlagen solle, fragt Kobler. Alle, sagt der Bärenwirt, und dann fragt er, wer dafür sei, und alle außer dem alten Geißgraser heben die Hand. Wenn Nobi zur Polizei gehe –, aber der Bärenwirt braucht nicht weiterzureden. Er hindere niemanden daran, zur Hölle zu fahren, antwortet der alte Bauer. Und dann sagt der Bärenwirt noch, das habe er fast vergessen: der alte Aebiger dürfe erst, nachdem die Sache erledigt sei, begraben werden, ein Begräbnis ziehe Leute an wie frischer Mist Fliegen, und Aebiger habe viele Verwandte in Flötigen und noch anderswo. Das sei kein Problem, die Leiche sei stockgefroren und schon zugenagelt, damit die Füchse nicht drangingen hinter dem Schopf, sagt Aebigers Friedu. Der Bärenwirt will die Sitzung aufheben, da steht zu aller Verblüffung Mani, das Opfer, wieder in der Türe der Gaststube, er habe es sich noch einmal überlegt, sagt er und schneuzt in ein großes rotkariertes Taschentuch. Alle starren ihn entsetzt an, jetzt müsse man ihn doch auf der Stelle totschlagen, denkt der Bärenwirt wie gelähmt. Mani faltet das große Taschentuch sorgfältig zusammen, steht in der Tür, hager, leicht gebückt und schief. Nächster Vollmond sei übernächsten Sonntag, habe Nobi gesagt, am Samstag davor sei die Landwirtschaftliche Ausstellung in Oberlottikofen, die möchte er sich doch anschauen und vielleicht seine Buben, den Jöggu und den Alex, beraten, was sie sich für das viele Geld anschaffen könnten, das sie dann erhielten, er denke sich immer, mit einem neuen Stall und mit einem Traktor wäre sein Leben ein ganz anderes gewesen. Mani schweigt verlegen. Der junge Geißgraser kichert nervös, und Hermännli Zurbrüggen leert seinen Roten, er wisse nicht, er wisse nicht, murmelt er, aber dann leeren auch der Bärenwirt und der Gemeindeschreiber ihre Gläser, und der Bärenwirt beschließt: »Gehen wir am Samstag vor dem Vollmondsonntag alle nach Oberlottikofen.«

Und sie gehen. Schon im Morgengrauen stampfen sie gemeinsam durch den Schnee hinunter nach dem Dorf Flötigen am Talausgang. Döufu Mani zwischen Seppu Schlaginhaufen, dem Bärenwirt, und Ochsenblutts Röufu, der beim letzten Schwinget in Brienz den drittletzten Platz gewonnen hat, und dann besteigen sie den Zug nach Oberlottikofen, Mani immer umklammert, man läßt ihn nicht laufen, morgen ist Vollmond. Durch die Landwirtschaftliche Ausstellung werden sie von einem Männlein mit einem Schnäuzchen und einer rosigen Glatze geführt, das einen ›schottischen‹ Anzug trägt. »Benno von Lafrigen«, stellt sich das Männlein vor, hochdeutsch, und schlägt die Hakken zusammen, »Auslandschweizer.« Von Lafrigen führt sie zuerst über die Festwiese, wo auf einem Marmorsockel aus Plastik eine Kuh aus Plastik steht, davor spielt eine Ländlerkapelle, dann führt er sie zu den Modellställen mit richtigen Kühen. Von Lafrigen winkt den Flötenbachern zu, sich um ihn zu scharen. Er führt aus, daß im modernen Stall bei der Aufstallung von Rindvieh verschiedene Stallarten gebräuchlich seien. Es gebe Anbindeställe, Laufställe und Freiluftlaufställe, und beim Stallneubau werde berücksichtigt, daß sie für andere Tiere Verwendung finden können, ohne daß teure Umbauten vorzunehmen seien. »Das ist ein Laferi, dieser Lafrigen«, sagt Hermännli Zurbrüggen. Der Landwirt könne sich somit bei der Veredelungswirtschaft der Marktlage anpassen, fährt von Lafrigen fort und rückt seine Krawatte zurecht. Die Anbindeställe seien in Europa die gebräuchlichsten. Hier würden die Tiere in einer oder mehreren Reihen in Längsrichtung nebeneinander im Stall angebunden, der zweckmäßigerweise so breit sei, daß man mit einem Wagen durchfahren könne, um das Futter, Grünfutter, in die Tröge abkippen zu können. »Abkippen«, sagt Mani begeistert, »so ein Wagen muß auch her.« Er solle doch still sein, zischt sein Sohn Jöggu hinter ihm. Die Entmistung werde entweder manuell oder automatisch erledigt, erläutert von Lafrigen. Die Laufställe seien weniger aufwendige Bauarten, hier werde das Vieh in einer oder mehreren großen Boxen lose aufgestallt. Wenn eine Kuh etwas fallen lasse, werde dieses Auslandschweizerlein vom Kuhfladen begraben, meint Miggu Hacker. Der Dung werde erst im Frühjahr oder Herbst mit Frontlader oder Greifer entnommen, versichert von Lafrigen und schneuzt in ein weißes seidiges Tuch; so gering sei der tägliche Arbeitsaufwand, da nur eingestreut werden müsse, gemolken werde in einem separaten Melkstand, wo unter anderem die Milchkühe entsprechend ihrem Bedarf auch gleichzeitig Kraftfutter erhalten würden. »Kraftfutter, Alex«, sagt Mani, »das müßt ihr euch dann auch anschaffen«, und trottet, immer noch eingeklemmt zwischen dem Bärenwirt und Ochsenblutts Röufu, dem Auslandschweizer nach. Vorwiegend werde der Laufstall jedoch für die Aufstallung von Mastvieh verwendet, sagt von Lafrigen, und sie betreten einen neuen Stall. Eine Kuh muht. Etwas platscht dumpf. Der Freiluftlaufstall sei die einfachste der Aufstallung, ein nach der witterungsgünstigsten Seite offener Stall ermögliche dem Vieh ständigen Auslauf. Wieder ein Muhen und Platschen. Beim Anbindestall drüben werde dagegen nach der Länge der Standfläche der Tiere in Langstand, Mittellangstand und Kurzstand unterschieden. »Bitte folgen.« Wieder muht und platscht es. »Er kommt, meiner Seel, jedesmal davon«, sagt Ochsenblutts Mäxu. Der Vortrag geht in einem neuen Stall weiter. Durch die Mechanisierung der Entmistung werde bei neuen Stallungen vorwiegend der Kurzstand bevorzugt, die Standlänge sei hier 10–20 cm kürzer als die Rumpflänge der Tiere, anschließend an die Standfläche sei die Kotrinne, die etwas tiefer liege, diese werde entweder mit Schiebern, die von Seilwinden gezogen oder von kleinen Einachsschleppern geschoben werden, geräumt. »Großartig«, staunt Mani. Bei Schubstangenentmistungsanlagen, erklärt von Lafrigen, werde der Kot, der mit der Einstreu, das heiße mit Stroh, und Futterresten vermischt sei, schubweise weiterbefördert und bis zu einem Kettenförderer bewegt, der den Stalldung dann bis zum Dunghaufen fördere. In den letzten Jahren habe jedoch die noch weniger arbeitsaufwendige Schwemmentmistung immer mehr an Bedeutung gewonnen. Hierbei entfalle das Einstreuen der Tiere ganz. An die Standfläche schließe sich ein Rost an, »bitte nähertreten«, unterhalb dessen eine Kotrinne mit einem leichten Gefälle zu einem Behälter, zu der Güllengrube außerhalb des Stalles verlaufe. Es sei Zeit, den Schwätzer selber in die Gülle zu spülen, schlägt Hermännli Zurbrüggen vor, aber von Lafrigen versteht kein Oberländerdeutsch. Der Kot und der Harn flössen dann vermischt in die Güllengrube, erläutert er, die Tiere lägen nicht mehr auf Stroh, sondern auf dem gut isolierten Boden. Er sei entweder aus Kunststoff, Holz oder auch aus Steingut. Die Sauberhaltung der Stallungen sei damit sehr vereinfacht, und die Krankheitserreger seien leichter zu bekämpfen. Die Tiere stünden sauberer, so daß auch die Milchgewinnung hygienischer sei. Der schwätze ständig von Kühen und könne eine Geiß nicht von einem Kalb unterscheiden, meint Hegu Hinterkrachen und zündet sich einen Stumpen an. Von Lafrigen doziert, neben der Mechanisierung des Stalls sei auch die Ausbringung des Stalldungs von größter Wichtigkeit, da die Entmistung von Hand sehr schwer sei und nicht gerade zu den angenehmsten Arbeiten der Landarbeit zähle. Die selbständig in die Grube geflossene Gülle entmische sich bei der Lagerung in dem Behälter sehr stark; schwere Teile setzten sich ab und leichte Bestandteile bildeten sogenannte Schwimmdecken, deshalb müßten Güllegruben gemischt werden: mechanisches Mischen, pneumatisches Mischen und hydraulisches Mischen. »Das ist alles schön und gut«, erklärt Mani, eingeklemmt zwischen dem Bärenwirt und Ochsenblutt, aber jetzt wolle er einen Traktor sehen, das sei das Wichtigste, sein Traum, ob man neue Ställe brauche, könne man sich erst überlegen, wenn man einen Traktor besitze. »Dann bitte«, sagt von Lafrigen, führt sie an der Plastikkuh mit der Ländlerkapelle vorbei und in die Maschinenausstellungshalle. Irgendwo singt ein Männerchor. Der Schlepper sei die wichtigste Landmaschine im modernen Bauernbetrieb, beginnt von Lafrigen einen neuen Vortrag und wischt sich den Schweiß von der Stirne; denn neben seiner Aufgabe als Zugmaschine diene der Schlepper immer mehr als Energiequelle für angehängte Maschinen. Wenn er nur besser Schriftdeutsch verstünde, murrt Res Stierer. Warum die denn einen fremden Fötzel schicken müßten, er habe noch nie gehört, daß ein Schweizer ›von Lafrigen‹ heiße, mault Geißgrasers Ludi ganz laut und ungeniert; und der alte Geißgraser, der auch mitgekommen ist, meckert, mit der Schweiz gehe es bachab. An den sogenannten Zapfwellen, fährt von Lafrigen fort, die aus dem Getriebeblock des Schleppers herausragen, werde die Energie abgezapft, der moderne Schlepper besitze drei Zapfwellen: zwei am Ende des Getriebeblocks unter der Anhängekuppelung, mittels einer Gelenkwelle könne von hier aus die Energie an eine angehängte Maschine abgegeben werden, die dritte Zapfwelle stehe nach vorne aus dem Getriebeblock und diene speziell dem Antrieb eines Anbaumähwerkes. So eines wolle er sehen, aber eines, das für das Flötenbachtal geeignet sei, verlangt Mani, und Röufu und der Bärenwirt umklammern ihn ängstlich, und dann schauen sie sich alle die landwirtschaftlichen Maschinen an, die man an den Schlepper anhängen kann, damit sie Winden und Pflüge heraufziehen, und alle anderen Geräte für steile Hänge. So was müßten sie kaufen, sagt Mani zu seinen Söhnen Jöggu und Alex, und dann verlassen sie von Lafrigen und die Ausstellung. Wie sie auf die Bahnstation von Oberlottikofen wollen, müssen sie am ›Mönch‹ vorbei, in welchem der Oberländische Trachtenverein sein Jahrhundertfest abhält, darauf gehen sie zum ›Eidgenossen‹, zum ›Löwen‹, zum ›Eiger‹, zur ›Jungfrau‹, zur ›Blümlisalp‹, zum ›Wildstrubel‹

und zum ›Wilden Mann‹. Alles ist überfüllt, sie wollen immer noch zur Bahnstation, kommen aber wieder zum ›Mönch‹. Die Frau vom Präsidenten, Aelligs Christine, steht gerade draußen auf der Terrasse und ruft zur Bahnhofstraße hinüber, da komme ja Res Stierer, und schon sind sie im großen Saal und nehmen an der Tanzerei teil. Sämu, Miggu Hacker und Hermännli Zurbrüggen hopsen wie wild und auch Res Stierer. Und Mani, zwischen dem Bärenwirt und Röufu an eine Holzwand hinter einem Tisch gepreßt, daß er sich kaum zu rühren vermag, einen Liter Roten auf dem Tisch, ist verwundert, daß der dicke Stierer noch so tanzen kann. Und als Christine bei den dreien vorbeikommt und fragt, warum sie denn so steif an der Wand säßen, meint der Bärenwirt, es sei nichts, nur sei es dem Mani nicht ganz gut, und sie seien schließlich Freunde. »Prost, Döufu«, sagt er und trinkt ihm zu. Wie's denn dem Kläri gehe, will Christine wissen. Der gehe es gut, antwortet Mani. Da kommen einige von Unterflötigen und Hinterkrachen Emmis Unehelicher von Mittellottikofen vom ›Eiger‹ herüber in den ›Mönch‹. Sie sind schon ganz betrunken, es gibt eine Mordsschlägerei mit dem Oberlottikofer Trachtenverein, und dann rücken von der ›Blümlisalp‹ die Unterlottikofer heran, die schlagen noch wilder drein. Einer wirft Ochsenblutts Röufu einen Bierkübel an den Kopf, der rührt sich nicht einmal, wischt auch das Blut auf der Stirne nicht ab. Nur keine Polizei, denkt er, nur keine Polizei. Aber es kommt schlimmer. Vom oberen Säli, wo sie gesessen haben, kommen Ständerat Aetti, eigentlich Härdu Aetti, der in Oberlottikofen aufgewachsen ist, Regierungsrat Schafroth und Gemeindepräsident Emil Müetterli. Die Unter-, Mittel- und Oberlottikofer erstarren, die Ehre ist für sie ungemein. Sie sollen sich ruhig weiterprügeln, meint der Ständerat. Gelächter. »Super-Aetti«, schreit einer, alles setzt sich. Das Trachtenfest geht weiter, aber der Ständerat, der Regierungsrat und der Gemeindepräsident nehmen ausgerechnet gegenüber dem Bärenwirt und Röufu mit Mani dazwischen Platz. Der Mönchswirt serviert persönlich, die drei Ehrengäste nehmen eine Flasche Dézaley, und der Ständerat, ein noch nicht vierzigjähriger wuchtiger Bauer, wie man meinen könnte, der aber in Wirklichkeit sowohl der erfolgreichste Rechtsanwalt als auch der gerissenste Politiker im Kanton ist, fragt die drei an der Wand ihm gegenüber, woher sie denn kämen, von Oberlottikofen auf alle Fälle nicht. Der sei der Bärenwirt aus dem Flötenbachtal, sagt Müetterli und weist auf Schlaginhaufen, und er erlebe es zum ersten Mal, daß der auf seinem Maul hocke, er führe sonst ein besonders großes. So so, die Mannen kämen aus dem Flötenbachtal, ei ei, er habe in seinem Departement sagen hören, sie wollten die Straße nicht schneefrei machen, potz potz, so etwas Störrisches habe er seit langem nicht erlebt. Da könne er nichts dafür, antwortet der Bärenwirt endlich, in Todesängsten, der Mani könnte reden. Sie seien nicht so blöd, das Postauto gehöre der Postdirektion, und darum müsse der Herr Regierungsrat den Schneepflug bezahlen. Die Straße brauche ja nicht nur sein Departement, sondern auch die Gemeinde, entgegnet der Regierungsrat. Das sei ihnen egal, meint der Bärenwirt, worauf der Regierungsrat lacht, dann würden sie eben noch lange im Schnee steckenbleiben, ihretwegen lasse er die Straße nicht auf Kantonskosten räumen, und plötzlich wird er wütend und sagt, aber er lasse sie räumen und werde ihnen die Rechnung samt Buße schicken. Der Ständerat Aetti lacht und schenkt den drei Flötenbachern ein, eine weitere Flasche Dézaley bestellend. Wenn er Schafroth wäre, würde er als Sozi sich mit den Bauern im Oberland nicht einlassen, wenn die keinen Schneepflug wollten, dann wollten sie eben keinen, und wozu sollten die Flötenbacher einen brauchen. Das seien noch echte Bergbauern, und ihr Tal sei noch wie früher, Gott sei Dank, während hier in Oberlottikofen auf jeden Hügel ein Sessellift hinaufführe, und Emil Müetterli, der da neben ihm sitze, wolle sogar die Idee durchstieren, innen im Ödhorn einen Liftschacht bis zum Gipfel anzulegen, weil es so verschissen sei, kein Wunder, Tausende Touristen würden von den Bergführern hinaufgeschoben, und dutzendweise fielen jene, die es im Alleingang versuchten, herunter, es gehöre zur Mode, auf dem Ödhorn gewesen zu sein. Was denn Härdu Aetti plötzlich gegen den Fortschritt habe, fragt der Gemeindepräsident Müetterli verwundert. Nichts, sagt der Ständerat, aber daß man nichts als Geld im Kopf habe, ekle ihn langsam an, die Eidgenossenschaft habe nichts anderes mehr im Kopf als Geld, Luxus, Ferien, Schweinereien; was eine Hure verdiene, sei unwahrscheinlich, mehr als ein Gymnasiallehrer; doch wenn einmal einfache Bergbauern, wie diese drei, den Tanz ums Goldene Kalb nicht mitmachen und ihre einfachen sauberen Sitten bewahren wollten und die Schönheit ihres Tals – denn was gebe es Erhabeneres als ein eingeschneites Dorf –, dann käme prompt die Regierung mit Repressalien. Aber nun müßten sie zu den Unterlottikofern, sonst gebe es böses Blut. Die drei verabschieden sich, und der Bärenwirt ist so erleichtert, daß er auch einen Dézaley bestellt und dann noch zwei und dann Kaffee und Schnaps. Er zahle alles.

So ist es denn schon Morgen, als sie von Oberlottikofen mit dem Frühzug ins Dorf am Talende kommen. Wie sie an der Kirche und dem Pfarrhaus vorbei die hier noch schneefreie

Straße hinaufgehen, steht plötzlich der Pfarrer vor ihnen. So, ihr Steckköpfe, sagt er, weil sie ihren Beitrag nicht leisten wollten für den Schneepflug, müsse er nun auch zu Fuß zu ihnen hinauf für seine monatliche Predigt. Dafür schlügen sie auch heute nacht die Blüttlibuche für das Gebälk des Kirchendachs, antwortet der Bärenwirt. Endlich einmal eine christliche Tat, für die er sich gern revanchiere, strahlt der Pfarrer: Er habe heute vor, seiner seelsorgerischen Pflicht mit besonderer Genauigkeit nachzukommen und jede Familie zu besuchen, es nehme ihn doch wunder, wo sie der Schuh drücke, auch wolle er nachsehen, wie es seine ehemaligen Konfirmandinnen trieben, Schlaginhaufens Änneli, Ochsenblutts Elseli, Hackers Züseli und Hinterkrachens Mariannli seien ja besonders fröhliche und fromme Kinder gewesen, auch so richtig essen wolle er im ›Bären‹, Bernerplatte, und am Abend Spiegelei und Rösti, Zeit habe er ja, heute sei Vollmond, er freue sich, in dessen mildem Licht wieder ins Tal hinunterzuwandeln. Die Bauern, dicht um den Pfarrer geschart, geraten von der Dorfstraße auf die noch immer tiefverschneite Flötenbachtalstraße. Neben dem Bärenwirt stapft der Pfarrer durch den Schnee und zwischen dem Bärenwirt und Ochsenblutt, in sich versunken wie ein Verhafteter, Mani. Eigentlich begreift er nicht, warum alle so mißtrauisch sind, er ist ja einverstanden; und der Pfarrer denkt, eigentlich sei es ein Glück heute morgen, sonst sei es ein Kreuz mit diesen Berggemeinden, ein wahres Golgatha, so primitiv seien diese Leute, aber jetzt sei es möglich, sich etwas populär zu machen, es sei eben leider so, daß der Dogmatiker Wunderborn stolz darauf sei, einmal in Ömiswyl ein beliebter Dorfpfarrer gewesen zu sein. In Ömiswyl, ausgerechnet in diesem bigotten Kaff, und jetzt predige Wunderborn die

Theologie ohne Gott, aber jeder, der sein Nachfolger werden wolle, müsse wie er ein populärer Pfarrer gewesen sein, möglichst auch in einer Berggemeinde, das sei die Hauptbedingung. Sie kommen in den Wald, und der Bärenwirt denkt, was man nur mit dem Pfarrer machen solle, diese verflixte Predigt, und dann noch die Hausbesuche, wenn nur einer rede, seien die Millionen bachab, auf Nimmerwiedersehen, und Hackers Miggu denkt, er schmeiße den Pfarrer einfach in den Flötenbach, die andern würden schon das Maul halten. Die Sonne bricht durch die verschneiten Tannen. Den Pfarrer überfällt ein Glücksgefühl. Sein *Fundament Freude*, eben vierbändig erschienen, sei wirklich der theologische Wurf, leuchtet es ihm nun auch selber ein, der das dritte Jahrtausend einläute, wie Niederhauer in der Rundschau geschrieben habe, Hut ab vor Niederhauer, aber das Problem, wie Barth in Bloch und beide zusammen unter Berücksichtigung von Sölle, Söltermann und Gläuberich in Hegel zurückzuintegrieren wären, sei nun einmal die letzte theologische Aufgabe des zwanzigsten Jahrhunderts gewesen, und er, der Pfarrer der kleinen Berggemeinde Flötigen, habe diese Aufgabe gelöst, unmöglich, daß Wunderborn ihn jetzt übergehen könne. Ob es denn überhaupt einen lieben Gott gebe, fragt Mani plötzlich und bleibt stehen. Ochsenbluts Röufu bleibt stehen, der Pfarrer bleibt stehen, nur der Bärenwirt geht weiter, weil er gerade überlegt – als ob er Hacker Miggus Gedanken wüßte –, wie es wäre, wenn man den Pfarrer in die Flötenbachschlucht würfe, man könnte dann ja sagen, er sei ausgerutscht; aber wie er zurückschaut, weil er plötzlich allein durch den Schnee stapft, befindet sich zu seinem Entsetzen neben Mani schon der Pfarrer, erschüttert von der Dummheit der Frage: Da neige sich das zwanzigste Jahrhundert dem Ende zu, und die Bauern hätten theologisch überhaupt noch nichts begriffen, stellt er bitter fest, und da solle er bei diesen Neandertalern noch populär sein. Die Bauern rükken zusammen, nah an den Pfarrer. Man i werde reden, spüren sie alle instinktiv, und auch wenn es bis zum Flötenbach fast eine Stunde dauere, müsse man dem Pfarrer jetzt das Handwerk legen. Ihre Augen glitzern. Aber der Pfarrer legt los, zorniger als er eigentlich will, »Bauer«, sagt er, ob er nun Locher, Ochsenblutt oder sonstwie heiße, wer könne sich schon diese komplizierten Namen merken, das gehe ja zu wie in russischen Romanen, ob er ihm wirklich allen Ernstes eine so dumme Frage stelle, ›Gott‹, das Wort könne er als Pfarrer gar nicht mehr hören. Ob er ihm denn das Märchen aufbinden solle, in der Eiger-Nordwand, auf dem Wetterhorn, in der Blümlisalp, im Finsteraarhorn oder auf dem Ödhorn sitze ein alter Mann mit einem weißen Bart und regiere die Welt? Auf die Freude komme es an, Bauer, habe man die, so brauche man nicht zu fragen, wie Kinder fragen. Da seien sie vom Bahnhof gekommen, fröhlich, glücklich, nach einer Tanzerei in Oberlottikofen, wie er sich denken könne, und vorher hätten sie voller Freude die Landwirtschaftliche Ausstellung bewundert, doch kaum hätten sie ihren Pfarrer gesehen, sei die Freude von ihnen gewichen, weil er sie eben an bestimmte Fragen erinnere, zum Beispiel, ob es einen Herrgott gebe, ob Christus wirklich Gottes Sohn gewesen sei, ob er auferstanden sei und ob sie selber einmal auferständen, da werde man düster; aber wenn man etwas Schönes, Einfaches erblicke, ein neugeborenes Kälblein oder ein hübsches Fraueli oder diesen prächtigen Wald oder den Vollmond, da würden sie auf einmal wieder freudig, und so sei es mit dem Christentum, es sei die Freude selbst, und weil es die Freude selbst sei, stellten sich alle die Fragen, die sich sonst stellten, überhaupt nicht mehr, das seien angesichts der Freude gleichgültige Fragen. Und während der Pfarrer so weiterredet von der Freude als dem Urfundament, wird der Bärenwirt selbst freudig, er hat auf einmal eine Idee, bleibt stehen, bis er, wie die Bauern an ihm vorbeistampfen, zu Hackers Miggu kommt, der immer noch entschlossen ist, den Pfarrer in den Flötenbach zu schmeißen. »Miggu«, sagt der Bärenwirt, »der Pfarrer schwatzt und schwatzt«, so komme Mani zum Glück nicht dazu, ihm etwas zu verraten, Miggu solle ins Dorf abhauen und das Kirchlein leerhalten, niemand dürfe hinein. Da beginnt Miggu zu spurten, schießt an den Bauern vorbei, talaufwärts, und der Pfarrer, immer noch mit der Freude beschäftigt, merkt es nicht einmal. Wie sie ins Dorf kommen, dankt Mani dem Pfarrer für den Bescheid und geht zu seinem Hof neben Ochsenblutts Scheune. Auch die andern Bauern gehen auseinander, der Pfarrer steht mit dem Bärenwirt allein vor dem ›Bären‹. Es sei höchste Zeit, sagt der Pfarrer, in das Kirchlein zu gehen, die Fraueli und die Mädchen würden schon auf ihn warten. Daß die Bauern heute nicht kämen, verstehe er, aber dann stutzt er: ein Mädchen huscht an ihnen vorbei in den ›Bären‹, ohne sie zu grüßen. Ob das nicht Hackers Züseli sei, fragt der Pfarrer verdutzt. Er habe nicht hingeschaut, antwortet der Bärenwirt. Doch, doch, sagt der Pfarrer, Hackers Züseli, sein liebstes Konfirmandenkind, es wundere ihn aber sehr, daß es in den ›Bären‹ statt in das Kirchlein gehe, doch nun eile es mit der Predigt, im übrigen freue er sich nach den ersten Hausbesuchen auf die Bernerplatte. So macht er sich denn auf zum Kirchlein, das zwischen dem ›Bären‹ und Stierers Gehöft etwas einsam am Hang klebt, doch wie er hineinkommt, bleibt er verwundert stehen, das Kirchlein ist leer, nur an der Orgel über der Empore sitzt Fräulein Claudine Zäpfel, die Lehrerin, auch sie fassungslos. Was denn los sei, warum denn niemand hier sei, stottert der Pfarrer, warum denn niemand läute (was ihm erst jetzt auffällt). »Also gut«, wenn er es denn durchaus wissen wolle, sagt der Bärenwirt hinter ihm, der dem Pfarrer gefolgt ist, die Kirche sei leer, weil die Gemeinde mit ihm nichts anfangen könne. Eben, als sie das Tal hinaufgegangen seien, habe ihn Mani gefragt, ob es einen Gott gebe, und er, der Herr Pfarrer, habe geantwortet, das spiele keine Rolle, er solle sich nichts als freuen, das aber wollten sie nicht hier oben, was der Herr Pfarrer da predige, seit er in ihr Dorf gekommen sei, das sei nichts für sie, sie wollten den alten lieben Herrgott wieder und den Heiland und die Auferstehung, was er denn, der Bärenwirt, etwa denken solle, wenn sein letztes Stündlein schlage, oder Mani, wenn er beim Holzen unter eine Tanne käme oder unter eine Buche? Punktum, sie verlangten andere Predigten, fromme Predigten, sonst würden sie lieber katholisch, und weil der Herr Pfarrer die nicht zustande bringe, weil er ja nicht einmal an den lieben Gott glaube, möchten sie ihn alle da oben nicht mehr als Pfarrer haben, darum sei die Kirche leer, er selbst, der Gemeindepräsident, werde das der Kirchenbehörde schreiben. Der Bärenwirt kehrt dem Pfarrer den Rücken zu und geht durch die Kirchentüre in den Schnee hinaus. Der Pfarrer glaubt einen Augenblick, er falle in Ohnmacht, Wunderborns wegen, dessen Professur er doch haben möchte und die er nur bekommt, wenn er ein ebenso populärer Pfarrer ist wie Wunderborn in Ömiswyl. Einen Augenblick nur schwankt er, dann fragt er Claudine Zäpfel, ob sie ihm in der Sakristei in den Talar helfe, da der Sigrist offenbar auch nicht da sei, und nachdem Claudine Zäpfel ihm in den Talar geholfen und ihm auch das Beffchen umgebunden hat, schickt er die Lehrerin fort und besteigt die Kanzel, schlägt die Bibel auf, blättert, beginnt mit plötzlich heiserer Stimme die Predigt: »Ich lese aus der Apostelgeschichte Kapitel 23 Vers 26: Claudius Lysias, dem teuren Landpfleger: Freude zuvor! Liebe Bänke, lieber Taufstein, liebe Orgel, liebe Empore, liebe Fenster, liebe Mauern, liebe Balken, liebes Dach, meine liebe leere Kirche. Die Worte der Bibel, die ihr vernommen habt, sind der Beginn eines Briefes. Claudius Lysias ist der Absender, der Landpfleger der Empfänger, ›Freude zuvor‹ der Gruß. Wenn ich euch aber jetzt erklären würde, wer Claudius Lysias und wer der Landpfleger gewesen ist, so wären euch dieser Claudius Lysias und dieser Landpfleger, oder gar der Mann, um dessentwillen dieser Brief geschrieben wurde, der Apostel Paulus nämlich, mit Recht völlig gleichgültig, denn was begreift ihr Balken oder Mauern schon, wer diese Leute sind, aber wenn jetzt – wie sonst jeden vierten Sonntag – die Bauern und Bäuerinnen auf euch säßen, meine Bänke, wie wären sie neugierig darauf, denn sie interessieren sich in ihren Bergen seit eh und je nur für das Nebensächliche. Aber das Wichtigste, wichtiger als alles Vergangene, das, was lebt, einst, jetzt und immerdar, das, was diese Bauern und Bäuerinnen nicht fühlen, das Wesentliche vom Wesentlichen, das fühlst du jetzt, meine leere Kirche, dieses ›Freude zuvor‹, indem du diese ›Zuvor-Freude‹, diese Urfreude, geradezu körperlich erlebst, erfüllen dich doch die Ausdünstungen dieser Bauern und Bäuerinnen nicht mehr, so wie auf euch, ihr Bänke, ihr Gewicht nicht mehr lastet, und von euch, ihr Mauern, ihr Schnarchen nicht mehr widerhallt und ihr jämmerlicher Gesang, den du, Orgel, begleiten mußt. Du bist befreit, leere Kirche, und weil du befreit bist, begreifst du auch, die du mit deinem Holz,

Stein, Metall und Glas schlechthin Staub bist, den Briefschreiber, den Oberhauptmann Claudius Lysias, und den Grund seines Briefes, den Apostel Paulus, und den Empfänger des Briefes, den Landpfleger, sind sie doch auch schlechthin Staub geworden, und werde ich doch auch einmal schlechthin Staub sein, so wie diese Bauern und Bäuerinnen einmal Staub werden, ja schon Staub sind, ohne es zu wissen. Weil aber Staub Staub begreift, erkennen wir uns alle ineinander wieder, ein Spiegel in einem anderen Spiegel, und bekennen: Freude zuvor dem Landpfleger, wobei nebensächlich ist, wie wir diesen Landpfleger nennen, ob Felix, wie in der Apostelgeschichte, ob Gott, ob Weltall, Hauptsache, daß jeglicher Staub, ob Holz, Steinklotz, Gewürm, Getier, Mensch, Erde, Sonne, Milchstraßensysteme, ins Nichts hineinjauchzet: Freude zuvor! Deshalb nämlich, leere Kirche, weil wir als Staub, als Staub von Staub, als Stäublein eines Stäubleins existieren, und sei es nur kurze Zeit, einige Jahre, einige Monate, einige Stunden, ja einige Sekunden oder gar, wie einige Teilchen eines Millionstel Stäubchens, nur einige Millionstel Sekunden: Auch diese jubilieren! Gibt es doch für alles und jegliches kein anderes Fundament als dieses: Freude zuvor, denn allein die Freude fragt nicht, allein die Freude grübelt nicht und allein die Freude tröstet nicht, weil allein die Freude keinen Trost braucht, ist sie doch zuvor, die Freude zuvor. Amen.« Damit schmettert der Pfarrer von Flötigen die große schwere Bibel zu, steigt würdig von der Kanzel, begibt sich in die Sakristei, bindet sich das Beffchen ab, zieht den Talar aus, legt ihn zusammen und steht, wie er ins Freie treten will, vor Claudine Zäpfel. Die Lehrerin glüht mit großen Augen, der Pfarrer sei gewaltig gewesen, stottert sie, sie habe die ganze Predigt gehört. Er starrt Claudine Zäpfel an, ihn erfaßt ein ungeheurer Zorn, eine

Wut gegen die ganze Welt, gegen Wunderborn und gegen seine Frau, eine geborene Ramseier, die nichts unternimmt, ihn populär zu machen, wen interessieren auch ihre Ehekurse? Er reißt Claudine Zäpfel in seine Arme, ›Freude zuvor‹, küßt Claudine Zäpfel wild, übermorgen sei seine Frau in Konigen mit ihrem Ehekurs, brüllt mächtig auf, daß es ins Tal schallt: Denen habe er es aber gegeben; und dann rennt der Pfarrer, eine verküßte, überglückliche Claudine Zäpfel zurücklassend, am ›Bären‹ vorbei das Tal hinunter, sich nur noch einmal umwendend, als er den Flötenbachwald erreicht, die Faust drohend schüttelnd: Freude zuvor. Aber der Bärenwirt, der aus der Türe des Gasthofs tritt, grinst, den Pfarrer hätten sie absorviert, und als er in die Gaststube zurückkehrt, fragt er Sämu, wer denn beim Locher sei. Wieder die Frieda, sagt Sämu unzufrieden. Na und, als Koblers Tochter erbe sie jetzt ganz schön, er solle nicht dumm sein, auch Änni und alle im oberen Tal schliefen nun einmal mit Wauti. Damit gibt er Sämu eine Flasche Bäzi, »da, bring sie ihm hinauf«, auch solle er dem Polizisten noch vier Flaschen Algerier bringen, damit der diese Nacht nicht störe, er sei froh, wenn der Vollmond heute komme, dann sei bald alles vorüber, er meine, das würden wohl die anderen auch denken, darum blieben sie auf ihren Höfen, statt bei ihm in der Gaststube zu sitzen und zu jassen, aufgeregt sei halt schon jeder ein wenig.

Es wird endlich Mittag, und ein Nachmittag bricht an, der nicht aufhören will, der Himmel wie eine dunkelblaue Wandtafel, kein Windstoß, keine Bewegung, nur Weltallkälte, einmal donnert es vom Gurgelengrund her, eine Lawine, und gegen fünf kommt vom Welschwäldli Mani, gekleidet wie immer, nicht einmal ein Halstuch oder einen

Hut, und in einiger Entfernung folgen ihm Res Stierer und dessen Sohn Stöffu. Vor seinem Haus stellt Mani den Stock an den Türpfosten, betritt durch die Küche die Wohnstube, wo am Tisch Jöggu und Alex sitzen, und am Fenster steht Manis Frau und schaut hinaus gegen den Mannerenwald, während draußen der alte Stierer sich auf die Bank setzt und der junge hinters Haus geht. Er habe noch einen Gang gemacht, sagt Mani, zum Wasserfall, der sei ganz vereist, und eben sei die Sonne hinter dem Zollengrat hinabgegangen. »Ganz groß und rot.« Nach ein, zwei Tagen dann komme wieder Schnee, sagt Alex, und Jöggu meint, Herr Mani hätte einen Mantel anziehen sollen in dieser Kälte, sonst könne er sich einmal noch erkälten. Warum er denn auf einmal ›Herr Mani‹ zu ihm sage, fragt der Bauer. Weil Wauti Locher sein Vater sei, antwortet Jöggu. So, das habe Wauti also dem Jöggu gesagt, stellt Mani seiner Frau gegenüber fest. Die sagt nichts. Jöggu erhebt sich, ein großer, sonst gutmütiger Bauer. Und als sie von ihm schwanger geworden sei und der Locher sie nach Kanada habe mitnehmen wollen, meint er wütend, habe seine Mutter, diese Kuh, statt dessen Mani geheiratet mit seinem kleinen Hof, sonst wäre er, Jöggu, jetzt in Kanada und hätte Millionen, statt hier zu sitzen als seines Stiefvaters unbezahlter Knecht, der sich nicht einmal eine Frau leisten könne. Eine Million würden sie jetzt ja kriegen, antwortet Mani. Daß es hier schwer gewesen sei, gebe er zu, der Hof sei eigentlich mehr eine Hütte, aber das werde jetzt ja alles besser und damit auch wirtschaftlicher, mit dem modernen Stall und dem Traktor, und nicht nur seiner Frau und Jöggu und Alex werde es besser gehen, auch dem ganzen Dorf. Die Million teile er aber nicht mit Alex, sagt Jöggu, die gehöre ihm, und ein moderner Stall und Traktor kämen auch nicht in Frage, mit der Million gehe er nach Kanada, und Locher werde schon mit sich reden lassen und ihm noch einige Millionen geben. Locher sei schließlich sein Vater, und alle sagten, er gleiche ihm. Das sei wahr, tut endlich Alex das Maul auf, all die landwirtschaftlichen Neuerungen seien Unsinn, aber auf die Hälfte der Million verzichte er nicht, er sei jetzt achtunddreißig, und mit einer halben Million könne man in der Stadt besser leben als hier. Wer denn von einer Million rede oder einer halben, antwortet Mani, die Million bekomme die ganze Familie, seine Frau eine drittel Million und Jöggu und Alex je eine drittel Million. Sie nehme nichts vom Geld, sagt plötzlich die Frau, kommt um den Tisch herum und schaut ihrem Mann ins Gesicht. Sie ist abgearbeitet, scheint aber viel jünger, als sie ist, wenn auch ihre Haare schneeweiß sind, dafür ist sie immer noch gut gewachsen und gesund. »Ich habe dich damals geheiratet, Mani«, sagt sie, »weil du ein anständiger Bursche gewesen bist und weil du mich zur Frau gewollt hast, trotzdem ich schwanger gewesen bin. Ich habe damals gewußt, daß ich mich auf Locher nicht verlassen kann. Wie recht ich gehabt habe, siehst du jetzt. Er ist nicht gekommen, um sich an dir zu rächen, wie du dir wahrscheinlich einbildest, er will sich einen Spaß mit uns armen Menschen erlauben, weil er uns verachtet, heute und damals. Und auch unser Schicksal amüsiert ihn: die im Dorf werden untereinander Streit bekommen, das siehst du ja schon bei Jöggu und Alex, weil eine Familie Kinder hat, daß es nur so wimmelt, so etwa die Geißgrasers, und eine andere nur aus zwei Personen besteht wie die Stierers. Ich sage dir, Mani, in diesem Dorf wird es wie in der Hölle zugehen, wenn sie dich erschlagen haben, alle möchten dann über einander herfallen wie die Wölfe, und es doch nicht wagen, aus Angst, jemand werde reden. Aber was rede ich da. Du mußt sterben, nicht ich. Aber weil wir nun halt einmal Abschied nehmen müssen für immer, laß es dir gesagt sein, Mani, du bist der anständige Mensch geblieben, den ich geheiratet habe, aber ich weine nicht darüber, daß sie jetzt die Blüttlibuche über dich fällen, ich bin bloß froh, daß ich nicht über deine Dummheit lachen muß, weil sie einfach zu blödsinnig ist. Geschuftet hast du, weiß Gott, all die vielen Jahre, wie wir alle geschuftet haben, Jöggu und Alex und ich vielleicht am meisten, und wie nun dieser Aufschneider aus Kanada mit den Millionen kommt, was tust du? Du opferst dich! Wozu? Hast du etwas vom Geld? Wenn es wenigstens einen Sinn hätte bei denen im Dorf. Aber die haben es noch nicht einmal, und schon ist alles verhurt, und nicht nur die Mädchen. Dabei hättest du dich jeden Tag retten können, du, der du alle Wege und Stege in diesem Tal wie kein zweiter kennst. Hast du den Polizisten eingeweiht? Nicht einmal das, der Bärenwirt weiß genau, warum der nichts wissen darf, der hätte sie schön erpreßt. Und im ›Mönch‹ in Unterlottikofen, hast du dem Ständerat und dem Nationalrat und dem Gemeindepräsident gegenüber das Maul aufgetan? Geschwiegen hast du. Und durch Flötigen seid ihr alle gezogen, und du hast nicht gebrüllt ›Leute, die wollen mich für vierzehn Millionen ermorden‹, dabei sind die doch so voll gewesen, daß du dich einfach hättest davonmachen können, so leicht wäre das gewesen, und dem Pfarrer hast du es da auch nicht gesagt, im Wald wäre es ja zu spät gewesen, da hätten sie ihn womöglich in den Flötenbach geschmissen. Und warum hast du dich nicht gewehrt? Ich will es dir sagen: weil es immer dein Traum gewesen ist, ein Leben lang, einen modernen Stall und einen Traktor zu haben, und weil du dir eingebildet hast, Jöggu und Alex möchten das auch haben. Deshalb hast du dich nicht gewehrt, und nun siehst du selber, niemand will einen modernen Stall und einen Traktor, weder Alex noch Jöggu und niemand im Dorf. Sie wollen alle nur Geld. Döufu Mani, dir ist nicht mehr zu helfen.« »Laß gut sein, Frau«, sagt Mani, »es ist nun einmal so.« In der Türe steht der Bärenwirt und sagt, es sei soweit, und dann sagt er zu Ochsenblutts Röufu hinter ihm, es sei besser, er bleibe hier. »Leb wohl«, sagt Mani zu seiner Frau. Sie schweigt. Darauf gehen alle außer Röufu mit Mani am ›Bären‹ vorbei direkt zum Tal und über den dort zugefrorenen Flötenbach in den Mannerenwald. Über den Balzenhubel schwebt der Mond gegen das Ödhorn, das nur vom Mannerenwald aus zu sehen ist, es wird fast taghell; wie der Wald ansteigt, kommen sie mühsam, sich im Schnee hinaufarbeitend, aufs Blüttli, eine Lichtung, in deren Mitte eine große Buche steht, die Blüttlibuche. Die Bauern umringen sie, in ihren Händen lange, große Beile, aus ihren Mündern stößt der Atem wie Dampf. Ob die Blüttlibuche angesägt sei, fragt der Bärenwirt. Das hätten sie heute nachmittag getan, sagt Ochsenblutts Mäxu. »Setz dich, Mani«, sagt der Bärenwirt. Mani stampft an der im Vollmond liegenden Seite der Buche den Schnee noch fester und setzt sich mit dem Rücken gegen die Buche, dort, wo sie angesägt ist. »Beginnen wir«, sagt der Bärenwirt, und dann schlagen Hackers Chrigu und Geißgrasers Nobi ihre Beile in die Blüttlibuche, die Beile prallen zuerst ab am eisenharten Stamm, die Schläge hallen durchs Tal, mächtig sind sie im Dorf zu hören, dann dringen die Beile langsam ein, jetzt schlagen Res Stierer und Binggu Kobler, und der Bärenwirt sieht, wie Mani, an den Baum gelehnt, die Lippen bewegt. Der Bärenwirt gibt ein Zeichen, Kobler und Stierer hören auf zuzuhauen, und der Bärenwirt neigt sich zu Mani und fragt, ob er noch etwas wolle. »Der Vollmond«, antwortet

Mani mit großen Augen. »Der Vollmond?« fragt der Bärenwirt und schaut verständnislos hin. »Was soll mit dem sein?« Dann wendet er sich wieder den beiden mit den Beilen zu. »Es ist nichts, schlagt weiter.« »Ich weiß nicht«, sagt Binggu, und Res sagt: »Schau dir doch noch einmal den Vollmond an, Bärenwirt.« Der betrachtet ihn. »Der ist nicht mehr ganz rund«, sagt er dann. »Ein kleines Stück ist weg«, sagt hinter ihm Sämu furchtsam. Dem Bärenwirt geht ein Licht auf. »Eine Mondfinsternis«, erklärt er, »das kommt jeden Monat vor.« »Noch nie gesehen«, mault Hermännli Zurbrüggen. Ob sie denn je den Mond betrachtet hätten oder die Sterne, fragt der Bärenwirt. Jede Nacht säßen sie ja bei ihm in der Gaststube, und wenn sie heimgingen, sähen sie sowieso den Mond nicht, so voll seien sie dann; eine Mondfinsternis sei etwas beinah Allwöchentliches, er habe schon den Halbmond so halb gesehen, daß er wie ein Viertelkäse ausgesehen habe, in Minuten sei jede Mondfinsternis vorüber. »Die nimmt aber zu«, sagt Binggu, »der Mond wird immer weniger.« Alle schweigen, und dann kommt vom Waldrand der alte Geißgraser auf die Bauern zu wie ein Gespenst im Mondlicht, das unmerklich immer schwächer wird. »Ihr Kälber, merkt ihr nun, warum euch Wauti Locher mit seinen Millionen verführt hat, Mani in dieser Vollmondnacht totzuschlagen«, meckert der Alte schadenfreudig, »weil heute der Mond zerplatzt, weil er von innen zu glühen beginnt, ihr werdet es sehen. Ich habe das schon einige Male beobachtet, aber noch nie an einem Sonntag. Der Mond wird heute in Stücken auf die Erde fallen, jedes Stück größer als Europa, und die Erde und die Welt werden untergehen. Darum gibt auch der Locher seine Millionen her, weil sie ihm sowieso nichts mehr nützen.« Der Alte lacht, hopst vor Freude im Schnee herum, aber sein Sohn Ludi schreit ihm zu: »Halts Maul.« Und Binggu schlägt mit dem Beil wie wild auf die Blüttlibuche ein, und dann fängt auch Res an zuzuschlagen, ebenso wild, ebenso trotzig, im höllischen Takt. »Aufhören«, schreit der Bärenwirt entsetzt, »der Mond verschwindet.« Die beiden glotzen wie die anderen den Mond an. »Er verschwindet nicht«, meint Res Stierer, »etwas rostiges Braunes legt sich über ihn.« »Das ist die Sonne«, überlegt sich Binggu Kobler. »Ich glaube, Australien«, korrigiert ihn Zurbrüggens Sämi, »ich glaube, ich habe das in der Schule gelernt.« »Unsinn«, sagt Res, »die Erde ist rund, da können die nicht gleichzeitig da oben sein, sonst können die in Australien ja auf dem Mond spazierengehen, so ein Blödsinn.« Die Bauern starren und starren. Der Mond verfinstert sich immer unerbittlicher, wechselt von einem erdigen Braun zu einem rostigen Braun und ist von brennenden Sternen umgeben, die vorher nicht da waren, wird endlich zu einem glühenden zerfressenen Auge, mit gräßlichen Geschwüren übersät, das bösartig auf den dunkelrot verfärbten Schnee und die Bauern glotzt, deren Beile wie mit Blut beschmiert scheinen. »Hau ab, Mani«, brüllt der Bärenwirt, »hau ab«, und fällt auf die Knie. »Unser Vater, der Du bist im Himmel«, beginnt er zu beten, und die andern Bauern beten mit, »Dein Name werde geheiligt.« Nur der alte Geißgraser wälzt sich im Schnee, der Mond platze von innen, sein Eiter werde alles überschwemmen, und dann gehe die Welt unter; er grölt, jubelt, lacht. »Dein Reich komme«, beten die Bauern. Mani scheint nicht begriffen zu haben, daß er frei ist, sitzt immer noch unbeweglich. »Dein Wille geschehe auf Erden wie im Himmel.« Endlich kommt Mani hoch, da bricht es hinter dem feuerrot glühenden Geschwür am Himmel hervor, ein weißheller Funke. »Er kommt wieder«, schreit Hermännli Zurbrüggen. »Der Mond kommt wieder, der Mond.« Die Bauern schnellen hoch, ein einziger Freudenschrei, die Furcht fällt von ihnen ab, je mehr der gleißende Funke wächst, zu einem Stück des alten Vollmonds wird. »Haut zu«, schreit der Bärenwirt, und schon schlagen Res und Binggu in den Baum, in mächtigem Takt, hinein mit den Beilen in den Stamm, gegen den sich Mani lehnt, sitzend, die Beine gespreizt im Schnee, der sein gespenstisches Dunkelrot verliert, dann schlagen wieder Nobi und Chrigu zu, der Mond tritt immer prächtiger hervor hinter dem blutigen Geschwür, das sich in nichts auflöst, die Sterne verschwinden, jetzt schlagen auch Hinterkrachen und der alte Zurbrüggen zu, Aebiger, Fäser, Aellen und Bödelmann, dann alle Bauern, auch der Bärenwirt, jeder springt vor, ein Schlag, dann der nächste; und wie die Blüttlibuche niederfällt, ist der Vollmond, wie er vor der Mondfinsternis war, groß, rund, milde, sanft, der Himmel schwimmendes silbernes Licht. Nun müßten sie ihn noch unter dem Stamm hervorkratzen, die Blüttlibuche sei mordsdick, befiehlt der Bärenwirt, Mani sehe schön zerquetscht aus, soweit man es sehe, ein einziger Brei. Und daher ist denn auch um acht, wie es Tag wird, der Bärenwirt etwas enttäuscht, als Lotcher die Leiche nicht sehen will, sondern meint, er glaube es ihm ja, daß Mani verunglückt sei, warum solle er denn noch die Leiche besichtigen.

Lotcher ist zum ersten Mal seit jener Nacht, als er aus der Winterdunkelheit in die Gaststube trat, von seinem Zimmer heruntergekommen. Er ist schon in Pelzmantel und Stiefeln, sitzt am langen Tisch und trinkt Milchkaffee aus einer großen Tasse, ihm gegenüber sitzen Frieda und Änni. Es kommt dem Bärenwirt vor, als zitterten Lotchers

Hände, auch scheint er ihm älter geworden zu sein, grauer und bleicher das Gesicht. Das Geld sei oben, sagt Lotcher. Der Bärenwirt poltert nach oben, reißt Lotchers Zimmer auf, auf dem Tisch unter dem Fenster liegt noch immer der Koffer, unverschlossen, er klappt den Deckel auf, voller Geld. Im Bett liegt seine Frau. Mani sei unter die Blüttlibuche geraten, sagt er, das Geld anstarrend, die Kapelle brauche neue Balken. Sie hätten die Schläge gehört, gähnt Lisette. Er starrt die Tausendernotenbündel an, er zählt, zehntausend, zehntausend, zehntausend, er spürt, etwas stimmt nicht, zehntausend, neuntausend, er zählt noch einmal, neuntausend, zehntausend, achttausend. »Ihr Weiber habt Tausendernoten genommen, alle habt ihr Tausendernoten genommen.« Lisette lacht: »Wir kosten auch; wenn es euch nicht paßt, haben wir etwas zu erzählen.« Der Bärenwirt schließt den Koffer, trägt ihn in das Schlafzimmer, will ihn wegschließen, es fällt ihm ein, daß seine Frau einen zweiten Schlüssel hat, und so geht er denn mit dem Koffer nach unten. Lotcher ist nicht mehr in der Gaststube. Wo Wauti sei, fragt der Bärenwirt noch auf der Treppe das Änni. Sie wisse es nicht, antwortet sie, und als er befiehlt, sie solle in die Küche gehen und abwaschen, entgegnet Änni, das falle ihr nicht ein, sie habe dort nichts zu suchen, und als er Frieda anbrüllt, sie hätte sich an die Arbeit zu machen, statt da herumzuhocken, antwortet sie, sie kündige; als Tochter eines Millionärs und bald Schwiegertochter eines anderen Millionärs, des Bärenwirts nämlich, da sie ja Sämu heirate, arbeite sie nicht mehr. Dem Bärenwirt läuft Schweiß über das Gesicht, und durch die kleinen Scheiben sieht er, wie draußen der Cadillac vorbeifährt. Der Wagen gleitet aus dem Dorf und talabwärts, beim Felsen, bevor die Straße in den Wald gerät, holt er die Frau des toten Mani ein.

Nach bald vierzig Jahren sieht er Zurbrüggens Kläri wieder. Sie trägt einen Koffer. Der Cadillac hält. Sie geht weiter. Er läßt die Scheibe hinuntergleiten, neigt sich aus dem Fenster und sagt: »He, Kläri, steig ein.« Sie bleibt stehen, betrachtet ihn, sagt dann: »Wenn du mich schon einlädst, Wauti Locher.« Er öffnet die rechte Türe, sie legt ihren Koffer auf den Hintersitz und setzt sich neben ihn und sagt: »Du siehst aus wie ein Hundertjähriger.« »Wir sind beide alt geworden«, sagt Lotcher. »Wo willst du hin?« fragt er, als sie schon im Wald sind. »Nach Oberlottikofen, Arbeit suchen«, antwortet sie. Der Wagen gleitet vorsichtig ins Tal hinunter. Kurz vor der Flötenbachschlucht reißt Lotcher das Steuer herum, so heftig, daß sich der Wagen quer zur Straße stellt. Er stellt den Motor ab. Er schweigt, schaut vor sich hin. »Kläri«, sagt er dann, »du hast mir verschwiegen, daß du von mir schwanger gewesen bist.« »Mani und ich wollten heiraten, es war unsere Angelegenheit, nicht deine«, antwortet sie. »Es hat Mani nicht gestört?« fragt er. »Kind ist Kind«, sagt sie. Er schweigt nachdenklich, meint endlich: »Es ist besser gewesen, daß du Mani geheiratet hast. Wir sind aus dem gleichen Holz geschnitzt. Wir passen nicht zueinander«, öffnet seinen Pelzmantel, die Verschlüsse des blauen und des roten Trainingsanzugs und macht seinen Hals frei. »Der Schmerz ist wieder da«, sagt er, »der gleiche wie vor einem halben Jahr.« Er lehnt sich zurück, läßt die Arme fallen. »Ich komme aus dem Spital. Ich hatte einen Herzinfarkt.« Die beiden schweigen. Der Himmel über den weißen Tannen ist von einem milchigen Grau, irgendwo verdichtet es sich zu einer leuchtenden konfusen Masse, ohne daß die Sonne sichtbar ist. Er reibt mit der rechten Hand unter den Trainingsanzügen langsam und gleichmäßig seine Brust. »Zugegeben, als ich das Dorf verlassen habe, damals, hatte ich eine Riesenwut, aber schon hier im Wald hatte ich die Wut vergessen, so sehr packte mich mit einemmal die Sehnsucht, das alles zu verlassen, dieses Land und das übrige blöde Europa. Nun wohl, ich bin drüben reich geworden, unehrlich oder ehrlich, frag nicht wie. Ich habe mich nie darum gekümmert, und frag mich auch nicht nach meinen Weibern auf der anderen Seite des miesen Atlantischen Ozeans und nach meinem Sohn, der alles erben wird, ein zehnmal größerer Schuft als ich. Und euch in eurem schäbigen Tal hatte ich längst vergessen, ja, um ehrlich zu sein, ich habe, seit ich damals von Flötigen mit dem Zug abgedampft bin, nie mehr an euch zurückgedacht, ihr seid aus meinem Gedächtnis verschwunden gewesen.« Er schweigt, tastet mühsam mit der rechten Hand, als wäre der linke Arm gelähmt, an der linken Türe herum, geräuschlos versinken die Fensterscheiben, naßkalte Luft umgibt sie, die Frau erscheint neben dem jetzt Uralten plötzlich wie jung. »Mitten in der Brust«, sagt er gleichgültig, »bis zum Kinn hinauf. Und der linke Arm, von der Achsel bis zu den Fingerspitzen.« Er schweigt wieder, die Frau neben ihm rührt sich nicht, er weiß nicht einmal, ob sie ihm zugehört hat. »Dann ist der Herzinfarkt gekommen«, sagt Lotcher, »nicht so heftig wie jetzt, aber arg genug. Wie ich dann wochenlang im Bett gelegen habe, kommt mir auf einmal wieder das Dorf in den Sinn, niemand sonst, einfach das Dorf. Eigentlich nur dieser Wald. Dann habe ich über das Dorf Erkundigungen einholen lassen; das erste Mal, daß ich einen schweizerischen Konsul gesehen habe. Darauf lande ich in Zürich und hebe vierzehn Millionen von einem meiner Nummern-Kontos ab.« Er denkt nach. »Aus Gutmütigkeit wahrscheinlich. Um euch etwas auf die Beine zu bringen, was sind schon vierzehn Millionen. Aber wie mir der Bärenwirt sagt, du seist damals von mir schwanger gewesen, packt mich die alte Riesenwut wieder, und ich stelle die Bedingung, du kennst sie ja, man müsse Mani totschlagen. Eigentlich hätten sie dich totschlagen sollen, aber so groß ist die Wut wieder nicht gewesen, so hat eben Mani dran glauben müssen, aber jetzt, wo ich zurückdenke, an diesen Abend mit dem Bärenwirt, weiß ich nicht, ob es eigentlich Wut gewesen ist. Ob nicht einfach eine ungeheure Gier über mich gekommen ist, noch einmal zu leben, wozu dieser Vorschlag gehört hat, weil, will man leben, will man auch morden, will man nicht nur Weiberschöße – wer alles in diesen zehn Tagen da oben in meinem Bett gelegen hat, um sich einen oder mehrere Tausenderscheine zu holen, ist mir gleichgültig, so wie es mir gleichgültig ist, wen sie totgeschlagen haben. Es hätte auch ein anderer sein können als Mani, ich habe die Leiche nicht angeschaut, und wenn sie niemanden totgeschlagen hätten, hätte ich ihnen das Geld auch gegeben.« Er schweigt. Ein großer schwarzer Vogel läßt sich auf der Vordertüre neben Lotcher nieder. »Dohlen kommen immer zu mir, schon damals sind sie immer zu mir gekommen«, sagt Lotcher, und der schwarze Vogel hüpft ins Innere des Wagens auf seine rechte Hand auf dem Steuer. Sie sagt: »Als sie die Landwirtschaftliche Ausstellung besucht haben, hätte ich nach Flötigen gehen und dich anzeigen sollen.« »Du hast es nicht getan«, stellt er fest. Sie schweigt. »Ich hätte nachher Mani verachtet«, sagt sie dann, und er meint gleichgültig: »Das nützt ihm nichts, er ist tot.« Sie schweigt wieder, und nach einer Weile sagt sie ebenso gleichgültig: »Und jetzt verachte ich mich.« »Was ist das schon«, sagt Lotcher, »ich habe mich immer verachtet.« Die Dohle hüpft auf die Vordertür. »Ich muß gehen«, sagt sie, »sonst verfehle ich noch den Zug nach Oberlottikofen.«

Er antwortet nicht. Die Dohle fliegt in den nun gleichmäßig milchigen Morgenhimmel davon. Dann beginnt es leicht zu schneien. Sie öffnet die Wagentür, nimmt den Koffer vom Hintersitz, klettert um den Kühler. Sie stapft durch den Schnee, immer weiter die Straße hinunter ins Weiße. Sie kommt auf die Lichtung, dann in den dichteren Wald mit den größeren Tannen, die Flocken schweben mehr als sie fallen, sie sind groß und luftig wie Blütenblätter, manchmal trägt sie den Koffer mit der Linken, und als sie Flötigen erreicht, hört es auf zu schneien. Sie geht an der Kirche vorbei, gelangt zum Bahnhof, der Personenzug ist schon abgefahren. Sie löst eine Fahrkarte, setzt sich auf die grüne Bank neben dem Stellwerk. Die Glocke gibt an. Der Stationsvorstand Bärtschi kommt aus seinem Raum. »Frau Mani«, sagt er, »der nächste Personenzug nach Oberlottikofen kommt erst in einer Stunde zehn Minuten, Sie frieren sich hier ja zu Tode.« Sie friere nie, antwortet sie. Sie sitzt unbeweglich, und es wird kälter. Auf einem Starkstrommast sitzt eine Dohle, fast nicht zu erkennen vor dem aufgetürmten schwarzen Koloß des Ödhorns. Der Pfarrer kommt mit seiner Frau, die Glocke gibt wieder an, der Personenzug von Oberlottikofen biegt um Riesers Wäldchen, hält, der Kondukteur springt vom Zug, schreit »Flötigen«, der Pfarrer küßt seine Frau, sie steigt ein, der Stationsvorstand hebt die Kelle, der Personenzug setzt sich in Bewegung, der Kondukteur springt auf den Zug, der Pfarrer winkt, kehrt sich um, sieht Frau Mani, will grüßen, grüßt dann aber nicht, geht weg. Von der Kirche schlägt es zehn. Vom Schulhaus her Kindergeschrei, die große Pause, die Dohle fliegt wieder weg, dem Flötenbachwald zu. Oben, im Flötenbachwald, viel später, kommt er jäh zu sich, die Fenster sind immer noch offen, Schnee liegt im Wagen, auf seinem

Mantel, auf seinem blauen und seinem roten Trainingsanzug, einen Augenblick lang glaubt er, es sei entsetzlich kalt, etwas Warmes, Süßes, Schwarzes quillt aus seinem Mund, aber er fühlt keinen Schmerz, eine große Ruhe ist über ihn gekommen. Mechanisch hantiert er am Instrumentenbrett, der Motor heult auf, er hantiert an der automatischen Kupplung, ohne daß er sein Hantieren wahrnimmt, der Wagen schnellt nach hinten, dann nach vorn, dann die Straße hinab, durchbricht die Schneeböschung, fällt in die Tannen, lautlos im tiefen Schnee, liegt quer im Dickicht. Eine seltsame Helligkeit schimmert durch den dunklen Schnee um ihn. Von der Straße hört er singen: »Der Mond ist aufgegangen, die goldnen Sternlein prangen am Himmel hell und klar.« Er begreift verwundert, daß jemand oben auf der Straße vorübergeht und daß es Nacht ist, und er erinnert sich, daß es vorher Morgen gewesen ist und irgend jemand bei ihm war, er weiß nicht mehr, wer. »Wie ist die Welt so stille und in der Dämmrung Hülle so traulich und so hold!« singt die Frauenstimme, und dann ist ihm noch, als ob das Lied fern und ferner, dann wieder näher und dann ganz ferne in endlosen Strophen verklinge.

Es ist noch zu notieren: Claudine Zäpfel, die da singend durch den Schneewald die beschwerliche Straße nach Flötigen hinuntersteigt, braucht am nächsten Morgen nicht wieder zu Fuß ins Dorf zurück, um die wenigen Schüler und Schülerinnen zu unterrichten. Als sie bei Tagesanbruch, gegen acht, unbeachtet durch die Hintertüre des Pfarrhauses schlüpft, einen vor Erschöpfung tief schlafenden Pfarrer zurücklassend, und dem Waldrand entlang gegen die Straße vordringt, wird ihr gerade ihr Unbeachtetsein zum Verhängnis, schiebt sich doch eine riesige Schneeschleuder, gefolgt von einem Schneepflug, einem Tankwagen und einem Entsalzer, umwimmelt von schaufelnden Straßenarbeitern in orangefarbenen Mänteln, talaufwärts. Und überrascht von den Schneemassen, die sich aus der Schleuder auf sie stürzen, wird Claudine Zäpfel begraben, so vollständig, daß sie unzweifelhaft erstickt wäre, hätte nicht Ständerat Dr. Michael Aetti, der in einem Land-Rover mit Regierungsrat Schafroth der Maschinen- und Menschenkarawane folgt und als Kind des Landes das ganze Unternehmen kommandiert und anfeuert, das Unglück bemerkt und die unglückliche Lehrerin ausgraben lassen. Noch etwas von einem Frühzug murmelnd, mit welchem sie in Flötigen angekommen sei, in Wolldecken eingewickelt zwischen dem Stände- und dem Regierungsrat sitzend, rollt sie nun wie im Traum das Tal hinauf. Das geht nur langsam, die unermeßlichen Schneemassen stellen die mächtige Schleudermaschine vor schier unlösbare Aufgaben, obgleich sie dermaßen ungestüm arbeitet und gleichsam Sturzfälle von Schnee erbricht, daß der Cadillac, der irgendwo unten am Waldrand liegt, im Vorbeifahren vollends zugedeckt wird; im Tannen- und Schneedickicht ist er ohnehin nur schwer zu erkennen gewesen. Aber so mühsam sich auch die Schlacht mit der Unmasse von Schnee und Eis gestaltet, ja, obgleich ein heftiger Schneefall einsetzt, der der Expedition einen ähnlichen Kampf beim Rückweg androht, erreicht man doch das Dorf, wo sich schon die Bewohner versammelt haben, unter ihnen der seit mehr als zehn Tagen nicht gesehene, endlich nüchtern gewordene Polizist. Alle bestaunen die Ungeheuer von Maschinen, weshalb sich denn auch Claudine Zäpfel unbemerkt ins Schulhaus schleichen kann, froh, hier keine Schulkinder vorzufinden. Ihr Fehlen wird um so weniger bemerkt, als Ständerat Dr. Aetti – während der Regierungsrat Schafroth mit fröhlichem Gesicht daneben steht – auf den beunruhigten Bärenwirt zugeht, um den sich die Bauern finster scharen, ihm die Hand schüttelt und ihm erklärt, in seiner Eigenschaft als Ständerat und beeindruckt von der Unbeirrbarkeit der Flötenbacher, ihr Tal noch ursprünglich zu erhalten, wie er es im ›Mönch‹ in Oberlottikofen persönlich habe feststellen können, sei er zur Tat geschritten: Es sei Aufgabe der Gemeinschaft, ihr hartes Los hier oben zu lindern, ihnen freund-eidgenössisch beizustehen, weshalb er denn kurzerhand noch am Sonntagmorgen den zuständigen Bundesrat aus dem Bett geholt und die Direktoren der großen Versicherungen zusammengetrommelt habe, um ihnen zu erklären, die Gegend des Flötenbachs sei das einzige Bergtal des Landes, welches noch nicht durch Sessellift und Bauten für die Fremdenindustrie verschandelt und dessen Ökologie noch natürlich sei und wo man noch mit den Skiern auf eine Alp oder auf einen Berg steigen müsse, um hinunter zu sausen oder zu wedeln, so daß es denn auf der Hand liege, hier das längst geplante Winter-Vita-Parcours-Zentrum für die Volksgesundheit zu errichten, mit Fitneßräumen, Turnhallen, Eisbahnen, Hallenschwimmbädern, Hotelblöcken, Spital und vielleicht doch einigen kleinen Sessellifts für jene, die für den echten Vita-Parcours noch zu schwächlich seien. Dazu käme notwendigerweise noch der Ausbau der Flötenbachstraße mit Anschluß an die Autobahn, kurz, ein Projekt, das allgemein eingeleuchtet, ja sogar Begeisterung gefunden habe, um so mehr, als die nötigen Gelder, zehn Millionen vom Bund, fünf Millionen vom Kanton und fünfundzwanzig Millionen von den Versicherungen schon längst von den verschiedenen Instanzen und Parlamenten bewilligt worden seien, bevor man sich auf den Ort geeinigt habe, so daß er nur noch auszurufen habe, auch ihnen in dieser einsamen Bergwelt leuchte jetzt eine bessere Zukunft; womit der Ständerat seine Rede beendet, die alle Flötenbacher, die eine ganz andere Ansprache erwartet und sich schon in Oberlottikofen vor dem Geschworenengericht gesehen haben, in wachsende Erregung versetzt, bis Rede und Erregung in eine tiefe Stille münden, die durch den Schrei einer Dohle, die über den Verstummten kreist, noch spürbarer wird, während das Gesicht des Gemeindepräsidenten und Bärenwirts Schlaginhaufen sich verklärt, der darauf mit Tränen in den Augen, deren er sich nicht schämt, mit schlichten Worten, den Ständerat spontan duzend, herzlich dankt: »Aetti, wir danken dir, Gott hat uns gesegnet.«

Nachwort

Homo homini lupus –
der Mensch ist des Menschen Wolf

Keine Nacht, die der Reisende in Hephaiston-Kunststoff je erlebt hatte, glich dieser an Großartigkeit. Zum ersten Mal war Traps Mittelpunkt ungeteilter Aufmerksamkeit. Diese geradezu unglaublich gescheiten, gebildeten alten Herren beschäftigten sich mit ihm, dem Klinkenputzer, dem Vertreter, dem Mann der immer gleichen, abgelatschten flotten Sprüche. Er war der Star, das Essen hervorragend, die Weine erlesen, die Stimmung bombig.

Und dann hängt sich Traps auf? Warum?

Zweifel beschleichen uns. Welcher Art ist die schluchzende Rührung, mit der Traps sich für das Todesurteil, diese Krönung seines vollkommenen Mordes ohne Dolch oder Gift, bedankt? Hat ihm der reine Strahl der Gerechtigkeit in die Seele geleuchtet, von dem der schon lallende Richter schwärmt? Will Traps die Sühne?

»Traps war glücklich, wunschlos wie noch nie in seinem Kleinbürgerleben.« Hängt man sich auf, wenn es einem so gut geht? Wo ist die Logik? Schwärmt er? Ist er plötzlich ein Gerechtigkeitsfanatiker geworden? Oder hat er wirklich Schuldgefühle? Geht ihm die Einsicht ans Leder? Oder war er einfach nur betrunken?

Natürlich war er betrunken, aber das konnte nicht der Grund dafür sein, sich ins Fensterkreuz zu hängen. Es ist etwas anderes, das Trapssche Kleinbürgerhirn tickte auch im Rausch ganz richtig. Es wollte die logische Fortsetzung der Geschichte, es wollte ihren – im Sinne bürgerlicher Dramatik – richtigen Schluß. Traps spielte die Rolle seines Lebens, die er am Abend vorher noch etwas widerwillig angenommen hatte. Er wuchs im Laufe einer einzigen Nacht an dieser Rolle empor, er brillierte in ihr, zum Vergnügen der kichernden alten Herren. Die Panne, das ist nicht der havarierte Studebaker, der unten an der Straße steht, die Panne ist, daß Traps im Fensterrahmen hängt, vom schweren Duft der Rosen umweht. Es ist ein gräßliches Mißverständnis, Traps konnte Wirklichkeit und Theater nicht mehr auseinanderhalten.

Gib einem Spießer ein Amt, einen Auftrag, setze Autorität über ihn, schon verliert er jedes Maß und Ziel, wird hemmungslos, am Ende läuft er Amok und bringt sich selber um, eine durchdrehende Maschine. Das Arbeitsprogramm ist Sentimentalität, die Energie liefert das berauschte Gemüt. Das ist »der Sturmwind der Neugeburt, der Traps durchweht«, die »Ahnung von höheren Dingen«, die ihn befällt. Das Spießige, das Triviale seiner Existenz fällt von ihm ab, einmal wenigstens in seinem Leben fühlt er Bedeutung. Traps ist sentimental, er vergießt Tränen der Rührung über sich, er ist der Held, endlich der Mann der Stunde, ihr will er würdig sein. Was um ihn herum vorgeht, versteht er nicht wirklich. Sein Verteidiger hat ihn längst aufgegeben, Traps ist ein Trottel, der Mann ist ihm nur leichtsinnig, unbedacht, oberflächlich, eitel und nicht sehr gescheit, da läßt sich nichts machen. Der Verteidiger erkennt nicht, was wir längst wissen, er erkennt nicht die kleine, die zaghafte, ängstliche, verzweifelt um Haltung, Anerkennung, Bewunderung ringende Traps-Seele, die vor Hingabe zerfließt, wenn sie einmal die Hauptrolle spielen darf.

Hat das etwas mit Gerechtigkeit zu tun? Gerechtigkeit

ist eine Chimäre, Gerechtigkeit ist nicht von dieser Welt, wenn Sie Gerechtigkeit suchen, wenden Sie sich nach oben, sagt der Rechtsanwalt und zeigt in den Himmel.

»Gibt es noch mögliche Geschichten?« Die Frage im ersten Satz der *Panne* ist rhetorisch, aber sie zwingt Dürrenmatt doch zu einer Antwort. Und die wird wider Willen zum Bekenntnis. Denn was ist das anders als ein Bekenntnis, wenn Dürrenmatt die Sinnlosigkeit des Erzählens all dessen beschwört, was wir ohnehin schon wissen. Das Altbekannte zum x-ten Male gedreht und gewendet, und doch läßt sich die Fadenscheinigkeit des Stoffs nicht mehr verbergen, an die Stelle des Schicksals, an dem Helden scheiterten, tritt das Mißverständnis, die Menschheit wird an ihrer Banalität zugrundegehen. Ohne Glanz und Gloria, nur mies und kläglich und so schäbig, daß man lieber wegschaut, wenn es passiert.

Und das soll kein Erzählstoff mehr sein?

Dürrenmatt macht sich lustig. Über die Forderung nach Wahrhaftigkeit, nach höheren Werten, Moralien, brauchbaren Sentenzen – »Sowohl der schlagende Grundeinfall als die saubere dramatische Form sind wichtig. Ohne Anliegen kann man auskommen . . .« Aber im Handkehrum liefert er, was jeder Oberlehrer händeringend sucht, die Geschichten, die die älteste Frage an die Literatur wieder neu rechtfertigen: Was ist der Mensch? Dürrenmatt hat seinen Platz zwischen Dante und Dumas in der Schulbibliothek längst zugewiesen bekommen, contre cœur oder nicht. Die Laudatio zum Büchner-Preis, der Dürrenmatt 1986 verliehen wurde, richtete sich ganz unverblümt an den »großen, unangepaßten Dramatiker, Satiriker und Moralisten«.

Hat er also doch geliefert, was der schreibenden Zunft aufgetragen ist? Die Begründung des Seins, das Mauseloch, durch das wir in die Transzendenz entwischen? Natürlich hat er sich zeitlebens Mühe gegeben, diesem Anspruch auszuweichen. Er liebte es, als Naturbursche zu erscheinen, amüsierte sich damit, Bewunderer in Verlegenheit zu setzen mit seiner Boshaftigkeit, seiner Lust am Possenhaften, mit dem Unterlaufen jeden Anspruchs auf »Stil«. Sein lausbübisches Vergnügen an den Verletzungen des guten Geschmacks, an grotesken Übertreibungen, das waren seine Mittel, mit denen er alles zu verhindern suchte, was nach Feierlichkeit, Pomp und Pathos aussah. Er liebte die kleinen, infernalischen Vergnügungen des erzählerischen Seitensprungs, er kultivierte den »unverschämt heiteren Zynismus« (Jochen Hieber, ›Frankfurter Allgemeine Zeitung‹), der den keuschen Hütern literarischer Weihe die Schamröte ins Gesicht trieb – das machte ihm diebischen Spaß.

Vor allem aber betrieb er keinen Ablaßhandel. Seine Erzählungen versprechen so wenig wie seine Theaterstücke die Rettung der Seele und die Hoffnung auf eine bessere Welt. Im Gegenteil. Wer seine Bücher liest, liest sie auf eigene Gefahr. Umtausch von Gedanken ausgeschlossen, nichts von dem, was auf diesen Seiten steht, wird je zurückgenommen, auch wenn mancher vielleicht gern wieder loswerden möchte, was sich in sein Gehirn gegraben hat.

Und da gräbt sich beim späteren Dürrenmatt manches ins Gehirn, was *Die Panne* (von 1956) geradezu gemütlich macht. Der *Sturz* (von 1971) ist die messerscharfe Beobachtung einer Gruppe skrupelloser Machtmenschen, die sich mißtrauisch belauern, nicht unterscheidbar in ihren Absichten, unterscheidbar nur durch das Maß an analytischer Schärfe und Zerstörungskraft ihrer Intelligenz, die sie in einem aufregenden gruppendynamischen Prozeß um die

Hackordnung in der Regierung einsetzen. Das Ritual als schließlich reißendes Sicherheitsnetz, das machte Dürrenmatt damals noch Spaß, aber das war nebensächlich. Die Hauptsache war: Das Blindmodell läßt sich Tag für Tag mit den jeweils gültigen Namen besetzen.

Das ist das ganze Geheimnis: Die Wirklichkeit sieht sich in der Literatur gefaßt wie ein Diktat in einem Stenogramm, als Abfolge von Kürzeln, von Zeichen, von Sigeln. Das Auswechselbare schwindet, fällt ab, das Unaustauschbare, die Konstituente, der reproduktive Kern bleibt. Das Groteske, der Dürrenmattsche Witz, das, was feinsinnige Leser ihm gern als geschmacklos ankreiden, das ist der dünne und immer dünner werdende Schokoladenguß über dem Entsetzlichen, das in den späteren Geschichten immer schärfer, immer unverbrämter hervortritt. In einem Gespräch mit Werner Wollenberger sagte Dürrenmatt 1970, daß ihm von seinen Prosastücken eigentlich keines so richtig gefalle, außer »vielleicht die *Panne* . . .«

Die Panne gehört wie *Der Tunnel* (Erstfassung 1952) in eine Kategorie, die Dürrenmatt in den siebziger Jahren aufgab. Bis dahin hatten seine Erzählungen gewissermaßen noch ein Zentrum, wenn auch außer sich, in das sie hineinstürzen konnten, es gibt da noch die Wahrheiten außerhalb des Menschen, Ziele, Glaubensinhalte, Gewißheiten.

In *Abu Chanifa und Anan ben David* (1975) deutet sich ein verändertes Weltverständnis an. Nachdem Dürrenmatt von der Israel-Tragödie einmal gepackt wurde, hat sie ihn nie wieder losgelassen. Die in ihrer Dringlichkeit an Lessings Ringparabel erinnernde Geschichte ist eine der denkbar größten Verzweiflung. Im Lächeln, in der Zärtlichkeit des Schlusses ist keine Hoffnung mehr, Einsicht, Erkenntnis nützen nichts, können nicht wirksam werden.

Es ist der Anfang jener Phase, in der Dürrenmatt sich zum großen politischen Schriftsteller entwickelte, zu einem der bedeutendsten unserer Tage. Sicherlich nicht im vordergründig tagespolitischen Sinne, genau das interessierte ihn am allerwenigsten, auch wenn die Zeitgeschichte die Impulse gab. Er suchte das im Menschen, was diese Ereignisse hervorbringt, jenen Urgrund der Seele, der unerreichbar ist und unerreichbar bleibt außer, offenbar, in Augenblicken der Rührung, der Sentimentalität, des Leids, der Trauer.

Von nun an waren die griechischen Mythen für Dürrenmatt nicht mehr Geschichten aus der Jugend der zivilisierten Menschheit, sie waren grauenhaft genaue, durch Poesie wohltätig verschleierte Bilder der wahren Menschennatur, die er neu zu lesen – und neu zu schreiben begann. Nicht nur das, es waren Bilder, die er auch ganz materiell sah, die er immer wieder neu zeichnete oder malte.

So wurde *Mondfinsternis*, diese spät (in *Labyrinth. Stoffe I–III*, Erstausgabe 1981) vorgelegte Urgeschichte des *Besuchs der alten Dame*, zum literarischen Porträt kalter Rachsucht und unstillbarer Gier, so wurde *Der Winterkrieg in Tibet* zum hellsichtigsten, erbarmungslosesten, entsetzlichsten und nicht zu widerlegenden Porträt der Wolfsnatur des Mannes in diesem Jahrhundert – denn es sind immer Männergeschichten –, so erzählt seine Minotaurusballade (1985) von den Sterbensqualen eines poesiebegabten Tänzers und Träumers in einem gläsernen Labyrinth, der mit seinen Spiegelbildern leben konnte, aber nicht mit dem Du, dem andern, dem lebendigen Gegenüber, »so sicher senkte der andere den Dolch in den Rükken, daß der Minotaurus schon tot war, als er zu Boden sank«.

Literatur dekretiert die Wirklichkeit, die Erfindung ist normativ. Ein Blick in die Gegenwart lehrt, daß es besser wäre, wenn Dürrenmatt geirrt hätte.

Reinhardt Stumm

Nachweis

Der Tunnel. In: *Die Stadt. Prosa I–IV*, Arche, Zürich 1952; Neufassung *Friedrich Dürrenmatt Lesebuch*, Arche, Zürich 1978; *Der Hund / Der Tunnel / Die Panne*, Diogenes, Zürich, detebe 23061, 1998.

Die Panne. Arche, Zürich 1956; *Der Hund / Der Tunnel / Die Panne*, Diogenes, Zürich, detebe 23061, 1998.

Der Sturz. Arche, Zürich 1971; *Der Sturz*, Diogenes, Zürich, detebe 23064, 1998.

Abu Chanifa und Anan ben David. In: *Zusammenhänge. Essay über Israel. Eine Konzeption*, Arche, Zürich 1978; Neufassung *Friedrich Dürrenmatt Lesebuch*, Arche, Zürich 1978; *Der Sturz / Abu Chanifa und Anan ben David / Smithy / Das Sterben der Pythia*, Diogenes, Zürich, detebe 23064, 1998.

Der Winterkrieg in Tibet. In: *Stoffe I–III*, Diogenes, Zürich 1981; *Der Winterkrieg in Tibet. Stoffe I*, Diogenes, Zürich, detebe 21155, 1984; Neufassung *Labyrinth. Stoffe I–III*, Diogenes, Zürich 1990; Diogenes, Zürich, detebe 23068, 1998.

Mondfinsternis. In: *Stoffe I–III*, Diogenes, Zürich 1981; *Mondfinsternis / Der Rebell. Stoffe II/III*, Diogenes, Zürich, detebe 21156, 1984; Neufassung *Labyrinth. Stoffe I–III*, Diogenes, Zürich 1990; Diogenes, Zürich, detebe 23068, 1998.

»Jede Art zu schreiben ist erlaubt –
nur die langweilige nicht.«

VOLTAIRE

Stück
Werkausgabe in siebenunddreißig Bänden. Band 5
160 Seiten
Auch erhältlich als eBook und Hörbuch

Claire Zachanassian kehrt als steinreiche Frau in ihr Heimatdorf Güllen zurück, wo ihr einst das Herz gebrochen und die Ehre geraubt wurde. Nun will sie sich rächen und bietet der Güllener Bevölkerung eine Milliarde dafür, dass ihr damaliger Liebhaber Ill für sein Vergehen mit dem Tod bestraft wird. Ein Angebot, das die Bürger entrüstet zurückweisen. Zunächst.

Komödie
Werkausgabe in siebenunddreißig Bänden. Band 7
96 Seiten
Auch erhältlich als eBook, Hörbuch und Hörbuch-Download

Kernphysiker Möbius, Entdecker einer furchtbaren und gefährlichen Formel, flüchtet, seine Familie preisgebend, ins Irrenhaus. Er spielt Irrsinn, er fingiert die Heimsuchung durch den Geist Salomos, um das, was er entdeckte, als Produkt des Irrsinns zu diffamieren. Doch zwei Geheimagenten, ebenfalls als Wahnsinnige getarnt, sind ihm auf der Spur.

Diogenes ist einer der größten unabhängigen
Belletristikverlage Europas, mit internationalen
Bestsellerautorinnen und -autoren wie Donna Leon,
John Irving, Friedrich Dürrenmatt, Daniela Krien,
Benedict Wells, Doris Dörrie, Martin Walker,
Patricia Highsmith, Martin Suter, Patrick Süskind,
Ingrid Noll, Bernhard Schlink, Paulo Coelho,
Ian McEwan, Amélie Nothomb, Tomi Ungerer,
Katrine Engberg und Luca Ventura.
Daneben gehören eine umfassende Klassikersammlung,
Kunst- und Cartoonbände sowie
Kinderbücher zum Programm.

Entdecken Sie unser ganzes Programm auf
www.diogenes.ch oder schauen Sie hier vorbei: